W0352632

0

NARRATORI MODERNI

I libri di Andrea Vitali in edizione Garzanti:
Una finestra vistalago
La signorina Tecla Manzi
Un amore di zitella
La figlia del podestà
Il procuratore
Olive comprese
Il segreto di Ortelia
La modista
Dopo lunga e penosa malattia
Almeno il cappello
Pianoforte vendesi
La mamma del sole
Il meccanico Landru
La leggenda del morto contento
Zia Antonia sapeva di menta
Galeotto fu il collier
Regalo di nozze
Un bel sogno d'amore
Di Ilde ce n'è una sola
Quattro sberle benedette
Biglietto, signorina
La ruga del cretino (con Massimo Picozzi)
Le belle Cece
La verità della suora storta
Le mele di Kafka
Viva più che mai
A cantare fu il cane
Bello, elegante e con la fede al dito
Nome d'arte Doris Brilli. I casi del maresciallo Ernesto Maccadò
Gli ultimi passi del Sindacone
Certe fortune. I casi del maresciallo Ernesto Maccadò
Sotto un cielo sempre azzurro
Un uomo in mutande. I casi del maresciallo Ernesto Maccadò
Nessuno scrive al Federale. I casi del maresciallo Ernesto Maccadò
La Zia Ciabatta
Un bello scherzo. I casi del maresciallo Ernesto Maccadò
La gita in barchetta
Il maestro Bomboletti e altre storie
Cosa è mai una firmetta
Sua Eccellenza perde un pezzo. I casi del maresciallo Ernesto Maccadò

Solo in ebook: *Furto di luna*; *Parola di cadavere*; *Addio bocce*

IL SISTEMA VIVACCHIA

I personaggi e le situazioni raccontati in questo romanzo sono frutto di fantasia. I luoghi, invece, sono reali.

PROLOGO

L'insegna era quasi illeggibile e non solo per la luce crepuscolare, la nebbiolina che s'era levata dal naviglio. Scolorita piuttosto, scrostata in più punti. Anche ridicola volendo, Tipografia Vivacchia. Il tutto non ispirava una gran fiducia, anzi. L'indirizzo peraltro era quello, via Cicco Simonetta 14, impossibile sbagliare.

Il ventottenne milanese Mimmo Valanga si infilò una mano nella tasca della giacca, ne estrasse un santino, lo guardò con una smorfia di dubbio poi lo rimise dentro.

«Mah!» soffiò.

Quindi si mosse, si avvicinò alla porta, metallica, che dava accesso al locale, l'aprì giusto un palmo, sbirciò dentro senza vedere quasi niente, spinse con maggior decisione e fece un passo all'interno. La porta alle sue spalle si chiuse sbattendo con un rumore che provocò una sorta di eco. Quando si esaurì, il silenzio prese il sopravvento.

Il Valanga era ancora fermo due passi oltre la porta. Attese che qualcuno si facesse vivo guardandosi un po' in giro, ma c'era ben poco da vedere. Un bancone di legno quasi appoggiato alla parete di fondo al centro della quale c'era una porticina che con evidenza immetteva a un altro locale. Probabile, rifletté il Valanga, che i macchinari della tipografia fossero di là, perché lì dove si trovava non ce n'era traccia. Bidoni, scatole, cartacce piuttosto occupavano un angolo della parete di sinistra. Su quella di destra, malamente appesi, alcuni manifesti datati che annunciavano fiere, mercati, lo spettacolo di un circo, circo Petecchia. L'impressione era più che desolante e il silenzio che perdurava non faceva altro che peggiorarla.

«C'è nessuno?» si decise a chiedere infine il giovanotto.

...uno... uno...

Forse si era illuso o forse davvero quel locale gli aveva rimandato l'eco.

«Boh», disse fra sé, sempre più in dubbio, pronto a considerare l'ipotesi di essere vittima di uno scherzo.

E però, ragionò, se anche i preti si mettevano a prendere per il culo la gente finita in disgrazia...

Fu a quel pensiero che la porta dietro il bancone gemette aprendosi.

Qualcuno c'era.

«Chi siete?» gli giunse una voce.

Femminile, roca. Veniva da una fessura della porta sulla parete di fondo, aperta quel giusto per dare un'occhiata. Il fascio di luce che proveniva dal locale oltre la porta si interrompeva un po' sotto la metà, là dove il giovanotto riusciva a intravedere una testa di capelli ricci e scomposti piantata su un corpo che non superava il metro e cinquanta di altezza.

«Mi chiamo Mimmo Valanga», rispose.

Non ci fu eco né, per qualche istante, reazione alcuna da parte della donna.

«Stiamo chiudendo», lo informò lei.

Se doveva ordinare manifesti, annunci, biglietti da visita, carta intestata poteva passare l'indomani.

«No», ribatté il Valanga.

«No cosa?» reagì la donna.

Il buio che ormai stava prendendo possesso del locale privo di illuminazione parve stendere una nota d'oltretomba sulla sua voce. Il Valanga era ormai convinto di essere stato vittima di uno scherzo, vigliacco e crudele. Va bene, disse fra sé, fosse stato così l'avrebbe fatta pagare a quella specie di amico che gli aveva suggerito, come fosse un segreto di stato, di recarsi presso la basilica di Sant'Eustorgio e chiedere di essere confessato da certo don Giusto.

Don Giusto, mi raccomando, lui e lui solo!

«Vorrei parlare col titolare!» sbottò con decisione.

Una specie di verso, qualcosa di simile al gracchiare di una rana, uscì dalla bocca della donna.

«Il titolare sono io», chiarì subito dopo.

Era lei la Vivacchia dell'insegna. Vivacchia Stipula, per essere precisi, figlia di Vivacchia Emulo, buon'anima, che aveva fondato la tipografia nel 1878, passata poi a lei e all'apprendista tipografo Berebelli Misto divenuto nel 1908 suo marito.

«Non lo sapevo», si scusò il Valanga.

«Adesso sì», concluse la Vivacchia.

Quindi...

Stava per riprendere la filastrocca di manifesti, annunci, biglietti da visita, ripassare domani, ma il Valanga la interruppe.

«Devo consegnarvi una cosa», disse.

«Che cosa che non c'avete niente in mano?» chiese quella.

Il giovanotto si batté una mano sulla tasca.

«Ce l'ho qui», disse.

La Vivacchia tirò su col naso, il Valanga ne vide le dita che gli diedero una vigorosa strizzata.

«Mettete sul bancone», disse.

Poi d'un subito chiuse la porta, sparì, lasciando il giovanotto in un buio quasi totale.

Il Valanga valutò se non fosse il caso di fare dietro front e andare fuori dalle balle. Già, ragionò, era nella merda, non vedeva la necessità di infilarcisi ancora di più, sprofondarci anche con la testa. Stava per girare i tacchi, quando la porticina si aprì, tutta questa volta, inondando il locale di un fascio di luce. Sulla soglia un'altra figura, testa pelata anziché ricci, e una voce che aveva il passo calmo di chi non spreca fiato.

«Allora?» chiese.

Non c'era niente sul bancone.

«Allora niente», rispose il Valanga, «forse ho sbagliato...»

«Forse no», lo interruppe quello, la voce una camomilla tiepida.

Che gli desse ciò che aveva detto di avere in tasca e che secondo gli ordini della Vivacchia erede di Vivacchia Emulo avrebbe già dovuto depositare sul bancone.

Il Valanga avanzò, pinzò il santino e lo allungò all'uomo che lo prese, lo guardò e sempre con gli occhi fissi sull'immaginetta: «Avete detto di chiamarvi?» chiese.

«Valanga Mimmo, Domenico in verità», rispose. «E voi, se posso?»

«Berebelli», gocciolò quello.

Berebelli Misto, ex apprendista del Vivacchia fondatore e attuale marito della Vivacchia titolare a tutti gli effetti della tipografia.

Il tempo delle presentazioni era finito. Il Berebelli girò il santino verso il giovanotto.

«Sapete chi è questo?» chiese.

Al Valanga stavano cominciando a girare un po' le eliche. Sbuffò. Sapeva che si trattava di san Giuda Taddeo, così com'era scritto in calce all'immaginetta. Ma non capiva lo scopo della domanda.

«Cos'è, un esame di dottrinetta?» buttò lì.

Il Berebelli lasciò correre.

«Sapete chi sono i suoi protetti?» domandò.

Al Valanga stava per scappare un sonoro «So un cazzo e buonanotte» quando la risposta giunse per bocca del tipografo.

«I disperati», chiarì.

E, lui lo era?

Il Valanga rifletté.

Sì, in qualche modo lo era.

1.

Che fosse stata colpa della trippa?

Niente da dire, ne aveva svuotate tre scodelle!

O magari dell'aria che s'era beccato in pieno stomaco non appena era uscito dall'osteria del Ponte, così, bel bello, senza nemmeno abbottonarsi il giacchettino mentre l'ariaccia che soffiava in via Cavour l'aveva centrato in pieno. Nemmeno poteva scartare l'ipotesi che la ragione fosse da attribuire al fatto che da tre giorni non aveva, come dicevano i beneducati, il beneficio corporale. Che fosse l'una, l'altra o l'altra cosa ancora, sta di fatto che il manovale Pavanotti Ardengo, di anni quaranta, ottanta chili di peso, pelato, non riusciva a prendere sonno e continuava a girarsi di qua e di là sulla brandina che gli avevano messo a disposizione dentro al magazzino della stazione di Bellano-Tartavalle Terme.

Collocazione del tutto provvisoria: una casa, come tutti i cristiani, ce l'aveva anche lui. Ma era su, in montagna, a Noceno. E in situazioni come quella, quando c'era da sovrintendere alla distribuzione del carbone che arrivava con la ferrovia, il Pavanotti preferiva dormire lì in stazione. Se no, per essere sul posto alle cinque del mattino, quando i primi acquirenti arrivavano armati di secchi, cesti o gerli, gli sarebbe toccato partire alle quattro, anche prima, visto che se la doveva fare a piedi.

Dire che gli pesava sarebbe stata una bugia bella e buona. Anzi. Per quei tre o quattro giorni che durava la vendita del carbone si sentiva cittadino bellanese a tutti gli effetti. E gli sarebbe piaciuto esserlo anche per il resto dell'anno. Ma se l'era cercata, andando a sposare Malamessa Visitata, nata a Noceno che, prima di pronunciare il fatidico sì, gli aveva fatto promettere solennemente che mai sarebbero andati ad abitare altrove.

«Qui sono nata e qui voglio essere seppellita», era il tormentone della Visitata. Intendendo che tra l'una cosa e l'altra non aveva intenzione di vivere altrimenti che lì.

Adesso quel tormentone riecheggiava nelle orecchie del Pavanotti mentre era alla ricerca del sonno cui si opponeva l'andare su e giù della trippa. Forse, ragionò a un certo punto, due passi non gli avrebbero fatto che bene. Cacciò le gambe fuori dalla branda, sedette, attese per concedere a un rutto il tempo di farsi strada verso l'alto. Ne ottenne un subitaneo benessere così che l'idea di fare due passi si confermò. Una volta all'esterno, nell'ampio piazzale antistante il magazzino, si fermò per valutare quale direzione prendere. Il campanile batté due colpi poi quello della mezza. Ormai, rifletté il Pavanotti, s'era giocato il sonno. Tanto valeva dirigersi verso i cessi della stazione e vedere se, caso mai... Ma non aveva mosso che un passo quando un rumore lo bloccò. Veniva dalla sua sinistra, dove sostava la massa scura dei due vagoni pieni di carbone. Restò in ascolto giusto per verificare di non essersi illuso, ma quando si ripeté, accompagnato da un prolungato sbuffo, capì quello che stava succedendo. Arretrò, raggiungendo l'angolo del magazzino, schiacciandosi contro il muro e sporgendo giusto la testa per vedere la schiena del ladro in azione. Nonostante l'ora, grazie alla luce di una mezza luna, riusciva a vedere discretamente.

Lavorava tranquillo il furbo, senza fretta. E determinato a portarsi a casa un discreto bottino visto che non si stava accontentando di riempire un secchio e via! Macché, poggiato in un angolo del vagone c'era un bel gerlo dentro il quale l'anonimo malfattore andava accumulando un pezzo di carbone dopo l'altro.

«Bene, bene», rifletté il Pavanotti, «avanti così.»

Si staccò dal muro, girò intorno al magazzino e andò ad appostarsi contro il lato opposto, di fronte al vagone e alla scala che il ladro ci aveva appoggiato per salire e scendere con comodo.

Quando, passata una manciata di minuti, lo vide, con l'ultimo secchio ripieno, cominciare la discesa, Ardengo Pavanotti si preparò all'azione.

Il respiro affannoso dell'uomo riempiva il silenzio. Un gradino dopo l'altro si faceva più intenso.

Nel manovale, oltre al gusto di mettere nel sacco un ladro, stava montando la curiosità di sapere chi fosse. Questione di pochi attimi ancora. Appena quello mise un piede per terra, il Pavanotti saltò fuori dal buio, due passi veloci, gli fu addosso, una mano a stringergli il collo.

«Sorpresa!» esclamò.

Doppia sorpresa!

E per un attimo il manovale Ardengo Pavanotti non ci volle credere.

2.

«Appuntato?»

Niente.

Il carabiniere Beola non osò per il momento alzare il tono della voce, dare un colpetto alla spalla del Misfatti che dormiva beato seduto nel suo ufficio, la testa appoggiata al muro, le gambe stese sulla scrivania.

Sempre così, quando gli toccava il turno di notte. L'appuntato Misfatti arrivava in caserma, «Già cenato», come comunicava, tranquillizzava il maresciallo Maccadò sul fatto di aver riposato «bastevolmente» durante il pomeriggio così da essere pronto all'azione fino all'alba. Dopodiché, anche considerando che nella maggior parte dei casi l'azione latitava, verso le dieci si chiudeva nel suo ufficio, lasciava la luce accesa, abbassava le palpebre e si addormentava.

Il Beola lo sapeva, aveva fatto più di un turno con lui e un paio di volte l'aveva spiato, aprendo appena la porta. Come facesse a dormire in una posizione così scomoda non gli riusciva di capirlo. Tuttavia non gli era mai capitato di doverlo svegliare come quella notte, 11 ottobre 1928, quando le tre del mattino erano ormai passate e soprattutto al portone della caserma s'era presentata una ben strana compagnia: un energumeno pelato che teneva per il collo un uomo e per mano un bambino.

Non poté fare altrimenti.

«Appuntato!» due toni più su, senza interrogativo. E un colpetto alla spalla di destra.

Le labbra del Misfatti si mossero di un niente. Poi emisero un paio di parole.

«Ma sì.»

«Ma sì cosa, appuntato?» chiese il Beola.

In quel momento gli occhi del Misfatti si spalancarono.

«Come?» chiese stropicciandosi il viso.

«Lei ha detto ma sì», riferì il Beola.

Intendeva significare qualcosa?

L'appuntato scosse la testa.

«Ho detto ma sì?» chiese.

«Sì», confermò il Beola.

«Niente, niente», tagliò corto il Misfatti.

Sapeva bene perché l'aveva detto, benché nel sonno. Ma erano cose sue, cose di famiglia. Erano le due ultime parole che aveva pronunciato rivolte alla moglie prima di uscire per recarsi in caserma, cedendo a un assedio che durava da tempo. Cosa aspettavano a procurarsi anche loro un apparecchio radiofonico visto che ormai ce l'avevano tutte le persone di sua conoscenza, come le signore pizzicagnola, panettiera, macellaia, pescivendola, merciaia, sartina, fino alla perpetua...

«E metto anche lei nella compagnia benché signorina», aveva precisato l'appuntata.

...perpetua quindi, perché era notizia di quei giorni che pure il signor prevosto se n'era dotato.

«Ci vogliamo decidere o no?» aveva concluso la donna mentre lui era già sulla porta.

«Ma sì», aveva risposto lui, senza aver chiaro se l'avesse detto tanto per chiudere la discussione oppure convinto della necessità di un simile acquisto. Di certo c'era un fatto: che la signora Misfatti aveva preso per buone quelle due parole, una promessa.

Niente, quindi, ribadì al Beola, stava sognando.

Piuttosto: «Cosa c'è?».

C'era che, principiò a spiegare il carabiniere, una decina di minuti prima avevano suonato al portone.

«Sì, sì», fece il Misfatti come se avesse sentito.

Il Beola sorvolò. Andato a vedere s'era trovato sotto gli occhi un terzetto quantomeno singolare, oltre che sconosciuto. Dei tre solo quello al centro aveva parlato. Pareva che dovesse fare una denuncia.

«Di furto», specificò il Beola. «Quindi a me è sembrato necessario avvisarla.»

«E hai fatto bene», approvò il Misfatti soffocando uno sbadiglio.

Alzatosi in piedi, si stiracchiò, lisciò la divisa e si avviò per le scale, il Beola dietro. Quando fu sugli ultimi gradini, mettendo a fuoco il terzetto in attesa nell'atrio, con l'energumeno al centro che continuava a tenere per il collo l'uomo e per mano il bambino, non riuscì a contenere la sorpresa.

«Ma guarda un po' chi si vede», esclamò.

Poi, come se ne ricordasse solo allora: «Ma che ore sono?» chiese al Beola.

«Le tre.»

Passate da qualche minuto.

E che ci facevano padre e figlio in giro a quell'ora di notte?

«Furto di carbone», rispose l'unico che il Misfatti non conosceva.

«Voi chi siete?» indagò.

«Pavanotti Ardengo, manovale delle ferrovie», fu la risposta.

Deputato alla distribuzione del carbone che giungeva a Bellano in treno.

«Li avete beccati voi?» chiese ancora il Misfatti.

«Sissignore, in...» si bloccò il manovale.

«In flagrante», completò l'appuntato. Dopodiché: «Entrambi?» insisté non senza una certa incredulità.

«Sissignore», confermò il Pavanotti.

Ed era stata, se poteva dirlo, una bella sorpresa perché non appena afferrato per il collo il soggetto, dal buio era emersa una voce, «Papà!», cui il ladro aveva ordinato, «Scappa!», senza essere obbedito. Tant'è che subito la voce aveva preso le sembianze di un bambino di dieci anni ancora con in mano un secchio bello pieno di carbone. Pure lui l'aveva invitato a mettere giù il secchio e filare a casa.

«Niente da fare», spiegò il Pavanotti.

Il mocciosetto s'era messo a frignare un po', il padre grugniva, lui stringeva. Senza mollare aveva tolto dalle mani di quello un secchio ripieno di carbone poi s'era avviato alla volta della caserma, il bambino dietro. Non aveva fatto che pochi passi quando il ragazzino era inciampato finendo lungo tirato a terra.

«Ma va' a casa no?» gli aveva detto un'altra volta.

Come se fosse sordo.

E allora: «Da' qua!».

Gli aveva allungato la mano libera che quello aveva afferrato al volo.

«E adesso siamo qui», concluse il manovale.

«Vedo, vedo», fece il Misfatti scuotendo la testa.

«Graziato, Graziato», sospirò poi, «ma cosa caspita mi combini!»

3.

Il maresciallo Ernesto Maccadò si era svegliato al solito orario, sei e trenta. Era uscito dal letto con estrema cautela per non svegliare la moglie. Maristella l'aveva sentito ma l'aveva lasciato fare. Dalla cucina aveva dato un'occhiata al cielo, sereno, una seconda al lago, piatto. La temperatura, discreta. Poi la barba, per ultimo il caffè: due tazzine, una per lui, l'altra da portare a Maristella, alle sette spaccate. La donna aveva acceso l'abat jour, era ancora sdraiata nel letto, le mani incrociate sull'addome.

«Buona giornata Né», disse.

«Che lo sia anche per te, Stella», la risposta.

Diminutivi che non erano mai usciti, né l'avrebbero mai fatto, dalle mura di quella casa. Poi s'era avviato col passo svelto che gli era solito giungendo fino all'edicola di piazza Tommaso Grossi per dare un'occhiata alle prime pagine dei giornali che la Gnagnolina metteva in bella evidenza: «La Provincia-Il Gagliardetto» avanti a tutti. Che quella mattina sparava su quattro colonne in prima un articolo su «I doveri della stampa fascista, elemento di forza nell'unitarietà del Regime nato dalla Rivoluzione».

«Inteesscia?» gli chiese la Gnagnolina con quello strano modo di parlare che le aveva meritato il soprannome.

Il Maccadò le sorrise.

«Me lo faccio riassumere», rispose indicando col dito il caffè dell'Imbarcadero sulla cui soglia il maestro Fiorentino Crispini, il giornale ben piegato in una tasca della giacca, si stava leccando le labbra, delibando l'ultima traccia del rituale marsalino con cui apriva le sue giornate. Anziché, come al solito, attraversare per evitare l'intrusiva curiosità del maestro, quella mattina gli si avvicinò.

«Maestro, che si dice, novità?» esordì. «Vedo che sul giornale si parla di stampa.»

Il Crispini si passò un dito sulle labbra.

«Non ve lo so dire, maresciallo», rispose il Crispini.

Non aveva dato che una superficiale occhiata all'articolo che in sostanza pareva ribadire per i sordi d'orecchio o i tardi di comprendonio la serie di direttive cui attenersi già emanate a suo tempo, tra cui quella, drammatica per il suo animo di cronista d'assalto, di non dare rilevanza alla cronaca nera.

«Lo farò comunque e ve ne darò conto, visto che vi interessa», aggiunse. «Ma in quanto a novità, ne avete qualcuna voi per me?» chiese.

«A meno di inventarmi qualcosa, mi spiace deluderla», rispose il Maccadò.

Sempre che nel corso della notte non fosse successo qualcosa, nel qual caso sarebbe stata cura dell'appuntato Misfatti metterlo al corrente. Appuntato che al momento era alla finestra del suo ufficio verso la quale il Maccadò alzò lo sguardo, salutando militarmente. Dopodiché congedò il Crispini con un salottiero «Buongiorno» e si avviò per attraversare e imboccare il portone della caserma fermandosi nell'atrio visto che l'appuntato era lì.

«Il principe della penna l'ha importunata? È già al corrente dell'accaduto?» chiese subito il Misfatti.

Avendo visto i due parlottare aveva pensato che la chiacchiera avesse di già cominciato a circolare in paese.

«Quale chiacchiera?» ribatté a sua volta il Maccadò.

«Su quello che è successo stanotte», precisò il Misfatti.

«No», rispose il maresciallo.

E comunque, se anche avesse voluto informazioni, pareva al Misfatti che lui fosse tipo da fornirgliele?

«No, maresciallo», ammise l'appuntato.

«Bene», concluse il Maccadò.

E adesso, stabilito quel fatto, era giunto il momento di metterlo al corrente: cos'era successo?

«Ecco...» esordì il Misfatti.

Ma un imperioso squillo del campanello, pigiato dall'altrettanto imperioso indice di Caio Scafandro, lo zittì.

Fu il Maccadò ad aprire il portone.

Senza salutare né chiedere permesso lo Scafandro fece due passi dentro.

«Maresciallo...» esordì dando a intendere che aveva qualcosa da dire.

Tuttavia pure lui si dovette interrompere perché una voce, visibilmente senza corpo, penetrò nell'atrio.

«Caio!»

«Sono qui!» rispose quello.

Il Maccadò levò entrambi gli indici al soffitto.

«Fermi tutti», ordinò. Poi si rivolse all'appuntato.

«Chi diavolo c'è lì dentro?» chiese indicando la camera di sicurezza.

Il Misfatti mise una mano avanti, come a chiedere calma.

«Certo Ciancicati Graziato, autista di corriere, dipendente della SAT, Società Trasporti Bellanese e cognato del qui presente Scafandro Caio», rispose.

«Appunto», si inserì lo Scafandro.

«Zitto», impose il Maccadò, tornando a rivolgersi all'appuntato. «E come mai?»

«Proprio per quello che è successo questa notte», proseguì il Misfatti.

«A tale proposito...» riprese Caio Scafandro.

«Ho detto zitto!» ripeté il Maccadò.

«Maresciallo, forse...» disse l'appuntato notando che la giugulare di destra del Maccadò pulsava.

«Sì», fece quest'ultimo intuendo l'intenzione dell'appuntato. «Seguitemi nel mio ufficio e spiegatemi tutto per bene.»

Caio Scafandro restò interdetto per un istante.
«E io?» chiese mentre i due carabinieri stavano salendo le scale.
Fu il maresciallo a fermarsi. Si girò.
«Io cosa?» chiese.
«Cosa faccio?» domandò a sua volta lo Scafandro.
A lui lo chiedeva?, pensò il maresciallo.
«Faccia quello che crede, resti lì, se ne vada, cosa vuole che mi importi», rispose voltandosi e riprendendo a salire.
Toccò alla giugulare di Caio Scafandro ingrossarsi e pulsare.
«Da qui non mi muovo!» sparò, mentre la porta dell'ufficio del maresciallo Maccadò si stava chiudendo.

4.

Da mesi nell'animo di Caio Scafandro covava una rabbia sorda. Parte di quella rabbia era diretta verso il suo ex datore di lavoro, l'impresario edile Calcarena, che alla fine i calci in culo che gli aveva promesso tempo addietro nel caso in cui avesse fatto qualche cazzata glieli aveva rifilati per davvero, mandandolo a quel paese e senza più un lavoro fisso. L'altra parte, quella più sostanziosa, aveva avuto origine quando, dimesso d'autorità il segretario della sezione locale Bortolo Piazzacampo detto Tartina, il Federale aveva nominato Aurelio Trovatore, assistente presso il locale cotonificio, soffiandogli il posto che aveva ritenuto invece essere suo.

Che ci fossero state manovre alle sue spalle era, per lui, più che un sospetto, una certezza, anche se non ne aveva le prove. Così come era certo, sempre senza poterlo dimostrare, che il giochetto era stato orchestrato dal podestà Mongatti, un posapiano pari al Trovatore che aveva preso a gestire il Partito come fosse un'associazione di beneficenza. Si limitava infatti alla normale amministrazione, senza fare nulla per spingerlo verso vertici d'eccellenza, facendolo brillare nel novero delle altre sezioni dell'Alto lago, ben più attive. Tritava catene, in solitudine ma anche in pubblico, lasciando intendere che, fosse stato lui a guidare la sezione, in breve sarebbe stata portata a esempio per le altre. Ma ci voleva un polso che a suo giudizio il Trovatore non aveva, ignorando che lo stesso Federale aveva raccomandato al nuovo segretario di starsene buono, evitando avventure che, come quella del toro Benito ancora fresca nella memoria, aveva ridicolizzato la sezione bellanese e per la proprietà transitiva il Partito. Di codeste filippiche su fermezza e ardimento erano spesso testimoni il cognato Ciancicati Graziato e la di lui moglie Scafandrò Giachina alla tavola dei quali il Caio sedeva a pranzo o a cena, essendo marello, soprattutto quando la moneta languiva nelle sue tasche e gli era necessario tirare la cinghia per arrivare alla fine del mese.

Un terzo testimone era il figlio dei due, Umilio, che guardava lo zio durante le sue sparate con occhi sgranati, senza dare a vedere se fosse più ammirato o spaventato da tanto impeto.

Chiudendo le sue intemerate, con uno sguardo volto a un immaginario orizzonte, non mancava di garantire a sorella e cognato il proprio appoggio per qualunque necessità, lasciassero perdere invece il Trovatore, un due di picche, niente di più, che dormisse nella sua bambagia! Frase che, attorno alle tre e mezza di quella mattina, era balzata alla mente di Giachina Scafandro quando il carabiniere Beola, per ordine del Misfatti, le aveva riportato uno sconvolto Umilio, informandola nel contempo che il marito era trattenuto in caserma con l'accusa di furto.

Al Beola non era sfuggito che la donna era vestita come se fosse pomeriggio e non notte fonda. Pure aveva notato che né i capelli né il viso recavano quelle tracce di chi si sveglia all'improvviso da un sonno profondo. Tant'è che la Giachina, forse intuendo la perplessità del carabiniere, aveva subito mutato atteggiamento chiedendo al Beola di ripetere ciò che aveva detto e poi inscenando una pantomima di sorpresa e sgomento, per dare a intendere di essere disorientata, come fosse uscita da poco dal mondo dei sogni.

Il Beola s'era limitato a consigliare di prendere in consegna il figlioletto e metterlo a dormire, poi aveva ripreso la strada della caserma.

La Giachina invece aveva cercato di farsi raccontare cosa fosse successo, relazione che l'Umilio era riuscito a fare solo a spizzichi e bocconi, poiché era ancora immerso nell'incubo dell'energumeno che aveva portato in caserma lui e suo padre cui avevano dato un ulteriore tocco di spaventoso mistero i due carabinieri. Fatta certa comunque che guaio era, non aveva avuto altro pensiero che di informare il fratello dell'accaduto per averne quell'aiuto di cui s'era fatto spesso vanto predicando alla sua tavola, a volte gridando anche con la bocca piena. Aveva giusto atteso le prime luci dell'alba per uscire dalla casa sita in via degli Umiliati 11 e raggiungere quella del fratello in via Volta 4, due locali di un caseggiato con cesso in comune.

Il Caio non aspettava nessuno, né era intenzionato ad alzarsi così presto visto che, prestandosi a occasionali impieghi quale muratore, imbianchino o svuotatore di cantine e solai, da qualche giorno non aveva impegni né ne aveva alle viste. Quando s'era trovato davanti la sorella aveva inteso che fosse successo qualcosa.

«Non sarei qui altrimenti», aveva confermato la Giachina entrando e inalando l'aria stantia dei due locali, connubio di sudore, minestra vecchia, anche piscia di gatto.

I caramba, aveva spiegato, s'erano fatti il Graziato che allo stato era in caserma.

«L'hanno prelevato da casa?» aveva chiesto il Caio.

«No», aveva chiarito la donna, «l'hanno beccato in giro.»

In giro, e a fare che?

La Giachina aveva sospirato.

«Dicono che stesse rubando il carbone della ferrovia», aveva detto.

Il Caio s'era oscurato in viso.

«Dicono o lo stava rubando davvero?» aveva inquisito.

La Giachina aveva chiesto un bicchiere d'acqua, servitole dentro un vetro appannato e con sul fondo un alone di vino rosso.

«Non lo so», aveva detto dopo averne ingollato con fatica un sorsino.

Non lo sapeva. Così come non sapeva cosa fare, come comportarsi. A chi rivolgersi anchc. Per quello era andata da lui, avere consiglio. E aiuto. Erano, quelle, situazioni in cui una povera donna poteva fare ben poco. Ci voleva un uomo e lui, dopo il marito, era l'unico su cui poteva fare affidamento.

Caio Scafandro s'era sentito investito di una missione. Non vedeva l'ora di affrontare a muso duro quel maresciallo che ostentava un'irritante indifferenza nei confronti del Partito e dei suoi iscritti come se non esistessero, non fossero loro a comandare in Italia.

«Va bene», aveva detto, «lascia fare, ci penso io.»

La Giachina aveva tentato un abbraccio.

No, no, via!, bando ai sentimentalismi. Quando si entrava in azione servivano i coglioni, non carezze o merce del genere.

«Ti farò sapere», aveva concluso congedando la sorella.

Poi, una volta solo, da una cassapanca tarmata che fungeva da armadio era andato a prendere la camicia nera. L'aveva annusata. Emanava un ineffabile odore, riassunto di tutti quelli che permeavano l'ambiente domestico. L'aveva messa all'aria e ritirata quando mancava una decina di minuti alle otto. L'aveva indossata ed era uscito con passo deciso, l'indice della mano destra, già inastato quale baionetta, pronto a suonare al campanello della caserma.

5.

Alle otto e trenta era ancora lì, in piedi nell'atrio della caserma, guardato a vista dal carabiniere Beola secondo quanto ordinato dal Maccadò.

«Che non si permetta di scambiare parola col detenuto», aveva sottolineato il maresciallo. «E se volesse andarsene, ponti d'oro!» aveva aggiunto.

Ma Caio Scafandro aveva dato a vedere di essere ben deciso a mantenere la posizione, fisso immobile, tranne gli occhi che, impostati a una certa ferocia, di tanto in tanto ballavano dal Beola alla finestrella della porta oltre la quale stava il cognato.

L'appuntato Misfatti aveva nel frattempo messo al corrente dell'accaduto il maresciallo, compreso il fatto che non se l'era sentita di trattenere anche il piccoletto, facendolo accompagnare a casa dal Beola.

«Ha fatto bene», aveva approvato il Maccadò.

Che poi aveva preso visione della dichiarazione rilasciata dal manovale Pavanotti Ardengo, per il momento ancora scritta a mano. L'Ardengo infatti aveva chiesto la cortesia di non trattenerlo oltre in caserma visto che non più tardi delle cinque doveva essere sul pezzo, cioè al fianco dei due vagoni ripieni di carbone in attesa di coloro che sarebbero arrivati ad acquistarne variabili quantità. Il Misfatti, quando ormai tra una cosa e l'altra s'erano fatte le quattro del mattino, gli aveva concesso di andare, con la promessa di ripassare di lì a qualche ora...

«Verso metà mattina, al massimo nel primo pomeriggio, va'», aveva comunicato.

...al fine di rileggere la sua testimonianza ribattuta a macchina, confermarla e quindi firmarla.

«Mi sembra tutto a posto», commentò il Maccadò.

Adesso non restava che formalizzare la denuncia, inoltrarla alla locale pretura che avrebbe iscritto il... il...

«Ciancicati Graziato», intervenne l'appuntato.

...ecco, quello, l'avrebbe iscritto alla prima sessione di giudizio da svolgersi lì, a Bellano.

«Fra una decina di giorni», calcolò l'appuntato Misfatti visto che in genere il pretore aggiunto che saliva da Lecco non lo faceva più di due volte al mese. E sempre che ci fosse qualcosa da giudicare.

«Be', non è cosa di nostra competenza», commentò il maresciallo.

Per quanto lo riguardava potevano anche rimandare a casa quel Ciancicati, avvisandolo che si aspettasse una chiamata onde sottoporsi a giudizio.

«Lo faccio chiamare?» chiese il Misfatti.

«Certo», rispose il Maccadò.

All'invito: «Portalo su!» che l'appuntato fece scivolare nella tromba delle scale, il Beola rispose: «Chi?».

«Come chi?» ribatté il Misfatti.

«Quale dei due?» puntualizzò il carabiniere.

«Un momento», disse allora l'appuntato, rivolgendosi poi al Maccadò.

«È ancora lì quello», lo informò.

«Lo Scafandro?»

«Sì. Cosa facciamo?»

Il maresciallo sbuffò.

«E lo faccia salire», si arrese, «così sentiamo cosa vuole, prima che ci metta le radici nell'atrio.»

«Comandi», ubbidì l'appuntato Misfatti.

6.

«Innanzitutto», esordì Caio Scafandro una volta entrato nell'ufficio del maresciallo.

Aveva pensato, salendo le scale, che, non fosse bastata la camicia nera che indossava a renderlo palese, avrebbe chiarito che non era lì solo in virtù della parentela che lo legava al detenuto ma anche, e soprattutto, in rappresentanza del Partito del quale pure il cognato era tesserato.

Non riuscì ad andare oltre l'avverbio.

«Innanzitutto si saluta», lo stoppò il maresciallo.

Lo Scafandro reagì con un saluto romano da manuale.

«Qui dentro ci accontentiamo di un buongiorno, vero appuntato?» ironizzò il Maccadò.

Un invito a nozze per il Misfatti.

«Anche buonasera maresciallo, dipende dall'ora», chiosò questi.

«Certo, certo», fece il Maccadò. «E adesso...»

«Adesso, appunto», interloquì lo Scafandro che aveva ritirato il braccio ma si era composto in posa marziale pur se nella postura del riposo: mani allacciate dietro la schiena, gambe leggermente divaricate.

«Appunto lo lasci dire a me», riprese il Maccadò.

Perché appunto tanto lui quanto il lì presente appuntato si stavano chiedendo a cosa dovessero il piacere di una visita tanto mattutina da parte di colui che la vox populi indicava essere l'ombra del segretario della sezione locale del Partito.

Un improvviso contrarsi dei masseteri sul viso dello Scafandro sottolineò che la punzecchiatura aveva fatto centro.

«La ascolto», invitò il maresciallo.

Caio Scafandro si schiarì la voce, drizzò il capo.

«Chiedere ragione dell'arresto del camerata Ciancicati Graziato», rispose.

«Come se dovessimo rendere conto a chiunque circa i motivi del nostro operato?» osservò il Maccadò.

La frase risultò piuttosto oscura alle orecchie dello Scafandro. C'era forse dell'ironia? Ma non era il momento di porsi domande, né quello di accettare schermaglie verbali. Prima o poi sarebbe arrivato il momento per mettere a posto quel maresciallo. Quello che adesso contava era non perdere la pazienza, mantenersi saldo.

«Sapere cos'ha fatto», insisté.

«Tutto lì?» fece il Maccadò.

Se l'avesse solo immaginato, proseguì, gli avrebbe permesso di scambiare due chiacchiere col detenuto così che lui stesso l'avrebbe informato.

«Visto che però l'ho fatta trattenere, facendole magari perdere tempo prezioso, vedrò di farmi perdonare», disse giungendo le mani.

C'era ironia, eccome se c'era! Ognuna di quelle parole ne era ammantata. Ma guai abboccare, stare saldi!

«Quindi?» scappò di bocca allo Scafandro. Forse un po' troppo secco, deciso, provocatorio...

Ma il maresciallo sembrò non avere colto. Tant'è che rispose.

«Furto», comunicò.

Dopodiché, volgendosi di lato: «Appuntato», disse.

«Comandi.»

Ma il Maccadò ritornò con lo sguardo su Caio Scafandro. Lo fissò, sul viso un'espressione quasi di sorpresa.

«Ha intenzione di restare qui tutta la giornata?»

«Come?» ribatté lo Scafandro.

Il Maccadò allargò le braccia.

«Le sto chiedendo che intenzioni ha», spiegò.

Aveva appena risposto alla sua curiosità, l'aveva informato che il suo camerata era stato arrestato per furto, non vedeva cos'altro potesse fare per lui o dire. Per quello s'era meravigliato di vederlo ancora lì. Da quello del maresciallo lo sguardo di Caio Scafandro si pose sul volto dell'appuntato Misfatti. Vi aleggiava un sorrisetto divertito, l'anticipazione di quanto poi, una volta rimasti soli, quei due si sarebbero divertiti a raccontarsi come l'avevano preso per il culo. Forse, ragionò Caio Scafandro, era arrivato il momento di cambiare registro, altro che ombra del segretario in carica!

«È falso!» dichiarò.

«Falso?» chiese il maresciallo.

Voleva forse intendere che ciò che gli aveva appena comunicato era una bugia, lui quindi un bugiardo?

Lo Scafandro era interdetto.

«Sì o no?» insisté il Maccadò.

«In un certo senso...» fu tutto ciò che lo Scafandro riuscì a dire mentre il maresciallo apriva un cassetto della scrivania per prendere un foglio.

«Conosco un unico senso ed è quello che guida il nostro operato», disse poi, alzandosi e sventolando quel foglio.

Pure il Maccadò aveva cambiato registro adesso: postura, tono di voce, espressione del viso, scomparsa ogni traccia di ironia.

«Carta canta, caro il mio camerata», continuò.

Su quella carta era descritto come, quando, dove e perché il camerata Cincia...

«Ciancicati», lo soccorse il Misfatti.

...ecco, proprio lui, era finito nella camera di sicurezza essendo stato colto in flagranza di reato mentre sottraeva illecitamente, tra l'altro avvalendosi dell'opera di un minore riconosciuto come figlio dello stesso, un'ingente quantità di carbone della ferrovia.

«Se ne stupisce?» chiese il Maccadò.

«Chi lo dice?» osò lo Scafandro.

«Testimone oculare, questo basti. E ora noi formalizziamo la denuncia.»

«Dopodiché il camerata Ciancicomesichiama potrà tornare a respirare l'aria di casa in attesa del giudizio da parte del signor pretore», concluse il Maccadò.

«Il pretore?» sussultò Caio Scafandro.

«A ognuno il suo compito», tornò a ironizzare il maresciallo. «E a tale proposito, se ce lo permette, adesso gradiremmo riprendere il filo della giornata quindi arrivederci!»

Caio Scafandro sciolse il riposo.

«Arrivederci», salutò a sua volta cercando di dare al tono della voce un che di allusivo. Perché se quel maresciallo pensava che la faccenda finisse lì si sbagliava di grosso. Giù nell'atrio il carabiniere Beola aveva già aperto il portone, stava sulla soglia. Lo Scafandro ne approfittò per avvicinarsi alla porta della camera di sicurezza.

«Chi ti ha beccato?» chiese.

«Il Pavanotti», rispose Graziato.

«Chi?»

«Il manovale della stazione», precisò l'altro.

Allo Scafandro sorse nella mente la figura sfocata di quel gigante. L'unica cosa nitida era il contorno dei due badili che aveva al posto delle mani. Molto, ma molto più grandi e possenti delle sue, che pure non erano da signorina. Badili insomma, non c'era altra parola per definire quelle mani.

«Allora?» protestò il Beola.

Caio Scafandro si riscosse.

«Sta' tranquillo!» sussurrò rivolto alla camera di sicurezza.

«Datti da fare», fu la risposta che giunse da dietro la porta.

7.

«Diamoci da fare», aveva appena detto il maresciallo Maccadò.

Non che ci fosse granché. Priorità assoluta, ribattere a macchina la denuncia del Pavanotti.

«Il Beola?» suggerì l'appuntato Misfatti.

Il Maccadò corrucciò la fronte. Considerando che per l'appuntato s'era fatta l'ora del solito giro alle Regie Poste per ritirare la corrispondenza della caserma... giro largo come d'abitudine, giusto per annusare l'aria del paese, sentire che si diceva, segnatamente quel giorno se per caso già circolasse qualche chiacchiera su ciò che era accaduto la notte appena trascorsa... ecco, considerato ciò, e considerato anche che lui con la macchina per scrivere non aveva la dimestichezza che invece dimostrava la gioventù del carabiniere Beola...

«Il Beola, certo, come no», rispose.

Che avrebbe svolto il compito in un battibaleno ed era inoltre anche in grado di decifrare l'umorale grafia del Misfatti.

Quando l'appuntato annunciò che stava uscendo, nel silenzio che seguì si levò il regolare ticchettio dell'Olivetti M1, anno di produzione 1915, di cui la caserma bellanese era dotata dal 1920. Il Beola procedeva con ritmo regolare, abitudine che gli permetteva di compilare denunce, relazioni, informative senza refusi o errori di sorta.

Solo a Maristella il maresciallo aveva confessato di provare un filo, un filino!, di invidia per l'abilità del giovanotto. La moglie gli aveva fatto notare che con un po' di buona volontà non gli sarebbe stato impossibile imparare a sua volta, questione di esercizio. Ma appunto lì stava il busillis! Con una sola macchina per scrivere a disposizione, per di più in caserma, sulla scrivania dell'ufficio del Misfatti, avrebbe dovuto esporsi agli sguardi dei suoi sottoposti, magari facendosi beccare con l'indice per aria alla ricerca della lettera giusta. No, non era il caso che un maresciallo si mettesse così alla berlina. Meglio lasciar fare a chi se ne intendeva.

Maristella però, di tanto in tanto, tornava sull'argomento: bisognava pur camminare al passo coi tempi! Oppure preferiva continuare a usare carta e penna, chiedere sempre ad altri di ribattere i verbali? Un maresciallo come lui? Non pensava che avrebbe dovuto adeguarsi un po' alla modernità, anche pensando ai figli che avrebbero messo al mondo e che sarebbero diventati grandi? E ancora, se aveva così timore di affrontare una macchina per scrivere, cosa avrebbe fatto di fronte a un apparecchio radiofonico? Maristella l'aveva buttata lì una sola volta quella faccenda della radio.

«Una radio?» aveva risposto lui.

«Certo», aveva confermato lei, ma nuova nuova, non quel catorcio che era durato solo una settimana.

Una radio che le avrebbe fatto compagnia durante le ore in cui lui non era in casa.

Ma, aveva obiettato il Maccadò, presto sarebbero arrivati i figli a fargliene.

«Farebbe compagnia a tutti», aveva risposto la donna.

Il Maccadò aveva lasciato correre né Maristella era più tornata sull'argomento. Ma nella sua testa l'eco di quelle parole di tanto in tanto... Proprio come, quella mattina, il tic tac delle stanghette che battevano questo o quel tastino sotto l'oculata guida del carabiniere Beola, evocando quel sentimento di sottile, sottilissima invidia.

Quando le nove non erano passate che da pochi minuti però, al Maccadò sorse un sospetto: o il Beola aveva acquisito una capacità tale da poter trascrivere un'intera, circostanziata denuncia in tempo record oppure aveva commesso qualche errore che lo stava obbligando a ricominciare tutto da capo. Per quale altra ragione se no il ticchettio s'era interrotto, lasciando che il silenzio si riempisse con la sirena di un battello e, subito dopo, con due colpi, toc toc, alla porta del suo ufficio?

«Avanti», disse.

Il carabiniere Beola entrò, il foglio scritto a mano pinzato tra due dita.

«Maresciallo mi scusi, avrei bisogno di un chiarimento», disse.

«Se si tratta di capire quello che ha scritto l'appuntato, meglio se aspetti lui», osservò il Maccadò.

«No, no», fece il Beola, «si tratta di altro.»

8.

Era cosa che andava chiarita subito. Solo così avrebbe capito come impostare la sua azione.

Poche balle, s'era detto Caio Scafandro uscendo dalla caserma. Quel maresciallo lì l'aveva messo nell'angolo con la sua carta che canta e il testimone e il signor pretore... Uno a zero per lui, fine del primo tempo. E si prospettava la possibilità che la partita finisse con quello stesso risultato. Per tentare di ribaltarlo doveva assolutamente avere le idee chiare. Cosa che solo sua sorella Giachina in quel momento poteva fare.

Prima di recarsi in via degli Umiliati passò dall'osteria del Ponte. Ne aveva più di un motivo. Per prima cosa bere un bicchiere di vino al fine di ritemprare lo spirito. La seconda capire se già si vociferava su quello che era successo. La terza ragione, vedere se per caso qualcuno che aveva necessità di manovalanza di qualche tipo fosse passato, avvisando l'oste di farglielo sapere, considerando che il locale era una sorta di ufficio di collocamento per lo Scafandro e lavoratori occasionali pari a lui.

Due bicchieri di vino, nessuna voce sul cognato, nemmeno una richiesta per qualche lavoretto: meno male, così avrebbe potuto dedicare l'intera giornata alla faccenda.

Era sul punto di uscire quando nel locale fece il suo ingresso il maestro Crispini.

«Buongiorno maestro», salutò l'oste come se stesse trattando con un bambino.

«Buongiorno caro», rispose il Crispini, «mi siedo un momento.»

«Con vostro comodo», ribatté l'oste sempre con lo stesso tono da asilo infantile. Ormai lo sapeva: non avrebbe consumato né un caffè, né un calice di vino, né un'anisetta, niente di niente. Il momento annunciato dal Crispini sarebbe durato un'ora, minuto più minuto meno, giusto il tempo di leggere il giornale stando però attento a cogliere eventuali chiacchiere che potevano diventare notiziole di una decina di righe.

Lo Scafandro lo guardò pensieroso: un incrocio tanto occasionale quanto opportuno, nel caso fosse cominciata a girare qualche voce su suo cognato avrebbe dovuto fare due chiacchiere col Crispini, avvisarlo di non scrivere nemmeno una virgola sul giornale. Adesso però non c'era più tempo da perdere, doveva andare da sua sorella, metterla al corrente dell'accusa che pendeva sulla testa del marito e magari concertare con lei una linea d'azione. Se doveva sfidare il maresciallo Maccadò e i suoi carabinieri gli serviva pianificare per bene.

Uscì con impeto dall'osteria e con impeto uguale bussò alla porta in via degli Umiliati 11. Dovette attendere prima che qualcuno gli aprisse e certo non si aspettava che a farlo fosse il decenne Umilio, la faccia stravolta dalla notte tribolata e con un'ombra di spavento al vedere lo zio.

«Mia sorella, tua madre dov'è?» chiese lo Scafandro.

Il ragazzino esitò prima di rispondere. La mamma, poco prima, l'aveva avvisato di non dire dov'era nel caso qualcuno fosse andato a cercarla. Bastava dicesse che non lo sapeva, tutto lì.

Ma allo zio poteva mentire?

«Allora?» insisté il Caio.

«Giù in cantina», mormorò il bambino.

La fronte di Caio Scafandro si corrugò.

9.

Il maresciallo Maccadò invece se la stava massaggiando. Poi, dopo aver ben riflettuto, disse: «No, meglio di no», rivolto al carabiniere Beola e alla questione che gli aveva da poco sottoposto. Il Beola aveva infatti interrotto di battere a macchina la denuncia perché gli era venuto da riflettere su ciò che il manovale Pavanotti aveva dichiarato poche ore prima, e cioè che pur non essendone sicuro aveva il dubbio che quello non fosse stato il primo furto di carbone avvenuto nel corso delle ore notturne. Rispetto alla massa di combustibile presente nei due vagoni era difficile quantificare l'entità dei prelievi ma l'istinto, e anche una certa abitudine a valutare pesi e misure con una sola occhiata, l'avevano convinto che i conti non tornavano. Tuttavia, non potendo provare niente, s'era tenuto il sospetto per sé. Però, aveva osservato il Beola, il sospetto del manovale aveva a sua volta portato lui a sospettare.

«Ah sì?» aveva chiesto il Maccadò.

Come no.

«Quando ho riaccompagnato a casa il bambino», aveva risposto il carabiniere, «mi sono meravigliato di trovare sua madre vestita come se stesse per uscire, senza una traccia di sonno sul viso... proprio come se fosse in attesa di qualcuno.»

«Figlio e marito, intendi?» aveva chiesto il maresciallo.

«Suppongo», aveva risposto il Beola.

Quindi, aveva poi chiesto, era il caso di riportare nel corpo della denuncia anche quelle parole?

Il maresciallo aveva riflettuto un lungo minuto, massaggiandosi appunto la fronte.

«No», aveva infine risposto.

No perché, per quanto suggestiva, era una dichiarazione non sostanziata da prove concrete e il pretore l'avrebbe di certo contestata, magari in pubblico e magari facendo sorridere qualcuno.

«Alle nostre spalle», aveva aggiunto.

In ogni caso valeva la pena di tenerne conto in via ufficiosa.

«Non si sa mai», aveva poi concluso.

E il Beola era tornato nell'ufficio del Misfatti riprendendo il regolare ticchettio senza immaginare quanto il Maccadò invidiasse quella sua abilità.

10.

Mica se l'aspettava la Giachina una visita del fratello. Tornata a casa dopo averlo avvisato del guaio, s'era data da fare onde eliminare sostanziose tracce che invece quel guaio l'avrebbero confermato fin troppo, anche peggiorato. E messo nella merda non solo il marito, anche lei, quale complice. Aveva avvisato tre corrispondenti d'affari: Scazzoletti Erminia, la più vicina, via degli Umiliati 9, Vivadio Purissima, a metà strada, via Boldoni 13, Bindarelli Ovenia, la più lontana, via Porta 3. Che la seguissero senza fare storie e armate di secchi, almeno due, al fine di liberare la cantina dal carbone che il marito aveva accumulato nell'arco dei giorni, meglio, notti, precedenti. Fornitura gratuita per quella volta, aveva garantito, anziché il solito prezzo che consisteva nella metà di quello che chiedeva la ferrovia. L'importante era che si sbrigassero.

Non aveva tenuto conto però di quanto il fratello in quel poco tempo, e dopo lo scazzo col Maccadò, si fosse sentito investito di un'alta missione: ergersi a difensore, nella specie del cognato, dell'onore del Partito, dimostrare che razza di coglioni aveva lui rispetto a quel lumacone del Trovatore.

Quando, con l'impeto che ormai lo contornava come un'aureola, il Caio fece irruzione nella cantina cui si accedeva grazie a una corta scala esterna, il tempo parve fermarsi come fosse stata scattata una fotografia.

Sullo sfondo le tre donne, un secchio traboccante di carbone per ciascuna mano, tracce scure sul viso che esprimeva una specie di stupore verginale. La Giachina, davanti, fissa a guardarlo, una scopa in mano con la quale fino a qualche istante prima aveva raccolto in un angolo la polvere che il carbone aveva lasciato in terra.

Toccò allo Scafandro rompere l'incanto.

«Cosa state facendo?» sillabò.

«Niente», rispose la sorella.

Si poteva dare una risposta più stupida? O, meglio, sua sorella pensava che lui fosse così stupido da non capire che...

Era il caso, pensò, di chiarire chi comandava, e non solo dentro quella cantina.

«Voi tre, via!» ordinò.

La Scazzoletti fu lì per aprire bocca. Voleva chiedere se potevano portarsi via i secchi o dovevano lasciarli giù.

«Ho detto di andare, sciò!» ribadì lo Scafandro cogliendone il movimento delle labbra.

In fila indiana, chine, silenziose, occhi a terra e secchi in mano, le tre sparirono. La Giachina fece per seguirle.

«Tu rimani qui!» le intimò il fratello.

Perché dovevano parlare. Lei anzi doveva farlo. Dirgli tutto, se voleva che lui l'aiutasse ancora.

«Avanti!»

La Giachina aveva baffi neri di carbone, occhiaie. O forse anche quelle erano tracce di polvere. Un viso consono ad apparire su una lapide al cimitero.

«Be'», esordì, «ognuno si arrangia come può.»

Voleva dire che quello era un modo come tanti per tenere in asse il bilancio familiare.

«Non solo il nostro», aggiunse.

Lo sguardo del fratello divenne una fessura.

«Spiegati», sputò.

Quando il marito, fece lei, le aveva detto di aver notato che il carbone della ferrovia era praticamente incustodito durante la notte e che quindi sarebbe stato facile procurarsene un po' senza sborsare una lira lei non aveva aperto becco. Quel primo colpo era andato liscio, il Graziato s'era ingolosito, ne aveva messi a segno un altro paio e a quel punto era intervenuta lei, proponendogli di lasciargliene vendere una certa quantità ad amiche fidate.

«Pagandolo niente e dandolo a metà prezzo è pur sempre un bel guadagno», fece notare la Giachina.

Caio Scafandro scosse la testa.

«E come diavolo gli è venuto in mente di portarsi dietro anche il bambino?»

«È capitato solo ieri notte», chiarì la Giachina.

Sarebbe stata l'ultima incursione, aveva stabilito il Graziato.

«Ancora un colpetto, e poi basta», avevano deciso assieme.

Al fratello salì un poco di tosse.

Ma che cazzo, per quanto invisibile nell'aria c'era ancora un po' di polvere di quel carbone di merda! Sputò per terra, senza ritegno. La Giachina osservò lo scaracco atterrare e allungarsi sul pavimento della cantina. Un vero schifo, tuttavia toccava subire, poiché ormai era nelle mani del fratello.

«E adesso», chiese, «che intenzioni hai?»

Valeva la pena risponderle? Sua sorella avrebbe capito?

Perché ormai c'era una sola cosa da fare. Non tanto pareggiare i conti dei gol col maresciallo. Piuttosto agire per far annullare quello che aveva già segnato. Ed era cosa che solo uomini, uomini che disponevano di due coglioni così, come lui, mica come quel fragoletta del Trovatore, potevano fare.

«Lascia fare a me», disse.

Nella penombra della cantina quelle parole risuonarono come fossero una sentenza.

11.

I due badili di quel... quel...

Va be', s'era dimenticato il nome che il cognato gli aveva sussurrato dalla camera di sicurezza.

Manovale, via, tanto bastava.

E, appunto, manovale, tutto muscoli e poco cervello.

In quanto a muscoli, però...

Del Pavanotti, Caio Scafandro continuava ad avere un'idea vaga, sfumata. Ma da quel fumo emergevano le mani che aveva notato da qualche parte, all'osteria del Ponte forse o forse al Circolo dei lavoratori. Mani che, prendendolo, avevano fatto sparire un bicchiere di vino. Che potevano supplire senza fatica a un paio di remi.

E comunque, badili o remi che fossero, uno con due mani così di cervello non doveva averne mica tanto, e sarebbe bastato un niente fargli andare in confusione quel poco che possedeva. Non c'era tempo da perdere però, bisognava affrontarlo in fretta, e stenderlo. Con le parole, s'intende.

Così ragionando lo Scafandro s'era incamminato di buon passo per irrompere nell'ufficio del capostazione Invasati.

«Calma, calma!» chiese quello sorgendo dalla sedia come dopo una scossa.

A parte il fatto che nel suo ufficio potevano entrare solo i dipendenti della ferrovia, e anche quelli nel rispetto di maniere consone, dopo aver bussato quindi e chiesto permesso... A parte quello, non gli sembrava il caso, pur non considerando i canoni della buona creanza, di entrare come aveva appena fatto Caio Scafandro, con un impeto che aveva messo a rischio la tenuta dei cardini della porta.

Calma, quindi. E per qualunque cosa, informazioni o biglietti del treno, rivolgersi allo sportello dedicato cui si accedeva dall'atrio della stazione.

«Non devo andare da nessuna parte», rispose Caio Scafandro.

«Bene», rispose l'Invasati, rimettendosi a sedere e ripetendosi mentalmente, Calma!

Doveva mantenersi assolutamente calmo, se voleva tenere il controllo della situazione. Non gli erano estranei episodi siffatti, nei quali aveva ridotto a più miti consigli viaggiatori esagitati senza biglietto o ubriachi o addirittura francamente alienati esercitando la calma tanto nei gesti quanto nelle parole. Né, pur essendo uso a non oltrepassare quasi mai i confini del suo regno che combaciavano con quelli della stazione ferroviaria bellanese, gli era del tutto ignoto il viso che gli stava davanti, intuito con tutta probabilità nella piccola folla che l'anno prima aveva accolto proprio lì il nuovo maresciallo dei carabinieri. Viso che, allo stato, vuoi per la luce che emanava dallo sguardo, vuoi per le gote arrossate e un'ombra scura attorno alle palpebre, come se qualcuno ci avesse passato del nerofumo, dava conto di un'eccitazione fuori dall'ordinario.

Calma quindi e: «Ditemi».

Caio Scafandro aveva il fiato corto avendo attraversato il paese a passo di marcia convincendosi via via che quella che aveva in mente, e non altra, era l'unica soluzione possibile. Prima di rispondere si diede una sistemata alla borsa. Non tanto per avere conferma dei due coglioni di cui tra sé e sé si vantava, quanto perché durante la concitazione della marcia l'affare si era impigliato nel bordo dei mutandoni a mezza gamba che indossava e che necessitavano di un nuovo elastico o, meglio, di essere sostituiti.

Quel gesto riportò alla mente dell'Invasati un fatto accaduto nel luglio dell'anno precedente, sotto la cappa di un'afa asfissiante, quando, lui come tutti gli altri capistazione della zona oltre a carabinieri e tutori vari dell'ordine pubblico, era stato avvisato della fuga dal manicomio San Martino di Como di un noto maniaco sessuale, il menaggino Biagio Carimonti, che si supponeva fosse intenzionato a raggiungere il paese natio: la possibilità che tentasse di farlo anche col treno, pur viaggiando senza biglietto essendo privo di mezzi, non era da scartare. L'Invasati aveva quasi desiderato di poter incontrare l'alienato, giusto per poter dimostrare a sé stesso prima che ad altri la sua capacità di domare gli spiriti ribelli. Purtroppo per lui era stato anticipato dal collega di Varenna, il capostazione Turiboli, che l'aveva bloccato, con un limitato uso di parole sostituite da una solida presa, mentre scendeva da un treno locale col chiaro scopo di salire poi su un battello e traversare il lago.

«Ditemi quindi», ripeté, mentre la mano dello Scafandro dopo l'arrangiatina lì in basso si levava nel saluto romano, cosa che all'Invasati tolse l'illusione di poter fare appello alla sua spicciola psichiatria.

«Devo parlare con uno dei vostri manovali», disse il Caio.

Adesso l'Invasati l'aveva riconosciuto del tutto: era proprio lui, quello che aveva notato sul marciapiede della stazione al momento dell'arrivo del nuovo maresciallo. Di più, ricordò, stava appena davanti alla pattuglietta di militi in camicia nera e appena un passo indietro dell'allora segretario Tartina. Comunque, per tornare alla richiesta, non aveva che una risposta da dare. Non quale. Ma: «Questa stazione ne ha a disposizione uno solo», comunicò.

«E allora quello», ribatté lo Scafandro che continuava a non ricordarne il nome.

«Intendete il manovale Pavanotti Ardengo?»

«Se si chiama così...» rispose lo Scafandro cercando di memorizzarlo.

«E per quale motivo, se è lecito chiedere?» domandò l'Invasati.

«Affari privati», rispose secco Caio Scafandro.

Un bel villano, giudicò tra sé il capostazione. Categoria che poteva essere equiparata a squilibrati, esagitati o ubriaconi. Da sistemare quindi secondo il consolidato metodo: ammazzarli con la cortesia.

«Sappiate allora che al momento il suddetto manovale è assente», disse, visto che da nemmeno un quarto d'ora gli aveva chiesto il permesso di allontanarsi per recarsi presso la caserma dei carabinieri.

Lo Scafandro masticò un'imprecazione.

«E dove lo posso trovare, o quando?» chiese.

Fu come non avesse parlato.

«Sappiate inoltre», riprese il capostazione, «che gli affari, come voi li avete definiti, privati si trattano al di fuori delle ore lavorative. Questo per vostra conoscenza.»

Come cazzo parlava quel capostazione, roba da far venire il prurito anche ai sassi! Sberle ci volevano, che il Caio, però, dovette trattenere. O rimandare ad altra occasione, avrebbe valutato.

«Chiedo solo dove o quando lo posso trovare», domandò costringendosi a spalmare un po' di vaselina sul tono della voce.

All'Invasati scappò un sorrisetto.

«Il manovale Pavanotti Ardengo è uso consumare il pranzo all'osteria del Ponte oppure al Circolo dei lavoratori», disse. «A voi la scelta.»

Caio Scafandro emise un grugnito, si girò e uscì cercando di contenere l'impeto nel chiudere la porta. Non sentì le ultime parole del capostazione Invasati.

«E grazie per l'inaspettata quanto gradita visita!»

12.

Le cose erano andate un po' per le lunghe in caserma. Il Pavanotti infatti non era capace né di leggere né di scrivere. L'aver visto arrossire una tal pezza d'uomo dopo una simile confessione aveva mosso a tenerezza il terzetto di carabinieri, Maccadò in testa.

«Va bene, non si preoccupi», l'aveva tranquillizzato il maresciallo.

Gli avrebbero riletto lentamente la trascrizione di ciò che aveva dichiarato la notte trascorsa.

«E a ogni termine che le risultasse oscuro ci fermi. Glielo spiegheremo, la cosa importante è che comprenda bene ciò che dovrà sottoscrivere.»

C'era voluto un po', però.

Più di un po'.

La maledizione del linguaggio burocratico aveva colpito come una mitragliatrice impazzita. Ligio al consiglio del Maccadò, il manovale s'era astenuto dal chiedere delucidazioni solo davanti a punti e virgole che il Beola, deputato alla lettura, aveva citato ogni volta. Quando infine s'era trattato di firmare il Beola si era agitato.

Che fare?

Guidare la mano del manovale, che non sapeva scrivere il proprio nome e cognome?

Oppure confermare per iscritto, con una postilla inserita in calce alla denuncia, che la dichiarazione era stata effettuata davanti a loro carabinieri quali garanti?

Il Maccadò e il Misfatti si erano scambiati un'occhiata

d'intesa. Poi il maresciallo, con tono didattico, aveva spiegato.

«Beola, ti pare che possiamo esporci al rischio che qualcuno anche solo sospetti che abbiamo orientato in qualche modo le parole di quest'uomo?» aveva detto.

Il Pavanotti non sapeva leggere né scrivere ma era comunque in grado di parlare. Se qualcuno, il signor pretore sopra tutti, avesse avuto bisogno di riscontri avrebbe potuto chiamarlo a sé il giorno del processo e chiedere conferma di ciò che aveva dichiarato.

«Quindi una bella ics di lato a nome e cognome come si usa in questi frangenti, no?»

«Comandi», aveva risposto il Beola incassata la lezione.

Pareva convinto anche il Pavanotti, che aveva seguito la discussione cercando di afferrarne il senso. Al momento di tracciare quel segno a piè di pagina aveva dimostrato di non avere alcuna pratica con una penna in mano, tant'è che l'appuntato gliela aveva incastrata tra pollice e indice pregandolo anche di non stringere troppo con quelle sue manone onde evitare di spezzarla a metà. Alla fine dell'operazione il manovale aveva la fronte sudata ed era ancora più rosso di quando aveva confessato il proprio analfabetismo.

«Può andare adesso», aveva comunicato il maresciallo.

Una volta fuori il manovale s'era diretto alla volta della stazione e via via che si avvicinava la tensione che aveva accumulato nel corso dell'oretta appena trascorsa s'era andata allentando, fino a svanire del tutto quando aveva varcato il confine di quella che tutto sommato considerava la sua seconda casa. Quel particolare odore che vi regnava, ferro, fumo, piscia di gatti e non solo, la vista del magazzino non disgiunta da quella dei due binari di percorrenza e del binario morto, sul quale sostavano i due vagoni pieni a metà di carbone, erano un tonico per lui. Gli erano bastati pochi passi dentro quel territorio per tornare a essere il solito: manovale Pavanotti Ardengo, lavoratore, affidabile, silenzioso e puntuale. Un gioiello nel giudizio del capostazione Invasati che vedendolo ritornare volle informarsi se fosse andato tutto bene. Assicuratosi che avesse compiuto il suo dovere, l'avvisò che doveva aspettarsi una visita durante l'ora che si concedeva per il pranzo.

«Che visita?» chiese il Pavanotti.

L'Invasati sbuffò, gonfiando le gote.

«Azzardo un'opinione», rispose, «ma credo di non sbagliare ritenendo che non sarà una di quelle che si usano fare per cortesia, per condividere un lieto evento o comuni intenti.»

Il manovale corrugò la fronte, il capostazione comprese al volo, aveva volato troppo alto.

«In poche parole», ribadì abbassandosi di quota, «potrebbe non essere molto piacevole.»

«Per chi?» chiese allora il Pavanotti.

Per lui o per il misterioso visitatore?

13.

Suonava mezzogiorno quando Ciancicati Graziato usciva dalla caserma dei carabinieri. Libero, gli aveva detto con poche, formali parole il maresciallo Maccadò, ma in attesa di giudizio.

Una volta fuori si guardò in giro con occhio rapinoso. Fin dal momento in cui il maresciallo gli aveva comunicato che poteva andare aveva cominciato a temere di trovarsi faccia a faccia con più di un curioso che gli chiedesse conto di quello che aveva combinato. La piazza vuota, sulla quale cadevano i tocchi del campanile, lo confortò. Bene così, pensò, voleva dire che in quel paese di pettegoli ancora nessuno sapeva. Un conforto che però durò ben poco, giusto il tempo di infilarsi in via Manzoni e passare da piazza Santa Marta dove non poté fare a meno di occhieggiare la sede della pretura e le annesse carceri mandamentali. Gli venne freddo, consapevole di essersi cacciato in un guaio dal quale non sapeva chi avrebbe potuto tirarlo fuori.

«Mio fratello», lo informò Giachina Scafandro.

«Voglio dire, qualcuno che mi tiri fuori per davvero, mica a chiacchiere», precisò l'uomo.

La moglie allargò le braccia.

«Dobbiamo fidarci», rispose.

Cos'altro poteva dire?

Il Graziato abbozzò.

«Per intanto sarà meglio che non mi faccia vedere in giro.»

«Direi», approvò la moglie. Sul lavoro aveva fatto sapere che era stato male nel corso della notte e non era in grado di guidare corriere.

«Bene», approvò lui. «Ma anche l'Umilio...»

«L'ho tenuto a casa da scuola», interloquì la moglie.

«Ottimo», commentò il Graziato fregandosi le mani. Tutto a posto per il momento. Quindi...

«C'è qualcosa da mangiare?» chiese.

14.

«No», aveva appena risposto l'oste Molina a Caio Scafandro. Prima però era toccato a quest'ultimo dare la stessa risposta al Molina.

No, non era entrato all'osteria del Ponte per mangiare. Piuttosto per sapere se aveva visto il Pavanotti Ardengo manovale della ferrovia.

«No», aveva allora risposto il Molina.

Bon, se non era lì allora era al Circolo dei lavoratori, aveva giudicato lo Scafandro. Poi, rifletté, sistemata la faccenda, sarebbe tornato lì, al Ponte. Il profumino di brasato che aleggiava nell'aria era decisamente invitante. Niente male però anche quell'altro, spezzatino coi funghi, che saturava l'atrio d'accesso al Circolo scontrandosi, sovrapponendosi e di fatto annullando quello del Ponte. Un bel dilemma dover scegliere. Ci avrebbe pensato poi, prima il dovere!

Entrando nel locale Caio Scafandro si sentì come coprire da un velo di umidità. Un po' il calore dell'aria, un po' il rumore di sottofondo, un ruminare di bocche che masticavano, gole che deglutivano, qualche rutto, poche parole sommesse. Ai tavoli, pressoché tutti occupati, c'erano operai perlopiù, che non avevano tempo da perdere: riempirsi lo stomaco e poi riprendere il lavoro, quale che fosse.

Lo Scafandro si guardò in giro e solo allora realizzò che, pur avendo memorizzato il nome del manovale, Pavanotti Ardengo, non aveva ben presente che aspetto avesse, mani a parte. Si avvicinò al bancone dove la moglie del gestore e cuoco, certa Misurina, stava riempiendo mezzi di vino rosso. Lo Scafandro batté una mano sul lucido alluminio del bancone per richiamare l'attenzione della donna. La Misurina lo guardò.

«C'è qui il Pavanotti Ardengo, manovale della ferrovia?»

La Misurina aveva in mano un mezzo, vuoto.

«Sì», rispose cominciando a riempirlo. «Serve altro?»

Di quel vino dall'aspetto così corposo il Caio si sarebbe fatto subito un bicchiere. Anche due.

Ma prima il dovere!

«Sì», rispose. «Servirebbe sapere dov'è.»

La donna adesso stava sistemando cinque mezzi di rosso su un vassoio. Non levò nemmeno gli occhi.

«È là in fondo, nell'angolo a sinistra. Altro?»

«Magari dopo», rispose lo Scafandro giudicando che in quel momento la bilancia dei profumi stava cominciando a pendere a favore dello spezzatino. Si avviò senza ringraziare, traversando la sala accompagnato da raschiamenti di sedie spostate e rari sguardi. Si fermò a un paio di metri dal tavolo dove sedeva il manovale, intento a fare una scrupolosa scarpetta. Prima di muovere i rimanenti due passi diede un'occhiata alla parete di fondo sulla quale erano affissi manifesti e fotografie: si soffermò su uno che annunciava la «Serata Danzante» per il trascorso Carnevale, e su una foto che ritraeva un gruppo di giocatori di bocce. Poi completò l'avanzata, tirò a sé una sedia e si accomodò.

«Pavanotti Ardengo», esordì senza inflessioni interrogative.

Il manovale alzò gli occhi dal piatto e li tenne fissi sullo Scafandro che aveva incrociato le braccia.

«Ci conosciamo?» chiese poi.

«No», ammise lo Scafandro.

Il Pavanotti sembrò sorpreso dalla risposta.

«E allora perché vi siete seduto qui?» volle sapere.
«Per una semplice ragione», rispose sottovoce Caio Scafandro.
«Sarebbe?» fece il manovale.
«Dovete fare una cosa», lo informò il Caio.
Il Pavanotti mise su una faccia che era dubbio e, ma giusto un pizzico, curiosità.
«Sarebbe?» ripeté.
«Niente di complicato», lo tranquillizzò lo Scafandro. «Solo ritirare la denuncia che avete fatto ai carabinieri», sillabò poi.
Quel pizzico di curiosità sparì all'istante dal volto del manovale, a tutto vantaggio del dubbio.
«Perché?» chiese.
«Perché ve lo dico io», affondò lo Scafandro.
Il manovale drizzò per bene la schiena.
«Pavanotti Ardengo», dichiarò con calma, «prende ordini solo dal capostazione Invasati e talvolta dalla moglie.»
Lo Scafandro si produsse in un sorrisetto.
«Aggiungete anche me alla lista allora», suggerì.
Il Pavanotti rifletté un istante.
«Dopo», disse.
Dopo?
«Dopo cosa?» chiese Caio Scafandro.
Di nuovo il Pavanotti si concesse qualche istante di silenzio, giusto il tempo di mettere in fila le parole che stava per dire.
«Direi di fare così», riprese. «Facciamo fuori la questione a sberle.»
Forse non aveva capito bene, rifletté lo Scafandro.
Sberle?
«Come, sberle?» chiese, un po' inquieto.
Il Pavanotti confermò: sberle. Era una specie di gioco che aveva praticato fin da bambino. A quei tempi era proprio solo un gioco, un divertimento, tanto per misurare la forza tra ragazzini. Il primo che si tirava indietro

perdeva, riconoscendo la forza dell'avversario. Poi però era diventato anche il miglior metodo per decidere chi avesse ragione in certe faccende. Tanto per fare un esempio, raccontò il Pavanotti, era così che aveva conquistato la mano di sua moglie, facendo fuori a sberle un altro pretendente.

Sberle!

Una per ciascuno, secondo le regole, senza imbrogli. Se fosse finito a terra, sarebbe andato a ritirare la denuncia. In caso contrario...

«Se a terra finirete voi...» spiegò il manovale.

...niente da fare.

Ecco perché aveva detto, Dopo.

E mentre finiva di spiegarsi, il Pavanotti si alzò dalla sedia.

Fu come se avesse provocato uno spostamento d'aria. Lo Scafandro se lo trovò davanti in tutta la sua massa e in quel momento il fatto che avesse poco cervello gli parve particolare di nessuna importanza.

Buona parte dei presenti si girò a guardare verso il loro tavolo.

Caio Scafandro invece stava calcolando le misure dell'energumeno che gli si stava parando sotto gli occhi, anzi, sopra, inimmaginabili fino a che era rimasto seduto. Un paio di spanne buone più alto di lui, spalle che ci voleva un minuto a percorrere da un lato all'altro, anche viceversa. Ma le mani! Soprattutto quelle. Mani che il Pavanotti aveva tenuto sulle ginocchia fino a che non s'era tirato in piedi e che solo allora gli aveva mostrato.

Erano mani, quelle?

No, confermò a sé stesso lo Scafandro.

Badili, o pale, o vanghe piuttosto, tali e quali.

E badilate, non sberle, quelle che avrebbe ricevuto se avesse accettato la sfida. Una sola, ne fu certo, l'avrebbe steso, frullandogli il cervello e portando a galla remoti ricordi d'infanzia.

Mica poteva correre il rischio, soprattutto lì, in quell'ambiente che puzzava ancora di socialismo.

«È la vostra ultima parola?» chiese stando ancora seduto.

Il Pavanotti fece un cenno affermativo.

«Va bene», acconsentì Caio Scafandro. «Ma vi avviso, ve ne pentirete.»

Dopodiché si alzò, fece due passi indietro tenendo d'occhio il manovale caso mai volesse dare corso alla sfida, e solo quando fu a distanza di sicurezza si girò e senza fare caso agli sguardi che lo seguivano uscì dal Circolo.

Una volta chiusa la porta una voce si levò, ambasciatrice della comune curiosità.

«Cosa voleva quello, Ardengo?»

Il Pavanotti si girò senza individuarne la fonte.

«Boh», rispose.

Mangiato aveva mangiato, ora doveva tornare al lavoro.

15.

Lui, no.

Caio Scafandro era ancora a stomaco vuoto. E con niente nella pancia si ragionava male o per niente. Perché quello adesso doveva fare.

«Ra-gio-na-re.»

Tirarsi indietro, nemmeno da pensarci. S'era impegnato e doveva trovare una soluzione. Ma non a stomaco vuoto. La bilancia adesso pendeva del tutto a favore del brasato dell'osteria del Ponte.

Ma l'oste Molina lo disilluse all'istante.

«Finito», lo informò quando entrò ordinandone un piatto, abbondante. Per quel giorno doveva accontentarsi del profumo. In alternativa poteva fargli saltare in padella una salsiccia.

«Due», corresse il Caio.

Davanti alla prima si concesse il piacere di goderne il sapore, sentendo via via lo stomaco che gli diceva grazie per aver pensato anche a lui, non solo al guaio del cognato. La seconda, invece, placata in gran parte la fame, lo riportò alla realtà. Che, un boccone dopo l'altro, gli si rivelò non avere vie d'uscita se non quella che aveva tentato, senza riuscire, di evitare: cioè che il cognato, anzi, il camerata Ciancicati Graziato finisse davanti al pretore, con tutta la pubblicità negativa che la sezione, e il Partito di riflesso, avrebbero subito. Per quanto ragionasse, masticando lento gli ultimi due bocconi della salsiccia ormai fredda, Caio Scafandro si stava convincendo che ormai la battaglia si sarebbe consumata dentro l'aula della pretura bellanese. Di più, che se il cognato vi fosse entrato senza alcun fuoco di copertura ne sarebbe uscito impallinato come un fringuello visto che, come il maresciallo aveva detto, la carta cantava e nessuno poteva mettere in dubbio quello che c'era scritto.

Bisognava quindi trovare qualcuno in grado di comandare un'opportuna difesa.

Ma, c'era?

C'era!

«C'è!»

Pam!

La mano dello Scafandro si abbatté sul tavolo a suggello dell'illuminazione che aveva appena avuto, risvegliando dal coccolo l'oste Molina che da un paio di minuti s'era appoggiato alla macchina del caffè, piombando in un sogno di prati di narcisi che però nascevano bucando una coltre di neve.

«Sì?» sbottò, pensando a un avventore appena entrato.

«Spaventato?» chiese il Caio sorridendo.

«C'è poco da ridere», ribatté il Molina sbadigliando.

«Dipende», chiosò lo Scafandro.

Da chi, come recitava il proverbio, avrebbe riso per ultimo.

«Non capisco cosa vuoi dire», replicò il Molina cominciando a strofinare il bancone. Ma tanto per dire, perché in realtà gli importava ben poco. Al punto che la risposta del Caio: «Sono cose private», fu alle orecchie dell'oste un suono come un altro.

Lo Scafandro si alzò, il pensiero all'uno a zero che ancora era dalla parte del maresciallo. Ma l'intervallo era finito, cominciava il secondo tempo e lui aveva in serbo sorprese. Si avviò alla volta di via degli Umiliati, casa Ciancicati. Senza fretta, bello pieno com'era doveva pur digerire. Adagio, quindi.

16.

Non gli era nuova quella canzonetta, nossignore. Anzi, ricordava bene dove e quando l'aveva sentita per la prima volta. Era stato mesi prima, nel laboratorio dell'offelliere Geco Pisillo quando, finito il turno di servizio, era passato a ritirare una torta per festeggiare il compleanno della signora appuntata. Dalla radio di cui il Pisillo s'era dotato per farsi compagnia soprattutto quando lavorava la sera e a volte anche la notte, erano uscite quelle note, quelle parole. E il Pisillo, mentre dava l'ultimo tocco al dolce, l'aveva invitato ad ascoltare bene il testo.

L'appuntato Misfatti aveva seguito il consiglio e... be', insomma, forse era un po' stupidina come canzone però... però anche divertente.

Il Pisillo con evidenza la conosceva a memoria, ridacchiava a ogni passaggio, commentava. Cosa ne dite appuntato di quel Biagio? E rideva!

Quel Biagio eh, che non vedeva l'ora di... di... la mano che si sostituiva alle parole... con la fidanzata.

E lei?

Biagio adagio, andiamo adagio Biagio...

Ma anche dopo, quando erano sposati lei sempre Biagio adagio, andiamo adagio Biagio fino a quando lui s'era convinto ad andare adagio e...

Sentite un po' come va a finire, gli aveva detto il Pisillo. E aveva canticchiato il finale della canzone.

«Ma quando Biagio fece adagio, lei gli disse con languor, fa' più presto mio tesor!»

Divertente, no?, aveva concluso l'offelliere. Lui che non vedeva l'ora, lei che gliela faceva solo vedere e poi, alla fine, invece...

Divertente, sì, aveva ammesso il Misfatti, ed era uscito dalla pasticceria con quel motivetto piantato in testa che era andato a ficcarsi in qualche angolo della memoria, pronto a saltare fuori in un altro paio di occasioni.

Ma non avrebbe avuto motivo di farlo proprio quel giorno mentre saliva la seconda rampa di scale per raggiungere il suo appartamento e un meritato piatto di pasta, sempre che la signora Misfatti non avesse cambiato idea.

Biagio adagio, andiamo adagio Biagio...

Il motivo, le parole lo colpirono quando mancavano quattro gradini al pianerottolo di casa, rallentandolo prima, quasi in obbedienza all'invito del paroliere, e poi, all'altezza del penultimo gradino fermandolo del tutto. Perché i casi erano due. Dato per certo che lì, al secondo piano dove aveva casa, c'era una radio accesa, si trattava di stabilire da quale dei due appartamenti dirimpettai si diffondeva la musica: o quello della vicina, Perla Zucchina in Caverna, moglie dell'impiegato comunale Zitto Caverna, oppure dal suo.

Dal suo?

Con un unico passo l'appuntato Misfatti mangiò gli ultimi due scalini, si fece alla porta, appoggiò l'orecchio.

«Lei gli disse con languor, fa' più presto mio tesor...»

«Dal mio!» concluse il Misfatti, impossibile sbagliare.

Al vederlo entrare in cucina, la bocca già aperta, pronta a chiedere spiegazioni, la signora Misfatti prima spense l'apparecchio radiofonico poi disse: «Altolà!».

«Altolà?» ribatté il marito.

Altolà lo dicevano loro carabinieri.

«Anche le mogli qualche volta», fece la Misfatti.

E quello era uno di quei casi. Perché prima di dire alcunché il suo signor marito doveva starla a sentire.

«La radio qui presente...» attaccò.

Era un modello radio Ultradina RD 2000 Ramazzotti a valvole in grado di raccogliere e trasmettere stazioni da tutta l'Europa, completa di tutti gli accessori, apparecchio, telaio, valvola, accumulatore, batteria anodica, altoparlante Philips.

Ecco, la radio lì presente non poteva ancora considerarsi di proprietà della famiglia Misfatti.

«Ah no?» chiese l'appuntato.

«No», confermò l'appuntata.

No perché l'elettrotecnico nonché elettricista Zelbio Bisigatti con negozio in via per Colico 43, con gesto di gran cortesia, dopo una sua precisa richiesta aveva accettato di portare il suddetto apparecchio a casa Misfatti a scopo puramente dimostrativo.

«Sarebbe a dire?» chiese l'appuntato.

«Questa mattina», chiese la Misfatti, «hai risposto o no con un *ma sì*, quando ti ho chiesto per l'ennesima volta se non era ora che anche noi comprassimo una radio?»

«Sì», non poté che ammettere l'appuntato.

Ecco allora che lei aveva ben pensato di chiedere al Bisigatti di portargliene in casa una per qualche ora affinché anche lui ne prendesse visione e poi ne decidesse l'acquisto.

«Visto che questa mattina hai detto *ma sì*», ribadì la Misfatti.

All'appuntato parve evidente una cosa: la decisione dell'acquisto era già stata presa, dalla sua signora. E adesso sarebbero arrivate le dolenti note.

«Quanto... quanto verrebbe?» chiese.

«Duemiladuecento lire», rispose la moglie.

«Follia!» sbottò il Misfatti.

Con uno stipendio annuo di lire diecimilaottocento, si rendeva conto di cosa volesse dire sborsarne ben duemiladuecento per... per uno stupido apparecchio radiofonico?

«Certo», rispose la Misfatti senza scomporsi.

Ma era ben lì che lo voleva.

Perché sempre il Bisigatti, dimostrando gentilezza e comprensione, aveva accettato la sua proposta di pagamento.

«Comode rate mensili di lire cento», spiegò l'appuntata.

E nel giro di soli ventidue mesi, senza che se ne accorgessero, avrebbero saldato il debito.

Il Misfatti stava calcolando quando sarebbero scaduti, a partire da quel giorno, 11 ottobre 1928, i ventidue mesi concordati dalla moglie.

«Allora?» fece lei distraendolo.

17.

Allora, come va la mia Stella?

La Misfatti non poteva nemmeno immaginare che, così dicendo, usava lo stesso diminutivo con il quale il Maccadò chiamava sua moglie nella più rigorosa intimità. Né Maristella le avrebbe mai chiesto di evitare onde non correre il rischio di spiegare il perché.

L'appuntata aveva preso l'abitudine di farle visita dopo la caduta che aveva tenuto Maristella in ospedale qualche giorno durante l'estate e così, ogni mattina, dopo saluti e rassicurazioni varie, a Maristella toccava il bollettino delle novità, piccole o grosse, che la Misfatti aveva raccattato durante il giro della spesa.

Quella volta grossa, la novità.

«Grossissima», aveva dichiarato.

Una bella sorpresa per suo marito.

«Ah sì?» aveva chiesto Maristella.

«Indovina.»

Eh, indovina...

Maristella aveva cercato di farlo ma non aveva saputo che pesci prendere: a meno di pensare a una cosa impossibile, un'assurdità addirittura, cioè che la Misfatti volesse sorprendere il marito con la notizia di essere in attesa di quel figlio che non aveva voluto saperne di arrivare dopo venti e più anni di matrimonio. Ma era talmente irragionevole che aveva taciuto, cedendo.

«Mi arrendo.»

E la Misfatti: «La radio!».

Finalmente!

«Ma lui lo sa?» aveva chiesto ingenua Maristella.

«Se ti ho detto che è una sorpresa...»

Dopodiché le aveva raccontato per filo e per segno com'era andata, come, in sostanza, aveva incastrato il marito.

«Bella mossa», aveva infine commentato la signora Maccadò.

«Anche se io», disse poi al marito rientrato per il pranzo e dopo aver riferito della visita, «non mi comporterei mai così.»

«No?» fece il Maccadò.

«Mi sembrerebbe di ingannarti», sorrise Maristella.

Ma soprattutto era convinta che se avesse espresso il desiderio di avere una radio lui l'avrebbe accontentata senza bisogno di ricorrere a certi trucchetti.

«O no?» concluse Maristella.

«Mi sembra di aver già sentito qualcosa a tal proposito», commentò il Maccadò.

«Ma davvero?» sorrise di nuovo Maristella fingendo un meraviglioso stupore.

18.

«Allora?» chiese Giachina Scafandro vedendo entrare il fratello.

Il Caio non rispose subito. Mentre camminava, adagio, verso casa Ciancicati aveva composto il discorsetto che si preparava a fare. Non solo quello, anche il viso, atteggiato alla serietà della situazione che, allo stato delle cose, non poteva essere presa sottogamba. In sostanza, solo chi era addentro alle cose della politica, come lui pensava di essere, poteva intuirne i pericoli e gestirla per evitarli.

Gli occhi della Giachina, del Graziato, del piccolo Umilio – ma i suoi solo per un istante perché lui venne subito cacciato in camera – si fissarono su quel manifesto di criticità che era il volto di Caio Scafandro.

«Allora niente», rispose infine.

«Come niente!» scattò a molla il Graziato. «Tua sorella mi aveva detto che...»

Lo Scafandro levò una mano. Gli vennero in mente quelle del manovale, la gara di sberle che gli aveva proposto.

Be', una, anche un paio le avrebbe mollate volentieri a quel cretino del cognato, farsi beccare a rubare, con l'Umilio al seguito poi...

«So quello che ti ha detto», lo zittì.

Ma la situazione si era rivelata più complessa di come era sembrata, più difficile da sbrogliare.

«E allora?» ripeté la Giachina.

Caio Scafandro rimase in piedi. Sulla lingua avvertì un

gusto nuovo. Non era roba da mangiare. L'ineffabile piuttosto, e delizioso, sapore del potere, dell'avere di fronte persone che dipendevano da lui, da ciò che avrebbe deciso. Poco importava che fossero sua sorella e quel cretino del cognato. Erano un assaggio di ciò che avrebbe gustato in abbondanza quando avesse finalmente scalzato dalla sedia quel senzapalle del Trovatore.

«E allora ci vuole un avvocato!» sentenziò.

Avesse detto che serviva un sacrificio umano, magari nella persona dello stesso Umilio, non avrebbe ottenuto uguale silenzio. La Giachina boccheggiò come una bottatrice appena uscita dall'acqua per più di un istante, nella testa una vocina che recitava: «Mèj un ratt in boca al gatt che un òmm in man a un avocatt».

Appunto.

«E chi lo paga?» si sbloccò.

«Eh!» si accodò il marito. «Dove andiamo a prendere i soldi?»

E poi, ancora, sempre ammesso di avere il denaro per pagarlo, quanti avvocati conoscevano? Uno solo, l'unico presente in paese, un vero affare. L'avvocato Procopio Gariglio che, stante il gran volume di cause che gli venivano affidate, due anni prima aveva dovuto vendere il suo studio di via Balbiani 17 per tirare avanti, ritirandosi in casa e lì, quando capitava, ricevendo i pochi clienti. Pochi e davvero disperati se si vedevano costretti ad affidarsi a uno che in paese veniva definito l'avvocato delle cause perse.

«Tanto vale mettersi la corda al collo», concluse il Graziato con un tono di malcelato disprezzo che non sfuggì allo Scafandro. Per tutta risposta questi gli rivolse uno sguardo pietoso. Era proprio un cretino, un somaro, l'unica cosa che capiva erano il bastone e la carota. Non valeva la pena scendere allo stesso livello di una mezzacalzetta simile.

Dignità.

«Ho detto avvocato», ribadì. «A maiuscola!»
«E che differenza c'è?» chiese la sorella.
«Quella che passa tra un avvocaticchio di paese e uno che invece ha due coglioni così», rispose mimando con pollice e indice di entrambe le mani un immaginario cerchio.
«E dove sta?» chiese il Graziato.
Al momento Caio Scafandro non lo sapeva. Ma entro sera contava di scoprirlo.
«So io», mentì comunque.

19.

I sette giorni che il Berebelli gli aveva chiesto di attendere erano passati, la sera stava calando. L'insegna della Tipografia Vivacchia era sempre scolorita, sempre scrostata qua e là, ma a Mimmo Valanga non diede più alcun senso del ridicolo come la volta precedente.

Mancava la nebbiolina della settimana prima. Per il resto tutto sembrò svolgersi secondo lo stesso copione. Aveva spinto la porta d'ingresso, era entrato, s'era fermato scrutando il vuoto del locale, ascoltando il silenzio. Aveva chiamato: «C'è nessuno?».

Gli aveva risposto l'eco, uno... uno...

Poi s'era aperta l'altra porticina, quella che dava sul locale dove il Valanga poteva solo immaginare ci fossero i macchinari della tipografia e aveva fatto capolino la stessa testa di capelli ricci e scomposti piantata su un metro e cinquanta, non di più, di altezza. Infine quella voce roca, arrugginita. Priva però del tono inquisitorio della volta precedente. Declinata anzi a una certa gentilezza.

«Bentornato», disse infatti Vivacchia Stipula.

«Grazie», rispose il Valanga avvicinandosi al bancone mentre la Stipula si palesava del tutto, chiudendosi la porta alle spalle. «Tutto bene?» chiese lui impaziente.

«Sì, certo», lo tranquillizzò la tipografa. Doveva solo pazientare un po', suo marito si era dovuto allontanare per una consegna urgente, questione di una decina di minuti più o meno poi sarebbe tornato. La Vivacchia sorrise, mostrando un paio di buchi tra i denti inferiori.

«Ve ne andate in Svizzera?» domandò poi.
Il Valanga allargò le braccia.
«Sempre che ci riesca», rispose confermando la supposizione della donna.
«Perché non dovreste?» osservò la Vivacchia.
Be', non si sapeva mai, chiosò il Valanga, i controlli alle frontiere erano sempre più stretti, poteva capitare con uno della confinaria un po' troppo pignolo...
«C'è frontiera e frontiera», lo interruppe la Vivacchia.
Alcune erano molto controllate, altre invece...
«Infatti tenterò di passare dal valico di Tirano», la informò il Valanga.
«Tirano!» sbottò la Stipula come fosse sorpresa.
«Conoscete?» chiese il Valanga.
«No», rispose la donna, «non proprio.»
Non Tirano insomma, fino a lì non s'era mai spinta, non ne aveva ragione. Ma di tanto in tanto anche lei prendeva il treno che da Milano saliva verso il lago di Como con destinazione Tirano, appunto.
«Chi l'avrebbe mai detto», commentò il Valanga tanto per dire qualcosa.
«Be', non c'è niente di strano», fece a sua volta la Vivacchia.
Non era un segreto infatti che sulle rive del lago suo marito aveva un fratello.
«Tipografo pure lui», lo informò la donna.
«Tradizione di famiglia?» chiese il Valanga.
«Non direi», rispose la Vivacchia.
Piuttosto, un caso della vita o destino, se qualcuno ci credeva. Sta di fatto, raccontò Vivacchia Stipula, che suo marito Misto, che era il maggiore, e suo fratello Verbo, minore di due anni, erano cresciuti entrambi come apprendisti tipografi sotto la guida di suo padre Vivacchia Emulo. Quando si erano impadroniti del mestiere, al punto di sentirsi tipografi a tutti gli effetti, suo padre aveva dovuto operare forzatamente una scelta, o l'uno o

l'altro. E visto che da tempo il Misto faceva gli occhi dolci alla figlia, cioè lei, non c'erano stati dubbi su chi tenersi, lasciando andare l'altro a cercare fortuna altrove.

Per qualche tempo del Verbo avevano avuto notizie frammentarie, aveva fatto lavori occasionali, niente a che vedere col mestiere che aveva imparato dentro lì.

Poi un bel giorno era arrivata una sua lettera nella quale scriveva di aver trovato una vecchia tipografia di paese, invero malmessa, che avrebbe potuto rilevare, e rilanciare, se solo l'avessero aiutato a mettere assieme il capitale necessario perché coi suoi risparmi non ce la faceva.

«Né mio marito, né mio padre, che a quel tempo era ancora vivo, si sono tirati indietro», spiegò la Vivacchia.

Ed era stata la prima volta, proprio per consegnare i soldi, che lei aveva preso quel treno che portava fino a Tirano per scendere però circa a metà strada, nel paese dove il Verbo aveva trovato la tipografia.

«A Bellano», specificò.

«Come avete detto?» chiese il Valanga con un sorrisetto.

«Bellano», ripeté la Vivacchia.

Il Valanga scosse la testa.

«Dite sul serio?» fece.

«Così è», confermò la donna.

«Be', direi che è un nome quantomeno singolare, difficile dimenticarlo», commentò il Valanga.

«L'ho pensato anch'io», concordò la Vivacchia. «Tuttavia, a parte il nome, vi garantisco che è un posticino niente male.»

C'erano un sacco di negozi, attività artigianali, un cotonificio, una filanda e...

E chissà quante altre cose c'erano in quel paese, pronte sulla lingua della donna per essere elencate, se il ritorno del tipografo Berebelli Misto non l'avesse bruscamente interrotta, dandole giusto il tempo di augurare buona fortuna al Valanga e poi sparire dietro la porta, nel locale misterioso.

20.

Il cielo era verde, mai visto un cielo così. Uscito da casa Caio Scafandro fu come obbligato a guardare in su per capire da dove venisse quella luce verdina che sembrava colorare anche l'aria che respirava.

Mai visto un cielo così.

O, forse, era già capitato e lui non se n'era mai accorto?

No, no, era proprio un caso, un evento, un fenomeno. Glielo confermò la vista del segretario in carica Aurelio Trovatore sul terrazzino della sua casa di via Coltogno, angolo via degli Orti, in compagnia dell'anziana madre Priscilla, entrambi incantati come due oche a guardare in su. La presenza della Priscilla confermava l'eccezionalità di quel cielo: anche i sassi infatti sapevano che la vegliarda non tollerava di stare all'aria aperta, di più, non tollerava l'aria tout court, tanto che anche nei giorni di afa più schifosa non voleva che venissero aperte le finestre per creare un po' di corrente.

Una volta giunto nei pressi di casa Trovatore dopo aver osservato per un po' madre e figlio che continuavano a rimirare quel cazzo di cielo verdino, non trovò di meglio per attirare l'attenzione del Trovatore che infilarsi due dita in bocca e fischiare.

Madre e figlio abbandonarono la volta celeste, verdina però quella sera, e si girarono a guardarlo.

L'Aurelio lo riconobbe.

«Cercano te?» chiese sua madre.

«Ho paura di sì», rispose il figlio.

«Be', è un bel villano», sentenziò la Priscilla.
Col fischio si chiamavano i cani, non i cristiani.
«Cosa vuoi farci mamma», mormorò il Trovatore.
«Niente. Ma riaccompagnami dentro», chiese lei.
L'Aurelio fece un cenno allo Scafandro, che si avvicinasse, si portasse sotto il terrazzino e lo attendesse lì un minuto. Ci volle più di un minuto però, considerando che la Priscilla aveva ormai la velocità di una tartaruga e, una volta depositata sulla poltrona sulla quale sedeva dopo essersi alzata dal letto e dalla quale si alzava per ritornare a letto, chiese al figlio di coprirla ben bene con una copertina di lana e di portarle poi quel tal cordialino che le faceva tanto bene al cuore. Infine, quando il Trovatore si dispose a scendere, la donna lo fermò.
«Non far entrare in casa nostra un villano di quel genere», chiese.
«Va bene mamma», acconsentì il giovanotto.
Quindi riprese la via del terrazzino, fece un cenno allo Scafandro e gli gridò: «Aspettami lì, un attimo e arrivo».

21.

«Un momento solo e torno», disse Berebelli Misto dopo essersi scusato per averlo fatto attendere.

«Non ho fretta», rispose Mimmo Valanga.

Il tipografo sparì dietro alla porta alle sue spalle e riapparì così in fretta che si sarebbe potuto dire non si fosse mai mosso. Ma c'era un particolare che smentiva quell'impressione. Quando tornò dietro al bancone teneva infatti tra indice e pollice il documento d'identità verso il quale Mimmo Valanga allungò subito la mano.

«Alt», fece però il Berebelli portandolo fuori tiro.

Prima di consegnarlo doveva spiegare un paio di cose. Un documento, per quanto falso, doveva comunque adattarsi alla persona che se lo portava in giro. Non solo, anche essere in armonia, per dire, con la situazione che ne aveva richiesto la necessità. Per questo, dopo aver ben ragionato, il Berebelli aveva deciso di assegnare al giovanotto la professione di: «Avvocato», specificò...

...col nome di: «Notambulo Severo».

Il tipografo notò la perplessità del Valanga.

«Ascoltatemi bene», riprese.

Innanzitutto aveva un'età grazie alla quale poteva ben essere un avvocato all'inizio della carriera. Inoltre aveva avuto l'impressione che non gli mancasse una buona lingua, che fosse dotato di un discreto vocabolario insomma, come doveva essere di coloro che si occupavano di codici e pandette. Ma soprattutto, in caso di controlli, l'essere avvocato gli dava una sorta di aura protettiva, lo metteva al sicuro dall'intrusiva curiosità di coloro che davanti a un leguleio cominciavano ad avvertire il bisogno di correre al cesso senza nemmeno immaginare il perché. Ecco il motivo per cui aveva preso quella decisione.

«Convinto?» chiese il Berebelli.

«Se lo dite voi...» rispose il Valanga.

«Fidatevi», assicurò il tipografo. Non era il primo cui dava tanto un nome quanto un lavoro falsi centrando il bersaglio.

Dopodiché depose il documento sul bancone spingendolo verso il Valanga. Costui lo prese, l'aprì, osservò la foto, mormorò a fior di labbra il suo nuovo nome e il cognome, la professione.

«Conviene che ve li stampiate bene nella memoria», consigliò il Berebelli.

«Lo farò», assicurò il Valanga.

A quel punto non restava che ringraziare e...

«Non me, lui», disse il Berebelli, l'indice alla volta del soffitto, san Giuda Taddeo.

Mimmo Valanga arricciò le labbra: ci aveva pensato di tanto in tanto nel corso di quei giorni e gli era sembrato un sistema facile da aggirare.

«Immaginate che io consigli di presentarsi qui con un santino di san Giuda Taddeo a un... diciamo un ladro, un truffatore, un criminale vero e proprio insomma...»

«Ottima osservazione», interloquì il Berebelli, «da vero avvocato direi. Vedete che non ho sbagliato a darvi quella professione?»

«Sì, ma...» tentò di obiettare il Valanga.

Il Berebelli come non l'avesse sentito.

«Se ne andrebbe», proseguì, «il criminale di cui avete ipotizzato l'ingresso, con le pive nel sacco.»

Il santino con cui anche lui s'era presentato era infatti un pezzo unico.

«Lo posso ben dire poiché l'ho falsificato io a partire dall'originale», chiarì il tipografo.

Un paio di particolari rispetto all'iconografia classica lo rendevano riconoscibile solo a lui e a quel don Giusto nelle cui tasche aveva fatto ritorno per uscirne alla prossima occasione.

«Certificata e garantita», concluse il Berebelli.

«Geniale», ammise il Valanga.

Come da consiglio allora avrebbe ringraziato il patrono dei disperati. Non gli restava quindi che di saldare il debito.

«Quale debito?» chiese il tipografo.

«Be'», fece Mimmo Valanga.

Gli sembrava superfluo specificarlo.

«O lavorate gratis?» chiese.

«No», rispose il Berebelli.

In certi casi, come in quello, però sì. E per una semplice ragione.

«La libertà, giovanotto, non ha prezzo», sentenziò. «La vostra e anche quella di tutti noi», aggiunse.

La Vivacchia, come la volta precedente, aprì la porta solo quel tanto che le permise di cacciar fuori la testa.

«Manca molto?» chiese.

«Abbiamo finito», rispose il marito.

«Grazie anche a voi, signora», salutò il Valanga.

«Chi ha parlato?» chiese la donna. «Chi c'è lì?»

«Nessuno», fece il Berebelli.

Mimmo Valanga restò di stucco.

«Come nessuno?»

Berebelli Misto lo guardò schiacciandogli l'occhio.

«Nessuno», ribadì.

Perché loro due non s'erano mai visti, né conosciuti.

22.

No, non lo conosceva. O magari lo conosceva ma non l'aveva presente. Il verdino del cielo era svaporato. Grigio adesso. E dalla montagna aveva cominciato a venire giù un'arietta bella fresca.

«Chi è 'sto Cianci... Cianci cosa?» chiese il Trovatore.

«Camerata Ciancicati Graziato», specificò Caio Scafandro.

«Ah!, tuo cognato. Va bene. E allora?»

«Non sai quello che è successo stanotte?»

Aurelio Trovatore sbuffò.

«Io lavoro», disse.

Significava che in qualità di assistente presso il cotonificio se ne stava lì dentro dalla mattina alla sera attento a che tutto filasse liscio. Ciò non gli consentiva di prestare orecchio a chiacchiere e pettegolezzi che, in verità, non gli interessavano. Proprio per quello evitava di frequentare caffè o osterie, preferendo rintanarsi in casa a sognare il momento, l'occasione che doveva capitare onde permettergli di sradicarsi da quel paese e lasciarselo alle spalle. Abbandonando anche quella carica di segretario che aveva accettato obtorto collo per non mettersi in cattiva luce col Federale e i suoi scagnozzi e solo dopo aver ricevuto l'assicurazione che, benché segretario di sezione, non doveva fare altro che starsene buono buono, non prendere iniziative di sorta, tenere d'occhio, controllare gli iscritti, evitare insomma che succedessero casini così come era capitato con il suo predecessore Tartina. E nel caso l'occasione tanto sperata fosse arrivata il giorno dopo, non avrebbe avuto scrupoli nell'attuare tutto ciò di cui sopra, compreso lasciare al suo destino anaerobico la vecchia madre.

Quindi, stando così le cose, come diavolo poteva sapere quello che era successo quella notte?, concluse il Trovatore.

«L'hanno arrestato», sintetizzò Caio Scafandro.

«Tuo cognato?» chiese il Trovatore.

«Il camerata Ciancicati, sì», corresse il Caio.

Il Trovatore ebbe un brivido. Freschetto. Ma anche la previsione che le cose sarebbero potute andare per le lunghe se lui non avesse condotto la danza.

«Cos'ha fatto?» chiese.

«Dicono che abbia rubato il carbone della ferrovia.»

Dicono?

Dicono chi?

Chi lo diceva? I sassi? Gli uccelli del cielo?

«Il manovale della ferrovia», rispose lo Scafandro.

«E allora?» insisté il Trovatore.

«Potrebbe finire in galera», azzardò Caio Scafandro.

Ma che bella novità!, pensò il Trovatore. Fino a quella mattina non avrebbe mai immaginato che un ladro potesse finire in galera, va' che roba!

«E non sarebbe una bella cosa», aggiunse lo Scafandro.

«Lo immagino, ma...»

«Per la sezione, il Partito», completò Caio Scafandro.

«Mica gliel'ha ordinato la sezione o il Partito di rubare», obiettò il Trovatore.

«Sempre che l'abbia fatto», insinuò lo Scafandro.

Un'osservazione che spinse il Trovatore a cercare di chiudere quel dialogo, invero inconcludente fino a quel momento.

«Ma insomma, ha rubato o no?»

Caio Scafandro scosse il capo. La questione non era quella.

«Non ci sono testimoni. È la parola di un camerata contro quella di un manovale», disse.

Soggetto di tanti, troppi muscoli, poteva zappare la terra senza bisogno di usare la vanga. Poco cervello, in altre parole. Inaffidabile.

Cominciava a calare il buio. Di lì a poco sua madre Priscilla avrebbe dovuto essere accompagnata a letto. Il pensiero distrasse il Trovatore. Chi ci avrebbe pensato quando lui fosse stato, finalmente, lontano da lì? Meglio arrivare preparato al momento, visto che l'occasione per menare le tolle si sarebbe potuta presentare da un giorno all'altro. Sempre che non ci pensasse direttamente l'alto dei cieli, d'altronde l'età c'era e...

«Quindi?» ne interruppe la riflessione lo Scafandro.

«Ma quindi cosa?» scattò il Trovatore.

Cosa ci poteva fare lui?

«Trovare un avvocato», fu la risposta.

«Cos'è, per caso il Gariglio è morto?» chiese il Trovatore.

No, non era morto. Ma quello che lui intendeva dire, spiegò Caio Scafandro, era che ci voleva un avvocato di fatto e non solo di nome. Di più, un avvocato di sicura fede, che avesse a cuore l'onore del Partito e dei suoi iscritti, disposto alla battaglia e non a rintanarsi nella cuccia com'era costume dell'avvocato Procopio Gariglio.

«E dove vado a cercarlo?» buttò lì il Trovatore.

Semplice.

«In Federazione», suggerì il Caio.

Proprio lì?, pensò Aurelio Trovatore.

Proprio lì dove aveva garantito che sotto la sua gestione non ci sarebbero stati casini? Proprio lì doveva andare a chiedere un avvocato per difendere un iscritto al Partito dall'accusa, vera o falsa che fosse, di furto? Se il Caio pensava davvero che sarebbe andato a disturbare il Federale o chi per esso a causa di un imbecille, ancorché iscritto al Partito, si sbagliava di grosso.

«Temo che sia impossibile», disse il Trovatore scuotendo la testa.

«Non c'è niente di impossibile se se ne ha la volontà», ribatté lo Scafandro.

E magari anche un paio di coglioni, tenne per sé.

«Va be'», mormorò il Trovatore.

Avanti di quel passo avrebbero fatto mattina e, a parte la Priscilla da portare a letto, doveva ammettere che la danza l'aveva condotta lo Scafandro. Basta musica però, adesso.

«Fammici pensare», disse.

Caio Scafandro approvò con un gesto del capo.

«Attendo tue.»

Uèla!

Chissà dove l'aveva imparata quella, sorrise tra sé Aurelio Trovatore.

23.

Pure Giachina Scafandro in Ciancicati attendeva sue, del fratello. Le aveva attese in compagnia del marito per tutta la sera. Poi a una cert'ora lo sguardo aveva cominciato a farsi languido. Dormiamo va', la notte avrebbe portato consiglio. Un terzetto di consigli, belli chiari, la mattina seguente, nella testa della Giachina.

Per il Graziato: andare al lavoro e comportarsi come se nulla fosse accaduto.

Per l'Umilio: se a scuola gli avessero chiesto cosa avesse avuto la risposta era mal di pancia, passato però.

Per sé: una volta rimasta sola in casa, volare in cerca del fratello e chiedergli conto della sera prima, quando loro lo avevano atteso per avere notizie e di lui neanche l'ombra.

Volpe però, il Caio. Si aspettava una mossa siffatta da parte della Giachina. Quindi, alle sette della mattina, benché non avesse alcun impegno di lavoro, era già fuori casa. Umidità, luce incerta, nell'aria un sapore di muffa. Pochi passi sotto l'ottobrino cielo dal colore ancora vago e si infilò nell'osteria del Ponte, l'unico luogo dove mai donna alcuna avrebbe osato entrare. L'oste Molina aveva segni di sonno intorno agli occhi.

«Mi metto lì dietro», disse lo Scafandro.

Dietro, una saletta che solo nelle grandi occasioni, festa del patrono, dei Re Magi, Carnevale, marcia su Roma e Natale della stessa, ospitava avventori.

«Ti porto qualcosa?» chiese l'oste.

«No», rispose il Caio.

Meglio così, pensò il Molina, doveva ancora capire di essere sveglio.

Volpe anche la Giachina però, non per niente nelle vene di entrambi scorreva lo stesso sangue. Dopo aver bussato a usura, comprese che nessuno le avrebbe aperto perché nessuno era in casa. Facile immaginare che il fratello avesse voluto sottrarsi alla sua curiosità per non dover confessare di aver fatto promesse a vanvera, tanto per dare aria alla lingua. Ne conosceva i vizi tuttavia, e le ben poche virtù. Non le fu difficile prevedere dove si fosse cacciato. Perché se era vero che le donne, per decenza, evitavano di entrare al Ponte, era altrettanto vero che niente e nessuno impediva loro di farsi sulla soglia e chiedere al Molina, come fece lei quando ancora non erano le otto del mattino: «Se vi capita di vedere mio fratello potete dirgli che ho necessità di parlargli?».

Il Molina non era ancora entrato in coppia del tutto. Fu per quello che rispose: «È qui».

E sempre per la detta ragione, dimentico della regola che consigliava di non dare troppo spazio alle donne, le usò addirittura la cortesia di andarglielo a chiamare.

Caio Scafandro non la prese neanche troppo male, d'altronde non avrebbe potuto eclissarsi all'infinito. Si prese giusto il tempo per pensare a cosa dire per placare le ansie della sorella. Giocare d'anticipo, rifletté, sarebbe stata la mossa giusta. Si alzò, la raggiunse, uscì in piazza Cavour. Non le permise di aprire bocca.

«Sto aspettando risposte», disse.

La Giachina approvò.

Ma, quando sarebbero arrivate?

«Sono cose delicate», osservò il fratello.

Cose che richiedevano pazienza, la virtù dei forti, di coloro che avevano... due coglioni così.

«D'accordo», fece la Giachina. D'accordo anche sulla dimensione degli attributi. Però il tempo passava. E: «Chi ha tempo non aspetti tempo», fece proverbialmente notare.

«Infatti», concordò il fratello nel contempo riflettendo che, anziché la sera come aveva programmato di fare, avrebbe fatto bene ad anticipare un nuovo incontro col Trovatore per sentire cosa avesse deciso in proposito.

«Infatti cosa?» domandò la Giachina.

Caio Scafandro tacque. Sua sorella aveva ragione, non bisognava perdere tempo, il giorno del giudizio... mamma mia che frase, come riempiva la bocca, come metteva i brividi!..., il giorno del giudizio insomma poteva arrivare da un momento all'altro e guai, guai!, farsi trovare impreparati.

Totale, sua sorella aveva proprio ragione ma mai ammetterlo. Era lui ad avere due cosi così.

«Parlavo tra me e me», chiarì infine.

«E...» tentò la Giachina.

«Ti farò sapere», tagliò corto il fratello.

«Mi raccomando», fece lei, domata per il momento, ma non vinta.

Caio Scafandro rientrò al Ponte.

L'appuntato Misfatti rientrò in caserma dopo fatta la tappa alle Regie Poste.

Il maresciallo Maccadò depose la cornetta e sul calendario segnò la data che gli era appena stata comunicata, 19 ottobre prossimo venturo, ore dieci.

24.

L'accelerato delle otto e quindici in partenza da Milano Centrale. Fermava a Monza, Lecco, Varenna-Esino, Bellano-Tartavalle Terme, Colico, Morbegno, Sondrio e infine Tirano. Arrivo alle undici e venti minuti spaccate, visto che i treni non portavano più ritardi. Mimmo Valanga aveva ragionato a fondo su quale prendere, mentre entrava in confidenza con il suo nuovo nome, professione compresa.

«Severo Notambulo, avvocato.»

Aveva scartato quelli delle prime ore del mattino e pure quelli che partivano nel tardo pomeriggio o addirittura a sera. Mica l'aveva fatto così, a capocchia. Nossignore! Per un paio di giorni aveva frequentato la stazione osservando e notando come su quei convogli salissero ben pochi viaggiatori, cosa che avrebbe facilitato chiunque, Ovra o Milizia, si fosse preso la briga di controllare documenti, fare domande sullo scopo del viaggio e, dio non volesse!, richiedere controlli. Certo avrebbe avuto con sé il suo bel documento che lo dichiarava avvocato...

«Severo Notambulo, avvocato.»

...ma nonostante ciò aveva ben presente che era quello un rischio che sarebbe stato meglio evitare. Agli altri orari, invece, saliva sui treni una folla composita di uomini e donne in mezzo alla quale sarebbe stato più facile confondersi. E soprattutto avrebbe avuto maggiori possibilità di sfuggire nella malaugurata ipotesi che qualcuno venisse a controllare i documenti. Fatti i conti, alla fine quello in partenza alle otto e quindici gli era sembrato l'ideale anche in considerazione del fatto che, giungendo in quel di Tirano in tarda mattinata, gli avrebbe concesso l'intero pomeriggio per guardarsi intorno e pianificare le mosse successive.

Deciso treno e orario, era passato al giorno destinato alla partenza. E, su quello non aveva avuto dubbi di sorta. In pace coi genitori, sua madre Giustina, sessantottenne, e suo padre Gualtiero, settant'anni, consci anche loro che la scelta del figlio per quanto drastica fosse l'unica possibile, il Valanga aveva preso come un beneaugurante segno del destino che l'anniversario di nozze dei due cadesse il 18 ottobre. L'avrebbero festeggiato assieme, di sera, come sempre avevano fatto, si sarebbero abbracciati, magari sarebbe scesa qualche lacrima ma, insomma, avrebbero reso quel giorno indimenticabile.

E lui, cioè l'avvocato Severo Notambulo, sarebbe partito il giorno seguente, 19 ottobre, con nelle orecchie le ultime raccomandazioni di madre e padre, la carezza di un bacio sulla guancia e il calore di una stretta nella mano. Con un po' di nostalgia anche, messa in conto, perché chissà quando, e se, si sarebbero rivisti.

25.

«Dottor Filaroli Memeo», disse il Maccadò all'appuntato. Era il nome del pretore che sarebbe salito a Bellano il giorno 19 ottobre.

«Mai sentito», commentò il Misfatti. E men che meno visto.

«Non li possiamo conoscere tutti», osservò il Maccadò, «considerando che lo fanno apposta.»

Nel senso che in quelle preture piccole, periferiche venivano mandati pretori giovani, di prima nomina, allo scopo di fare esperienza.

«Un po' qua e un po' là, così prendono confidenza con i casi più vari», aggiunse il maresciallo.

«Stavolta non gliene possiamo offrire una gran varietà», fece il Misfatti.

«Non ce li possiamo inventare», ribatté il Maccadò.

Se allo stato c'era solo la faccenda del furto di carbone...

«Sarebbe stato bello sottoporgli la storia della scorsa primavera», scoppiò a ridere l'appuntato.

Il maresciallo lo guardò, le palpebre a fessura.

«La vedo su di giri», inquisì.

Vero.

E da lì a spiegare il perché ci voleva niente, perché il motivo l'appuntato l'aveva a fior di labbra visto che aveva trascorso la sera prima ballando nella cucina di casa stretto stretto alla signora appuntata. Merito di lei, che dopo aver sparecchiato e lavato i piatti s'era piazzata davanti alla radio e aveva preso i comandi, smanopolando su e giù fino a quando, tra una scatarrata, una scarica elettrica, una specie di barrito, aveva beccato una voce maschile calda come una dichiarazione d'amore, quasi che in quella scatola ci fosse nascosto un corteggiatore, che l'aveva rapita, incatenata pur senza che lo capisse, perché doveva essere tedesco o 'striaco, fino a quando aveva smesso per lasciare spazio a un programma musicale: valzer, fascinosi quanto la voce che s'era appena eclissata. E allora la signora Misfatti, calata nel sogno, dopo aver rivestito il marito di frac, papillon, una fascia colorata di traverso sul petto e altrettanto la cucina, sala da ballo, orchestra lato acquaio, giovanotti e damigelle in sorridenti conversari, aveva proposto di ballare sulle note di quella musica che dal regno delle meraviglie grazie alla radio aveva trasformato la loro casa. E il Misfatti, colpito dalla trasognata espressione del viso della moglie, s'era abbandonato alla zuccherina follia, proseguita anche dopo, come non accadeva da tempo, a radio spenta.

«La radio, maresciallo mio!» sbottò il Misfatti.

Doveva sentire che roba! Anzi, meglio, una sera o l'altra, doveva fargli l'onore di andare a casa loro per sentire, vedere, capire, insomma...

«Magari, dopo...» borbottò il Maccadò.

«Ma certo, come no», fece il Misfatti. «Sarebbe un vero regalo per me e per la mia signora quando vorrà.»

E se il regalo, quel regalo, l'avesse fatto lui a Maristella? venne da riflettere al maresciallo.

Vedremo, si disse, ci avrebbe pensato. Ma adesso doveva frenare l'entusiasmo infantile del suo appuntato che aveva preso a strologare di onde e frequenze.

«D'accordo», disse, «ma cosa stava dicendo prima, della scorsa primavera?»

Niente a che vedere con la radio.

Storia che, se mai ce ne fosse stato bisogno, aveva viepiù dimostrato come all'avvocato Procopio Gariglio della sua professione interessasse ormai poco meno di niente.

S'era infatti presentato in caserma in compagnia di certo Alsazio Giromelli, residente in frazione Ombriaco, professione agricoltore. Il motivo era quello di presentare una denuncia per pascolo abusivo. L'appuntato, presente su richiesta del Maccadò, aveva preso carta e penna onde trascrivere la dichiarazione che poi il Beola avrebbe battuto a macchina. A metà circa, quando il Giromelli aveva indicato il luogo dove s'era consumato il reato, località Sparà, e il nome del responsabile, Cervico Abatoio, pure lui agricoltore, proprietario di stalla adiacente alla sua... quando il Giromelli era ormai a metà nell'esposizione dei fatti quindi, e il Procopio sembrava prossimo a addormentarsi, il Misfatti aveva staccato la penna dal foglio.

«Ma è uno scherzo?» aveva esclamato pressoché all'unisono con il maresciallo.

Il Gariglio s'era risvegliato dalla piomba che l'aveva quasi isolato dal contesto.

«Cosa c'è?» aveva chiesto.

Ma come cosa c'era?, aveva esclamato il Misfatti.

Ignorava quello che era successo?

O non aveva sentito quello che il suo patrocinato aveva detto per giustificare una denuncia di pascolo abusivo?

«Galline!» aveva specificato il Misfatti.

Il Giromelli infatti aveva chiarito che a invadere e beccare sul suo terreno erano state le galline del suo vicino. Era successo più volte e infine, dopo più di un avviso a controllare i pennuti, s'era deciso a denunciarlo.

«Galline!» aveva ripetuto il Misfatti.

Che non erano contemplate nell'articolo del codice penale relativo al reato di pascolo abusivo. L'appuntato aveva poi recitato a memoria.

«L'introduzione o l'abbandono di animali nel fondo altrui per farli pascolare integra il reato di pascolo abusivo anche se si tratta di un singolo capo di bestiame, purché appartenga a quella specie di animali che, se riuniti, formano un gregge o una mandria.»

Gregge, branco di ovini, mandria, branco di grossi animali.

«Quindi», era intervenuto il Maccadò, «potrebbero essere anche mille quelle galline ma mai e poi mai diventeranno gregge o mandria, non solo secondo il codice penale ma anche per il vocabolario della lingua italiana.»

Un avvocato avrebbe dovuto ricordarsene, no?

Il Gariglio s'era stretto nelle spalle.

«E va be'...» aveva mormorato.

Maresciallo e appuntato s'erano scambiati uno sguardo.

«Mi raccomando, avvocato...» l'aveva poi blandito il Maccadò, «per il futuro...»

«Ma sì, ma sì, non preoccupatevi maresciallo», aveva risposto questi, alzandosi poi e: «Dai, andiamo», invitando il Giromelli, silenzioso e confuso, a seguirlo.

E pensare che da giovane era un brillante avvocato, a quanto aveva sentito dire, aveva commentato il Misfatti una volta rimasto solo col Maccadò.

«Bando ai ricordi», tagliò corto il maresciallo, che non trattenne un sorriso che si era allargato via via che la memoria si era fatta più nitida. Tornando al presente, che anche il Misfatti prendesse nota di data e ora dell'udienza: 19 ottobre, alle dieci.

26.

Pensare è un lavoro, uno si stanca. Di più, si sfianca, se non è tanto abituato. Dal giorno prima Caio Scafandro non faceva altro che pensare, studiare le mosse da fare per tirar fuori dal guaio il cognato, salvare la faccia di sezione e Partito, anche la propria visto che s'era messo di mezzo. Partita la Giachina era tornato al suo posto, nel retro del Ponte, e aveva preso di punta un immaginario Aurelio Trovatore cui di lì a poco avrebbe fatto un discorso chiaro, netto. Tutto da pensare però. Al fine di concentrarsi aveva incrociato le braccia sul tavolo, ci aveva appoggiato la testa e s'era addormentato.

Lo svegliò l'oste Molina, che se l'era scordato, grazie all'avviso della moglie.

«Lì dietro c'è uno che dorme.»

Orca, le undici?

Col viso acciaccato, lo Scafandro chiese conferma.

«Le undici», ribadì il Molina.

L'ora giusta per bere un bicchiere. Due, in osservanza della regola non scritta: il vino rosso è pari, quello bianco dispari.

Il locale era già bello animato, ora di punta. E nell'aria un profumino mica male. Lo Scafandro tentò di indovinare poi lasciò perdere.

«Cosa c'è oggi?» chiese all'oste.

«Capretto», rispose il Molina.

«Come?»

«In umido.»

«Tienimene via un po'», chiese Caio Scafandro.
«Farò il possibile», rispose il Molina.
Ma in cucina comandava sua moglie e usava dire che se qualcuno voleva essere trattato come il principe ereditario faceva meglio ad andare al Cavallo Bianco dove ti tenevano il posto, il mangiare e, se glielo chiedevi, ti pulivano anche il didietro pur di pelarti ben bene. Il che significava che lei invece non faceva differenze e fin che c'era da mangiare lo serviva, senza guardare in faccia a questo o quello. Quindi, che lo Scafandro non facesse troppo tardi come il giorno prima, raccomandò il Molina.
«Mi sbrigo, tranquillo», rispose questi. Ormai i due rossi l'avevano rimesso in pista.
Una volta fuori in via Cavour si avviò con decisione in direzione del cotonificio. Passato l'arco che immetteva in via Manzoni, girò a destra per evitare di scontrarsi coi profumi che uscivano dal Circolo dei lavoratori. Così passò davanti al numero uno di via Manzoni, abitazione del maestro Fiorentino Crispini, che gli ricordò il proposito di avvisarlo: che non si permettesse di scrivere qualcosa sul giornale. Fu lì per suonare il campanello. Si arrestò per tempo.
Procedere o no?
Se sapeva aveva un senso. Ma se non sapeva l'avrebbe spinto a indagare, chiedere.
Come comportarsi?
Caio Scafandro valutò il da fare, due problemi in un colpo solo, troppa roba, traffico, confusione.
Una cosa per volta, prima di tutto il segretario Aurelio Trovatore, pancotto che non era altro.

27.

Che era desiderato nell'atrio. Si era espresso così il custode Gerino Sfingico che amava fare colpo su tutti, nessuno escluso, con elaborate espressioni ricavate dalla ossessiva lettura di romanzetti anche a puntate, come quelli che il quotidiano «La Provincia-Il Gagliardetto» pubblicava.

«Cosa?» gridò il Trovatore per superare il frastuono delle macchine in piena attività.

La segretaria Piromalli Ancesta, che aveva ricevuto la telefonata dal custode, deglutì, un po' spaventata dal tono del Trovatore, e riformulò la frase cercando di vincere la sua natura di chioccia.

«Dovevate andare giù, nell'atrio.»

Il Trovatore comprese grazie al labiale.

«Perché?»

La Piromalli si fece smorta, avvertì lo stimolo della pipì. Non lo sapeva.

«Non lo so», rispose con un sorriso in cerca di compassione.

Il Trovatore, più alto di una spanna, si chinò verso la segretaria, l'occhio sgranato, la fronte corrugata. Chi lo cercava? Forse era successo qualcosa a sua madre? Che ne sapeva, chi lo poteva dire? Magari un colpo d'aria aveva spalancato una finestra e la vecchietta s'era lasciata andare giù per lo spavento...

«Chi mi cerca?» sillabò.

Piromalli Ancesta avrebbe pagato pur di essere una lumaca, ritirarsi nel guscio. Intanto la voglia di fare pipì s'era fatta imponente. Ma se non lo sapeva cosa poteva rispondere?

«Non lo so», ripeté, adesso da smorta s'era fatta rossa rossa.

D'altronde quello era stato un preciso ordine che Caio Scafandro aveva dato al custode Sfingico: non fare nomi, non dire che c'era lui lì, nell'atrio. Immaginava che il Trovatore, avesse saputo, l'avrebbe snobbato, lasciandolo ad aspettare l'avvento del regno dei cieli.

Lo attese camminando su e giù, sotto gli occhi dello Sfingico che era tornato dietro il suo bancone per riprendere la lettura della *Figlia del morto*, di Carolina Invernizio, e senza riuscire a scacciare il pensiero del piatto, abbondante, di capretto in umido col quale avrebbe placato la fame che stava montando.

Il Trovatore, lasciata senza salutare la Piromalli cui qualche goccia era purtroppo scappata, scese verso il cortile interno ed entrò nell'atrio dalla porta laterale. Al vederlo, anche se ancora di spalle, Caio Scafandro licenziò il capretto.

«Camerata segretario!» lo appellò.

Bastò la voce.

Madonna santa, mormorò il Trovatore. Poi, giratosi: «Ma chiamami col mio nome!» esclamò. E di seguito: «Cosa vuoi?».

Era così difficile immaginarlo?

«Sapere cosa hai pensato di fare riguardo alla nota faccenda», rispose lo Scafandro.

Il custode Sfingico aveva sospeso la lettura: certi siparietti a volte fornivano materia al suo vocabolario più dei romanzi che compulsava.

Il Trovatore ne colse la curiosità. Con la testa fece un cenno allo Scafandro: fuori, nel cortiletto. Dove, sotto un cielo che si andava annuvolando, volle chiarire un paio di cose.

«Prima di tutto non mi piace che si venga a rompermi le glorie quando sto lavorando.»

Punto secondo, proseguì.

La sera prima non l'aveva congedato con quel «Attendo tue»?

«Sì», confermò Caio Scafandro.

«Ecco», sorrise il Trovatore.

Si attenesse al verbo di quell'attesa. Quando avesse deciso cosa fare lui sarebbe stato il primo a sapere.

E adesso, se lo voleva scusare...

28.

Piantato lì, come un solitario cucù in mezzo a un prato. Caio Scafandro aveva guardato la schiena del Trovatore allontanarsi e poi sparire. Pure il custode Sfingico stava fissando una schiena, quella del Caio, più immobile di un palo di vite. Purtuttavia quello era uno spazio interno, proibito l'accesso agli estranei. La sua autorità, lì, era assoluta. Si mosse, si avvicinò, elaborando la domanda.

«Abbisognate di altro?»

Come cazzo parlava quello?

Nemmeno rispose il Caio.

«Faccio strada», modulò il custode allungando il braccio verso la porticina laterale, invitando l'ospite a uscire. Suonava mezzogiorno, cominciava a piovere. Nella solitudine della piazza della chiesa, Caio Scafandro ascoltò il rumore di quelle prime grosse gocce che si schiacciavano sul porfido.

Come minuscoli sassolini le stesse gocce ticchettavano sul cappello e sulla giacca dell'appuntato Misfatti di ritorno da via degli Umiliati dov'era andato ad avvisare il Ciancicati, assente per lavoro, che la sua causa sarebbe stata giudicata il giorno 19 prossimo venturo, ore dieci, si tenesse a disposizione. L'aveva ricevuto Giachina Scafandro che si era dimostrata per nulla preoccupata della cosa.

«Tutt'altro», sottolineò il Misfatti riassumendo l'esito della visita al maresciallo Maccadò.

Spavalda piuttosto, come fosse già certa di cavarsela.

«Lei, magari», osservò il Maccadò.

Ma il marito qualche guaio poteva passarlo.

«Non so cosa dirle, maresciallo», soffiò il Misfatti.

Al Maccadò scappò un sospiro guardando la pioggia che era aumentata d'intensità e il grigiore che dal cielo s'era steso sul lago. Non era certo il tempo ideale per l'umore di Maristella. Nonostante si fosse quasi del tutto adattata all'ambiente del lago cui l'aveva condotta il lavoro del marito, ogni tanto riaffiorava una certa nostalgia, e ancora sognava di aprire la finestra al mattino e trovarsi sotto gli occhi la terra di giù.

L'appuntato conosceva il perché dell'espressione perplessa con cui il Maccadò stava guardando verso la finestra. I primi tempi aveva inteso i suoi commenti sulla mutevolezza del tempo da quelle parti come nient'altro che fisime, sintomo di un animo superficiale. Quando però il Maccadò gli aveva confessato le nostalgie della moglie, la difficoltà a adattarsi, aveva compreso, cambiato opinione. Ma d'altronde, cosa si poteva fare? Il tempo, come recitava un proverbio non proprio raffinato, al pari di una certa parte del corpo umano faceva quello che voleva. Si poteva immaginare come sarebbe stato se avesse ubbidito ai desideri di ciascuno?

«Finirà», disse il Misfatti rompendo il silenzio. Intendeva la pioggia.

29.

«No», decise tra sé Caio Scafandro entrando all'osteria del Ponte discretamente zuppo. Si riferiva a ben altro però. La pioggia in un certo senso gli aveva rinfrescato le idee. Rinfrancato lo spirito anche, il sentimento di appartenenza, il senso dell'onore per la camicia che portava e quello per la parola data, cui non poteva mancare. Quel morto di sonno del Trovatore, tanto per essere gentili, l'aveva liquidato trattandolo come fosse un Balilla. Pure il custode l'aveva trattato con... con... be', come se emanasse cattivo odore, stonasse con l'ambiente.

«Bene», mormorò sedendosi senza sentire l'oste Molina che gli diceva di essere arrivato addirittura in anticipo.

Non poteva finire così, non doveva permettere che finisse così. Toccava a lui agire. E così avrebbe dimostrato chi era: Caio Scafandro, uno che i coglioni li aveva, e che coglioni!

Il programma l'aveva ormai ben chiaro in testa. Prima il capretto in umido, abbondante.

E poi, e poi...

«Telegramma!» sbottò ad alta voce.

«Come?» chiese il Molina.

«Niente», rispose lui.

30.

Si fa presto a dire telegramma.

Quanti ne aveva spediti fino a quel giorno?

Nemmeno uno, mai!

«Dovrei spedire un telegramma», esordì Caio Scafandro una volta entrato nell'ufficio delle Regie Poste.

L'impiegata Fiamma Simile sbatté appena le palpebre. Aveva, costei, un carattere mutevole come il tempo. Insensibile al suo variare, però, lo era piuttosto alle sorprese della memoria, quando certi ricordi di gioventù tornavano a galla. Uno su tutti, quello di un antico fidanzato quando ancora non risiedeva a Bellano e che nessuno aveva mai visto: l'aveva illusa per poi svanire. C'erano sere in cui l'ombra del giovanotto tornava a visitarla, evento al quale la Simile reagiva con insulti come se la potesse sentire ovunque fosse finito. Da tali periodiche esperienze l'impiegata ricavava sonni inquieti e un'acidità di stomaco che risaliva fino a incarnarsi nel suo profilo, inquinando la disponibilità che il mansionario delle impiegate richiedeva nei confronti degli utenti. La sera prima era stata una di quelle, ragione per la quale quando lo Scafandro dichiarò il motivo della sua presenza Fiamma Simile, carta e penna in mano, non fece una piega. Una sfinge, che obbligò lo Scafandro a ripetersi.

«Dovrei spedire un telegramma.»

L'impiegata si umettò le labbra secche.

«Ho capito.»

Poi fu di nuovo silenzio.

Caio Scafandro si guardò intorno.
Angioletta Trinca, l'altra impiegata, che aveva seguito la scenetta, tornò d'un subito a fingere di occuparsi d'altro. Conosceva ormai le ubbìe della collega, sapeva che a intromettersi ne avrebbe provocata la perfidia.
Omario Consiglio, il più anziano degli impiegati, prese con energia a timbrare dei fogli, tutùm, tutùm.
Fu il procaccia Erminio Fracacci, la giacca lorda ancora umida della pioggia presa durante il giro di consegne concluso un'ora prima, ad andargli in soccorso. Era seduto sulla panca addossata al muro di lato all'ingresso. Si alzò e si avvicinò allo Scafandro.
«Dettate», suggerì.
«Cosa?» chiese il Caio.
«Il testo del telegramma, no?» rispose restandogli accanto.
Il Caio tornò a guardare Fiamma Simile, fissa, immobile, imbalsamata. Si portò una mano sulla fronte.
«Ecco...»
«Ecco?» sbottò l'impiegata.
Forse era quella la prima parola del telegramma?
«No», rispose lo Scafandro.
«Allora?»
«Vorrei chiedere...»
«Chiedesi», corresse Fiamma Simile.
«D'accordo», fece il Caio.
«Cosa?»
Cosa voleva chiedere?
Su quello Caio Scafandro aveva le idee chiare ma, come, come si poteva chiedere alla Federazione che mandasse su un avvocato?
«Fornitura», sparò.
Fiamma Simile prese nota. Ma ancora: «Di cosa?».
«Avvocato», s'inorgoglì il Caio, la bocca piena di quella parola.
Perplessa, la Simile trascrisse, «fornitura avvocato».

«Poi?»

«Poi cosa?» s'incupì lo Scafandro.

«Tutto qui?»

Chiedesi fornitura avvocato? Non è che magari doveva specificare il motivo?

«Urgente», fece il Caio.

La Simile scrisse. Poi, con degnazione, rilesse il testo.

«Chiedesi fornitura avvocato- stop- Ragioni urgenti- stop-.»

E il mittente?

«Cioè io?» chiese il Caio.

«Chi altri?»

Lo Scafandro fu all'istante colto dal dubbio che l'impiegata potesse pensare che l'avvocato servisse a lui. In parte era vero, serviva a lui ma in quanto responsabile dell'onore della sezione.

«La sezione», comunicò.

«Sezione Partito Bellano», si degnò Fiamma Simile.

«Certo», confermò Caio Scafandro.

Quindi, riassumendo: «Chiedesi fornitura avvocato- stop- Ragioni urgenti- stop- Sezione Partito Bellano- stop-».

Andava bene?

Un sorrisetto malvagio fiorì sul viso della Simile.

«Benissimo», rispose lo Scafandro.

L'impiegata affondò il colpo.

«De-sti-na-ta-rio!»

Caio Scafandro sospirò.

«Pensavo di averlo già detto», mentì.

La Simile sorvolò sull'evidente menzogna.

«Destinatario Federazione provinciale, Como.»

E già che c'era, s'impettì Caio Scafandro, ci mettesse pure i saluti.

«Fascisti ovviamente.»

31.

«L'autunno ha calato all'improvviso il suo mantello sulla nostra terra, triste preludio a un inverno che ci sembrava ancora lontano...»

Chino sul foglio, seduto alla scrivania del suo studiolo, il maestro Fiorentino Crispini stava componendo. Sempre così quando le cronachette locali languivano. Ritirandosi in buon ordine l'animo del cronista, quello del poeta prendeva il sopravvento. Bastava un niente a eccitarlo. E quando, poco prima di mezzogiorno, la Quirica, l'aiuto domestico che manteneva l'ordine della casa provvedendo spesso anche al pranzo, l'aveva salutato avvisandolo che stava cominciando a piovere, ecco che l'afflato del poeta s'era risvegliato.

Era rimasto quasi un'ora a rimirare il cielo che si faceva sempre più grigio, pesante, quel carico di nuvole che aveva spento il colore del lago, cancellando con lentezza la vista delle montagne di fronte. Parole alate avevano cominciato a rincorrersi nella sua mente, ma aveva resistito alla loro pressione per impregnarsi ben bene di ciò che stava osservando: sapeva che solo divenendo egli stesso parte di quel desolante universo avrebbe potuto scalare i vertici della poesia, così da rivestire le sue parole con il profondo sentimento della caducità delle cose umane.

Non aveva nemmeno ceduto al volgare richiamo della fame. Quando la pioggia era divenuta intensa, quasi un velo tra i suoi occhi e il mondo, e le gambe, stante la lunga permanenza davanti alla finestra, avevano reclamato un po' di riposo, s'era risolto a recarsi nello studio. Ma anche lì, eroicamente resistendo al richiamo delle muse, aveva trascorso del tempo, scegliendo con cura parole, verbi, aggettivi. La poesia, lo sapeva, voleva riflessione prima di diventare parola scritta poiché una volta completata l'opera non ci si poteva più mettere mano.

Pensa che ti ripensa però, forse anche a causa del digiuno, verso le tre del pomeriggio, quando da poco aveva principiato a mettere nero su bianco le sue riflessioni, il Crispini aveva rischiato di cadere in un coccolo assai poco poetico: un tranello cui l'animo del poeta reagì recandosi in bagno per darsi una risciacquata al viso, ritrovare presenza e freschezza e poi rimettersi alla scrivania per continuare l'opera.

Fu a quel punto che il campanello di casa squillò.

Chi mai osava?

Giudicò meglio non muoversi, fingere di non essere in casa, che l'importuno se ne andasse, guastatore che non era altro!

Ma un nuovo squillo e un altro ancora a seguire, insistiti entrambi, lo indussero a portarsi le mani tra i capelli, disperato. La banale realtà si stava imponendo, sprezzante; la poesia, timida, indifesa, si stava ritirando in un cantuccio.

All'ennesimo squillo: «E arrivo!» sbottò il Crispini deciso a dirne quattro all'anonimo scocciatore.

Il procaccia Erminio Fracacci restò un istante perplesso al vedere il Crispini, il viso arrossato, la chioma, fitta nonostante l'età, ma scomposta.

«Maestro scusate, stavate forse dormendo?»

Un odore di cane bagnato salì alle narici del Crispini, irritandolo vieppiù.

«Cosa c'è?» chiese senza spostarsi dalla soglia. Mancava solo che di quel lezzo si impregnasse l'aria di casa.

«Be'...» rispose il Fracacci come fosse cosa ovvia.

E, in effetti, era così. Colpa dello stesso Crispini tra l'altro, cui una vocina interiore lo ribadì: mea culpa. Era stato lui a cooptare il Fracacci, assegnandogli il ruolo di informatore. Stante il lavoro di portalettere, chi meglio di lui poteva cogliere chiacchiere, pettegolezzi, indiscrezioni utili a compilare una cronaca che andasse oltre le solite riguardanti manifestazioni, feste, raduni? Se a ciò si aggiungeva l'inveterata abitudine del Fracacci di passare la maggior parte del tempo, libero e no, in questa o quell'osteria ecco che il gioco era fatto. Vero era che il procaccia aveva interpretato il ruolo con fin troppa serietà, riportando spesso al Crispini quelle che il maestro definiva «chiacchiere di lavandaia», immeritevoli della sua penna.

«Allora?» insisté il maestro.

«Be'...» ripeté il Fracacci, intendendo che fino a quando fosse rimasto sulla soglia non avrebbe parlato visto che per le sue soffiate aveva un prezzo: una citazione sul giornale, mai avvenuta fino ad allora, o in alternativa un bicchierino dell'ottimo cognac di cui il Crispini disponeva.

Prendere o lasciare, insomma.

«Speriamo che ne valga la pena», commentò il maestro facendosi da parte e annusando, così da verificare che l'odore di cane bagnato veniva proprio dalle vesti del procaccia.

«Penso proprio di sì», assicurò il Fracacci.

Cosa ne diceva del fatto che la sezione del Partito aveva chiesto alla Federazione provinciale, e tramite telegramma!, un avvocato?

«Ma va'?» sbottò il Crispini.

Il Fracacci, quasi fosse di casa, lo anticipò, raggiunse la cucina, sedette.

«Raccontami tutto per bene», chiese il Crispini, la bottiglia del cognac già in mano mentre l'ala della poesia batteva ormai chissà dove.

32.

Gonfio il petto per il colpo appena messo a segno, non appena uscito dall'ufficio delle Regie Poste Caio Scafandro s'era chiesto cosa fosse meglio fare. Andare da sua sorella a menar vanto dell'impresa, gloriandosi dell'avere scavalcato il segretario in carica, piscialetto che non era altro!, oppure concedersi una pausa e rilassarsi, magari facendo ballare le carte all'osteria del Ponte insieme con qualche perditempo pari a lui? Non era che metà pomeriggio in fondo anche se la luce era quasi crepuscolare stante il cielo ancora cupo. Scelse il Ponte. C'era il caso infatti che il cognato fosse ancora impegnato in qualche corsa e lui voleva che l'esibizione di forza testé conclusa avesse una platea al gran completo. Al Ponte quindi. Ma non aveva fatto che un passo oltre la soglia che l'oste Molina lo richiamò.

«Giusto te.»

Un paio d'ore prima era passato Bigamo Fastelletti, imbianchino. Cercava mano d'opera avendo concluso l'accordo per ritinteggiare le otto camere di cui disponeva l'albergo ristorante Cavallo Bianco. Non solo, anche infissi e persiane avevano necessità di una riverniciata. Lavoro da sbrigare in fretta, approfittando della stagione morta in modo da poter riaprire agli ospiti in previsione delle festività natalizie.

«Un'occasione da non perdere, no?» commentò l'oste allegramente anche perché se lo Scafandro metteva qualche soldo in scarsella evitava di far segnare.

«Certo», concordò il Caio.

Non ci fosse stato di mezzo il Fastelletti però che aveva abitudini tutte sue nel trattare gli avventizi. Innanzitutto li obbligava ad attaccare alle prime luci dell'alba tirando fino a che c'era ancora un filo di chiaro in cielo. In più faceva firmare loro una sorta di contratto con il quale li impegnava a non lasciare per nessun motivo il lavoro, tranne che nel caso di malattia, grave e certificata. Pena, la perdita dell'intera paga, anche fosse mancata una sola pennellata a concludere il lavoro. Con quello che aveva in ballo, Caio Scafandro poteva assumersi l'onere di quelle limitazioni?

«Mi spiace», rispose, «ma ho altro da fare.»

Mica se l'aspettava il Molina. Lo guardò chinando il capo, da sotto in su.

«Sinceramente non mi pare», osservò.

«Sinceramente non sono affari tuoi», ribatté piccato Caio Scafandro.

E fatto un subitaneo dietro front si ritrovò in via Cavour, masticando insulti all'indirizzo del Molina e senza quasi accorgersi dirigendo i passi alla volta di via degli Umiliati 11. Dove, da un'oretta circa, il padrone di casa Ciancicati Graziato si stava dedicando a un'accurata pulizia delle unghie di mani e piedi. Entrato, il Caio controllò, tre colpi d'occhio, lo stato della platea. Bene, era al completo. Il cognato con una tronchese in mano, sua sorella presso la cucinetta a gas bollendo patate o forse castagne, l'Umilio seduto al tavolo, intento a trastullarsi con le figurine del brodo Liebig. Si aspettava un attacco frontale a suon di domande. Niente invece.

Toccò a lui aprire il fuoco.

«La richiesta per l'avvocato è partita», comunicò.

Solo allora la Giachina parlò.

«Ecco...» disse.

33.

Aveva voglia di non pensare al regalo, a quel regalo, il Maccadò.

Anche avesse voluto aveva provveduto l'appuntato Misfatti a ricordargli l'esistenza al mondo di una cosa chiamata radio, fischiettando e canticchiando quasi l'intero pomeriggio nell'ufficio che condivideva col Beola. Poi lo stesso carabiniere ci aveva messo il carico quando gli aveva portato le informative da visionare prima di essere spedite.

Era entrato con un sorriso che sembrava un bambino il giorno di Natale.

«Ci divertiamo Beola?» aveva chiesto lui.

Il carabiniere era arrossito come spesso gli capitava ma non aveva smesso il sorriso.

«Ma no, maresciallo.»

Era solo che l'appuntato gli aveva raccontato della grande novità di casa sua. Ma fosse stato tutto lì.

Gli aveva anche descritto come la sera prima avesse ballato con la sua signora, stretti stretti come due piccioncini. Poi, quando aveva affermato che non vedeva l'ora di tornare a casa per ripetersi, s'era addirittura alzato dalla sedia e s'era messo a fare qualche passo di danza, le braccia come se davvero stringessero qualcuno.

«Non lo trova divertente, maresciallo?» aveva chiesto il Beola.

«Sarà», aveva chiuso lui.

Ma, andandosene, il carabiniere aveva lasciato lì il suo

sorriso. E senza che se ne accorgesse pure a lui s'era dipinta in viso una maschera divertita: dapprima pensando al suo appuntato che nel suo ufficio, nel pieno delle sue funzioni, si metteva a ballare da solo. Ma poi, poi, pensando alle parole di Maristella, al desiderio, espresso con il solito garbo, di avere una radio che le facesse compagnia...

Ecco, allora, un altro sorriso aveva fatto capolino nell'ufficio, il terzo nel giro di pochi minuti: quello che avrebbe visto nascere sul viso della moglie quando l'avrebbe sorpresa regalandole questa benedetta radio.

Del cui costo peraltro non aveva la minima idea.

«Vedremo», disse allora dedicandosi alle informative.

34.

«Non saprei.»

Rispose così Palomino Incensati alla domanda del Federale comasco Gariboldo Briga Funicolati.

Cosa significava quel telegramma così scombinato?

Non lo sapeva.

Quale segretario dell'Eccellenza l'aveva ricevuto nel tardo pomeriggio di sabato 13, quando il Briga Funicolati se n'era andato a casa già da un po': aveva ospiti a cena e s'era raccomandato affinché non lo disturbassero a meno che, aveva celiato, il paese non fosse entrato in guerra contro qualcuno. In obbedienza all'ordine dello stesso, e visto che l'Italia non aveva dichiarato guerra ad alcuno, il Palomino s'era ben guardato dall'aprirlo e l'aveva deposto sulla scrivania del Federale che l'aveva aperto la mattina di lunedì 15, non prima di essersi fatto riassumere le notizie riportate da «La Provincia-il Gagliardetto» della domenica, che dava ampio spazio al discorso tenuto dal ministro della Pubblica istruzione Belluzzo sull'importanza dei compiti del fascismo nel campo dell'istruzione scolastica. Fattosi consegnare il giornale aveva poi accuratamente letto ciò che il cronista aveva scritto attorno al raduno dei rurali della provincia convocati la domenica presso lo stadio Sinigaglia per ascoltare dagli altoparlanti la viva voce del capo del governo rivolta ai «veliti dell'agricoltura», disarmato esercito che avrebbe condotto alla vittoria nella battaglia del grano. Solo dopo aver preso nota con soddisfazione che il suo nome compariva subito dopo quello di Sua Eccellenza il Prefetto s'era dedicato alla corrispondenza. Poca roba. Un paio di vedove di guerra che reclamavano un aiuto economico più consistente, un anonimo che denunciava le malefatte di un sacerdote senza peraltro indicare né il nome del religioso né la parrocchia di appartenenza, e il telegramma. Letto il quale aveva chiamato il segretario.

«Cosa significa 'sto telegramma?» aveva chiesto.

Da cui la risposta: «Non saprei».

Come poteva infatti non avendone preso visione?

«Leggetelo allora, e ditemi», lo invitò il Federale.

«Cosa dire...» fece l'Incensati poco dopo.

«Come, cosa dire! Cosa significa fornitura avvocato? Cos'è, un pacco?»

E l'urgenza?

Pure quella, cos'era? In cosa consisteva?

Il segretario Incensati aveva le labbra serrate, un sentore di sudorino alla fronte.

«Non dite niente?» affondò il Federale.

«Io...» fece l'Incensati.

«Sveglia!» tuonò il Federale.

Un segretario a modo avrebbe capito al volo e agito di conseguenza.

«Informatevi!» ordinò il Briga Funicolati.

E senza impiegarci l'intera giornata.

35.

Era metà mattina quando il maestro Fiorentino Crispini comprese quale fosse il suo preciso dovere. L'unico, in verità, perché ormai le ali della poesia ciao, considerando anche che il cielo era sgombro da nuvole e la previsione di un silenzioso inverno alle porte non incombeva più così tanto. Sgombro quindi il terreno, il cronista era libero di agire e cercare di capire cosa ci fosse dietro la soffiata che quel disastro umano del Fracacci gli aveva omaggiato al prezzo di due cognacchini, anzi tre.

Per saperne di più non c'era che da intervistare la massima autorità politica locale che rispondeva al nome di Aurelio Trovatore. Ma quando e dove? Quello era il busillis. Andarlo a disturbare sul lavoro gli parve poco opportuno. Discrezione ci voleva, e l'ambiente del cotonificio, tra il clangore delle macchine, orecchie sempre all'erta, sguardi curiosi o indagatori, non era certo l'ideale. Una chiacchieratina a quattr'occhi, meglio. O al massimo sei!

«E già, e già», mormorò il Crispini fregandosi le mani, illuminato dall'idea testé avuta. Perché il modo migliore di beccare il Trovatore a quattr'occhi, massimo sei, era tendergli una sorta di agguato a casa sua, nel momento in cui ci sarebbe andato per pranzare. Niente di più facile, poiché era tra i pochissimi bellanesi a ricordare che la madre del segretario era ancora in vita, nonostante più di una volta fosse corsa la voce del suo decesso, e che le rendeva visita in quattro, ben definite, occasioni: per l'onomastico, 8 luglio, il compleanno, 13 settembre, Natale e Pasqua. Vero era che allo stato non poteva approfittare dell'una o dell'altra tra quelle date per giustificare una visita, ma una mente fervida quale la sua non poteva non scovare la scusa giusta. Una bugia in verità.

Avrebbe detto alla buona Priscilla di aver ricevuto dal giornale l'incarico di tracciare una biografia dell'ex segretario comunale Verbanio Defabris, che in avvio degli anni Venti s'era segnalato quale commediografo scrivendo drammi che la locale filodrammatica aveva rappresentato e dei quali lui stesso aveva scritto sul quotidiano. Alla ricerca di testimonianze non poteva mancare quella della vecchia Priscilla, considerando che vi aveva sempre assistito seduta accanto a lui fino alla sera del 7 dicembre 1924, quand'era andato in scena il drammone *Una voce dall'oscurità*, che era coinciso con la fine della vita pubblica della già vedova Trovatore.

Sera tempestosa, il Crispini la ricordava bene. Mentre sul palcoscenico del teatro Boldoni si svolgeva l'ennesimo dramma del Defabris fuori, quasi a corollario della torbida vicenda rappresentata, s'era scatenato un vento tanto violento quanto freddo. Vento che aveva schiaffeggiato gli spettatori all'uscita e che alla Priscilla aveva guadagnato una pleurite guarita nell'arco di un mese, durante il quale più di una volta era stata data in fin di vita o morta. La donna in realtà aveva superato la malattia, ma nel contempo aveva sviluppato una vera ossessione per le correnti d'aria che l'aveva decisa a chiudersi in casa, tappata come se fosse sotto vuoto, cosa che nel corso degli anni a seguire aveva fatto nascere altrettante voci su una malattia terminale. Tra i pochi che potevano smentirle c'era appunto il Crispini, che aveva preso l'abitudine di renderle visita nelle quattro, canoniche occasioni citate e che adesso si apprestava ad aggiungerne una quinta pur se occasionale e dettata da ben altri motivi.

Erano circa le undici della mattina quando Fiorentino Crispini uscì da casa con l'intenzione di recarsi dapprima dal fiorista Filossera, giacché non s'era mai presentato a mani vuote, per poi lento lento raggiungere casa Trovatore.

36.

Piromalli Ancesta sobbalzò sulla sedia quando il direttore del cotonificio Romolo Cogoleti, infilando giusto la testa nello spiraglio tra porta e stipite, le ordinò di andare immediatamente a chiamare il Trovatore per riferirgli di presentarsi, altrettanto rapidamente, nel suo ufficio. Ancora suggestionata dalla volta precedente, quando alle domande che quello le aveva fatto – perché, chi, dove – lei non era riuscita a rispondere e nemmeno a contenere un po' di pipì, chiese senza pensarci: «Perché?».

Il Cogoleti allora avanzò con tutta l'imponenza dei suoi quasi cento chili di peso e un metro e novanta di altezza.

«Perché?» chiese tra lo stupito e l'indagatore.

Solo allora la Piromalli si rese conto di aver toppato. Ma ormai era fatta, la prima goccia sfuggì al controllo. E la seconda seguì quando il Cogoleti, quasi sillabando, disse: «Perché lo dico io», fissandola fino a che la segretaria si alzò dalla sedia e con passettini virginali, volti a mantenere la continenza, si avviò.

Nel suo settore di competenza, quello della filatura, il Trovatore non c'era. Prima di esserne certa, Piromalli Ancesta controllò linea dopo linea. Solo allora si arrese a chiederne notizie a qualche operaio. Che facessero apposta, giusto per aumentarne l'imbarazzo e il visibile rossore, collezionò una serie di Non lo so, Cosa ne so, So mìnga e uno stravagante Sarà al mare. All'ennesimo tentativo l'indicazione giusta le venne da un tizio che stava chino su una macchina e nemmeno si girò.

«Sarà al cesso a fumare.»

Rivelazione ferale. Il cesso non poteva che essere quello degli uomini. E lei ci sarebbe dovuta entrare. Il pensiero le provocò uno stimolo imponente. Il pensiero dei due avverbi coi quali il Cogoleti le aveva affidato l'incarico, immediatamente e rapidamente, fece il resto. Alè, una due tre gocce.

Aprì la porta sulla quale campeggiava la scritta «Bagno maschile». Il Trovatore fu sotto il suo sguardo, fumava con voluttà. La guardò sgranando gli occhi.

«Cosa c'è?» chiese.

Piromalli Ancesta strinse bene bene le cosce dopodiché pigolò l'ordine del direttore.

«Diosanto, nemmeno dentro al cesso posso stare tranquillo», sbottò il Trovatore gettando in terra la mezza sigaretta, calpestandola e uscendo senza degnare di un'occhiata la segretaria.

Sola soletta Piromalli Ancesta tirò un sospiro di sollievo. Poi già che c'era ne approfittò per pisciare augurandosi che nessun maschiaccio la cogliesse sul fatto.

«Direttore», salutò il Trovatore entrando nell'ufficio del Cogoleti.

Questi gli mostrò la cornetta del telefono.

«Per voi», disse.

«Per me?» si stupì il Trovatore.

E chi era mai?

Giusto il tempo di dire: «Pronto?».

37.

Palomino Incensati parlava a nome della Federazione provinciale, il plurale maiestatico era d'obbligo. La Federazione provinciale quindi voleva avere chiarimenti circa il telegramma pervenuto in data 13 ottobre e sottoposto all'attenzione di Sua Eccellenza il Federale quella mattina.

Colto alla sprovvista Aurelio Trovatore non si trattenne.

Telegramma?

«Che telegramma?»

«Vi sfugge?» inquisì l'Incensati.

Il Trovatore tacque.

«Possiamo rinfrescarvi la memoria», acconsentì Palomino Incensati e senza por tempo in mezzo recitò.

«Chiedesi fornitura avvocato- stop- Ragioni urgenti- stop- Sezione Partito Bellano- stop- Saluti fascisti- stop-.»

Con un misto di meraviglia e rabbia il Trovatore stava cominciando a intuire qualcosa.

«Allora?» fece l'Incensati.

«Allora cosa?» ribatté il Trovatore per prendere tempo.

«Ma, scusate», fece l'Incensati, «stiamo parlando con il segretario di sezione Aurelio Trovatore?»

«Sono io», confermò stancamente l'Aurelio.

E allora la Federazione provinciale e segnatamente Sua Eccellenza il Federale Briga Funicolati chiedeva lumi su un paio di cosette. Innanzitutto faceva notare l'incongruo uso del termine «fornitura» riferito a un uomo di legge. Ma a parte ciò, desiderava comprendere perché la sezione bellanese chiedesse una consulenza legale e in cosa consistessero le ragioni un po' troppo vagamente definite urgenti. In sostanza l'unica cosa chiara di quel telegramma erano i saluti fascisti.

«Ecco...» borbottò il Trovatore.

Si trattava in effetti di cosa che riguardava il Partito... c'era di mezzo un iscritto che era stato denunciato...

«Denunciato?» interloquì l'Incensati.

«Sì, ma...» prese tempo il Trovatore stringendo la cornetta come se fosse il collo dello Scafandro poiché non aveva alcun dubbio che ci fosse il suo zampino. «Ma è una faccenda dubbia e poi...»

E poi, proseguì il Trovatore, stante il periodo di intenso lavoro, uscita che indusse il direttore Cogoleti a guardare il suo dipendente con aria perplessa... stante il periodo di intenso lavoro aveva avuto ben poco tempo per seguirla come avrebbe meritato, insomma, sì...

«Ho delegato un po'», concluse.

«Un po' quanto?» chiese l'Incensati.

E che cazzo, pensò il Trovatore, c'era un sistema di misure anche per le deleghe? Cosa doveva rispondere, che aveva dato una delega di un metro, o di un chilo?

«Un po'», ribadì.

«State dicendo che non potete fornire le spiegazioni che vi sono state chieste?» inquisì l'Incensati.

«Sto dicendo», rispose il Trovatore trattenendosi a fatica, «che posso comunque informarmi e soddisfare ogni richiesta.»

«Bene», approvò l'Incensati, «allora faremo così.»

Sempre tenendo presente che il Partito veniva prima di ogni altra cosa, anche del lavoro...

«Vi fissiamo un appuntamento per il 18 ottobre prossimo venturo, ore dieci, qui in via Indipendenza, così da chiarire ogni cosa e poter pianificare le mosse successive. Intesi?»

Chi tace acconsente.

Oppure non può dire ciò che sta pensando.

«Ecco fatto allora», concluse Palomino Incensati.

38.

«Ecco cosa?» era sbottato Caio Scafandro.

Buondio, era andato lì gonfio d'orgoglio per la mossa fatta, pronto a ricevere le meritate lodi e sua sorella, con una faccia da mistero doloroso, aveva tirato fuori quella sola parola: «Ecco...» che l'aveva sgonfiato.

Perché era fin troppo chiaro che lei e quel pistola di suo marito, mentre lui lavorava per tirarli fuori dalla merda, s'erano consultati, avevano parlato, ragionato per quanto ne fossero in grado, ed erano arrivati a certe conclusioni.

Quali, però?

Per quello, all'uscita della Giachina, già incazzato, aveva tuonato: «Ecco cosa?».

E lei: «Siediti che parliamo».

Dopodiché, mentre il Graziato controllava soddisfatto le sue unghie e l'Umilio continuava a giocare con le sue figurine, gli aveva offerto il frutto di ciò che avevano concluso ragionando sulla necessità di un avvocato.

«Cosa logica», aveva mormorato la Giachina.

Logica, però...

Perché se si metteva di mezzo un avvocato voleva dire che il Graziato avrebbe dovuto subire un processo.

«Non ci vuole molto a capirlo», aveva commentato Caio Scafandro.

«Intendo dire...» aveva mormorato la Giachina.

Intendeva dire che loro, cioè lei e il marito, avevano pensato che si potesse non arrivare a quello, evitando così la figura davanti all'intero paese.

«Ma se c'è una denuncia!» aveva interloquito il Caio.

«Appunto», aveva ribattuto la Giachina.

A proposito di quello, della denuncia, sempre loro, cioè lei e il marito, avevano pensato che lui avrebbe potuto fare in modo che sparisse, sviss!, come una nuvoletta di fumo.

Il Caio aveva emesso una risata sardonica.

«E come?» aveva chiesto.

Andandola a rubare in caserma, magari entrandoci di notte?

«Forse chiedendo a quel tizio che l'ha denunciato di ripensarci... coi dovuti modi neh... tu... insomma, con la tua autorità...»

I badili del Pavanotti avevano sfarfallato davanti agli occhi del Caio.

La Giachina s'era stretta nelle spalle.

«Noi, ecco, pensavamo che tu...»

«Male pensare quando c'è qualcuno che lo fa al posto vostro», era sbottato il fratello, meravigliandosi per quella frase tagliente che gli era venuta da chissà dove. Poi, compreso che la sorella non aveva più niente da dire, era toccato a lui prendere in mano il pallino.

«Il Partito non ricorre a sotterfugi ma si batte a viso aperto», aveva sentenziato con una seconda frase fonte di nuova meraviglia per lui. Il che voleva dire che bisognava lasciar fare a un avvocato di quelli coi fiocchi, come non dubitava sarebbe stato quello inviato dalla Federazione.

«Farà a pezzettini quel manovale, lo ridurrà in polvere.»

«Io, però...» aveva tentato di interloquire il cognato.

«Tu, però, niente», l'aveva zittito il Caio.

Lui doveva stare zitto, nel caso negare, lasciar fare all'uomo di legge.

«Renditi conto che è la tua parola contro quella del manovale», aveva sottolineato Caio Scafandro. E bisognava lasciar fare a chi sapeva come giostrarsi in simili occasioni.

La Giachina aveva abbozzato, d'accordo.
«Ma sappiamo chi è questo avvocato?» aveva chiesto.
Il Caio aveva avuto uno scatto d'insofferenza.
«Chiunque sia sarà di sicuro all'altezza della situazione», aveva risposto.
Dopodiché se n'era andato, ne aveva piene le balle dei dubbi di quei due. E una volta chiusasi la porta alle spalle s'era diretto alla volta dell'osteria del Ponte, oasi di pace, cercando di indovinare cosa sarebbe uscito quella sera dalla cucina.

39.

Solo dopo aver chiuso la porta di casa in fretta in fretta, caso mai entrasse qualche maligno spiffero, Priscilla si fermò nel corridoio.

«Cosa c'è?» chiese il figlio notandone l'espressione quasi estatica.

«Indovina chi è venuto a trovarmi questa mattina?»

Aurelio Trovatore aveva un diavolo per capello, non aveva voglia di indovinelli. Voleva buttar giù un boccone al volo e poi filare per beccare quel coglione dello Scafandro, certo che ci fosse il suo zampino in quello scardinato telegramma, e dirgliene quattro, anche qualcosa di più.

«Chi?» chiese, nervoso.

Piantata fissa immobile davanti a lui, a impedirgli di avanzare lungo il corridoio, la Priscilla sorrise.

«Indovina!»

Madonna santa!

Non fosse stata sua madre le avrebbe dato una spinta.

Chi?

Chi cazzo poteva essere andato a trovarla, proprio quella mattina?

Il prevosto?

Difficile.

Di solito le faceva visita, confessione e comunione, non più di una volta al mese, e di domenica, nel tardo pomeriggio. Suor Anastasia che l'aveva amorevolmente assistita in ospedale ai tempi della pleurite? Improbabile che lasciasse il lavoro in quegli orari e poi da tempo aveva ridotto le sue visite di cortesia. Qualche parente? Ma se non ne avevano! Oddio, in un certo senso. Perché in effetti c'era una sorella della Priscilla, la zia Teona, di cui il Trovatore, se voleva ricordare che faccia avesse, doveva riferirsi a una vecchia fotografia che stava appesa nel salotto di casa e che la ritraeva a cavallo. 'Sta zia aveva sempre avuto una passione per quelle bestie, cavalcava, si definiva un'amazzone. E alla bella età di sessant'anni era appunto caduta da cavallo, picchiando la testa e riportando un danno che l'aveva avviata a un progressivo rincoglionimento, tant'è che a un certo punto l'avevano infilata in un ricovero dal quale in un paio di occasioni aveva tentato la fuga, nitrendo a quanto pareva. Dopodiché l'avevano tenuta chiusa nella sua camera, talvolta anche legata al letto. Quindi anche l'amazzone era da escludere.

Ma allora chi?

«Proprio non ci arrivi?» insisté la madre.

Contenendosi: «Dai mamma, per favore, dimmi chi è che ho un po' di fretta», pregò il Trovatore.

«Vieni a vedere allora», rispose la donna avviandosi come se pattinasse sul pavimento lustro di cera.

Quindi, chiunque fosse, era ancora lì! Be', fu la decisione del Trovatore, poteva essere anche un inviato del papa, avrebbe dovuto accontentarsi di un bel «Arrivederci e grazie per la visita», a quel punto anche quel poco di appetito che aveva era andato a farsi benedire.

«È arrivato», annunciò nel frattempo la Priscilla al misterioso ospite, fatto accomodare, chissà perché, in cucina e non in salotto.

Due enigmi che il Trovatore risolse con una sola occhiata. Il visitatore altri non era che il maestro Fiorentino Crispini. Ed era accomodato in cucina perché, come spiegò la madre mentre raggiungeva il suo posto a capotavola sempre scivolando sugli immaginari pattini, l'aveva invitato a pranzare con loro.

«Il signor maestro ha bisogno di parlare anche con te», spiegò. «E mentre mangiate potrete farlo con tutto comodo.»

L'Aurelio s'era fermato sulla soglia della cucina, non aveva nemmeno salutato.

«Due chiacchiere in tutta amicizia», chiarì il Crispini.

«E a proposito di cosa?» chiese il Trovatore.

«Ecco...» fece il maestro.

Aveva sentito dire di una certa richiesta da parte della sezione, un avvocato, se non sbagliava, cosa che gli faceva intuire che ci fosse in ballo qualcosa, quindi se il signor segretario avesse potuto...

«No, non può», lo bloccò il Trovatore.

La fronte del Crispini si increspò, come non avesse inteso le parole del Trovatore.

«Non posso», ripeté allora questi.

«In tutta confidenza magari...» insisté il Crispini.

«Ma parlo forse arabo?» scattò il Trovatore.

Non po-te-va! Anzi, meglio, non voleva!

«È chiaro adesso?» gridò ormai preda del nervoso.

Il Crispini, lo sguardo umido, si girò verso la padrona di casa.

«Aurelio, che modi sono?»

Pure lei ci si metteva di mezzo. Non c'era altro da fare, decise il Trovatore.

«Arrivederci e buon appetito», sbottò, riprendendo il corridoio in senso inverso.

«Ma Aurelio!» lo raggiunse la voce di sua madre quando stava per uscire.

Seee, Aurelio.

Aurelio un cazzo!

40.

Stufato, andava bene?

«Benone», aveva risposto Caio Scafandro alla domanda dell'oste Molina.

C'era da aspettare ancora un po', una mezz'oretta.

«E va be', aspetterò, ho tempo», aveva commentato il Caio.

Intanto avrebbe fatto la punta all'appetito con un mezzo di rosso. E s'era accomodato nel localino di dietro, così da stare tranquillo. L'osteria del Ponte era già animata quando era entrato, ora di punta per i bevitori che lì tiravano l'ora del pranzo in famiglia per lasciare posto poi a operai, muratori, artigiani, apprendisti, anche qualche commerciante, che invece entravano per pranzare. A mezzogiorno spaccato i tavoli erano al completo e la moglie del Molina aveva cominciato a servire sotto gli occhi del marito che invece teneva salda la posizione al bancone, pronto a versare grappini e anisette post prandiali e a riscuotere.

Nel locale dietro c'era il solo Caio Scafandro che annusava l'aria pregna del profumo dello stufato e attendeva paziente. A patto che non si dimenticassero di lui. Un paio di volte, con un cenno del capo, il Molina aveva ricordato alla moglie la sua presenza, lì dietro. La moglie aveva risposto a sua volta con un cenno di assenso. Non se ne dimenticava. Ma nel suo elenco di priorità veniva prima la gente che lavorava davvero e aveva orari da rispettare. Quei mezzi lazzaroni come lo Scafandro che lavoravano un giorno sì e tre no potevano aspettare, quindi stavano di diritto in fondo al detto elenco. Erano quasi le dodici e trenta quando il piatto di stufato, più patate che carne, atterrò sgraziatamente sotto il naso dello Scafandro.

A quell'ora Aurelio Trovatore fece il suo ingresso all'osteria del Ponte attirandosi gli sguardi di quasi tutti i presenti e, tra i più stupiti, quello dell'oste Molina.

Voleva dire che il tempo si sarebbe messo a neve, anche se il cielo era sereno?, fu il pensiero dell'oste.

Sì perché mai a memoria sua l'assistente del cotonificio Aurelio Trovatore, come d'altronde i suoi pari grado, nonché segretario della sezione del Partito aveva messo piede lì dentro. Quella lì era gente da Cavallo Bianco o caffè dell'Imbarcadero. Pure la moglie aveva dato una sbirciata dalla cucina, incuriosita dal silenzio quasi completo che era calato nella sala.

Il motivo di quella visita fu chiarito all'istante.

«C'è qui lo Scafandro per caso?» chiese il Trovatore.

Che lo cercasse per un lavoro? O addirittura per offrigli un posto al cotonificio? Neve sicura in quel caso, e sicurissima se il Caio avesse accettato.

«Lì dietro», si limitò a rispondere il Molina.

Lo Scafandro se lo vide comparire davanti mentre stava infilzando uno dei rari pezzetti di carne. Non fece in tempo a dire alcunché.

«Fuori», ordinò il Trovatore.

Non ci volle molto al Caio per comprendere i motivi di visita e tono. E, cazzo!, il mezzo di rosso aveva quasi esaurito la sua spinta energetica. In ogni caso doveva tenere botta, dignità soprattutto!, perlomeno durante la passerella mentre usciva, il Trovatore davanti e lui dietro.

Una volta in piazza Cavour prese lui l'iniziativa.

«Cosa c'è?» domandò.

«E me lo chiedi, imbecille che non sei altro», fu la risposta del Trovatore.

Imbecille a lui?
«Sì», confermò il Trovatore. Perché solo un imbecille poteva fare una cosa del genere.
«Si può sapere cosa ti sei messo in testa?»
«C'è di mezzo il Partito», obiettò lo Scafandro.
«C'è di mezzo un ladro», puntualizzò il Trovatore.
Ladro e suo cognato.
«È solo la parola di un manovale che...»
«Che ha fatto una regolare denuncia di cui già corre qualche voce in paese», punzecchiò il Trovatore.
La rivelazione turbò la compostezza del Caio.
«Sarebbe a dire?»
«Quello che ho detto», confermò l'Aurelio.
«Chi?» volle sapere lo Scafandro.
Chi parlava, o meglio, sparlava?
«Lascia stare, hai già fatto abbastanza guai», rispose il Trovatore.
«In ogni caso...»
Aurelio Trovatore levò una mano in aria. Stop! Non era andato fin lì per fare quattro chiacchiere. Piuttosto per informarlo che di quella faccenda se ne sarebbe sbattuto i coglioni comunque fosse andata.
Per forza, fu il pensiero dello Scafandro, non ce li aveva!
«Mi hai capito?» insisté il Trovatore.
Voleva dire che quando il 18 ne avrebbe riferito al Federale...
«Il Federale?» sbottò il Caio.
«E già», confermò il segretario.
Un bel viaggetto a Como per chiarire la faccenda, una gitarella che non aveva messo in conto e per la quale doveva ringraziare lui e il suo telegramma del cazzo!
«Comunque non farò altro che dire la verità. E che tu piuttosto ti sei preso la briga di agire senza informarmi, al solo scopo di tirar fuori dai guai quel ladro di tuo cognato!»
«Non è detto», obiettò lo Scafandro.

«Detto o non detto, lo vuoi capire che non me ne frega niente? La responsabilità è tua e tue saranno le conseguenze», concluse il Trovatore.

Capiva Caio Scafandro?

Capiva.

Capiva che da quel momento in avanti lui, e solo lui, aveva il compito di preservare dallo scandalo l'onore del Partito e salvare le chiappe al cognato. Il Trovatore invece forse non capiva che finalmente gli aveva offerto l'occasione di dimostrare che quei due cosi non li aveva, come lui, di gelatina e che per guidare una sezione di Partito serviva animo saldo e sprezzo del pericolo, quale che fosse.

«C'è altro?» chiese il Caio.

No per fortuna, perché anche un animo saldo aveva bisogno di mangiare qualcosa e al solo pensiero del piatto di stufato che aveva abbandonato lo stomaco cominciava a protestare.

«Non ti pare abbastanza?» ribatté il Trovatore, girandosi poi senza nemmeno salutare e dirigendosi alla volta del cotonificio.

Caio Scafandro invece rientrò lestamente nell'osteria, riprese il posto al tavolo, lì dietro, constatando come fosse orfano dello stufato. Pensò a una speciale gentilezza del Molina o della moglie che, vedendolo impegnato, glielo avevano messo in caldo. Invece no. Fu l'oste a informarlo. Insomma, non tornava più, continuava a parlare e siccome uno aveva chiesto una seconda porzione di stufato gli avevano dato la sua.

«Che era l'ultima, mi spiace», si scusò il Molina.

Ma, se voleva, un po' di pane e di salame glielo poteva dare.

«No, grazie», rispose Caio Scafandro piccato per lo sgarbo. «Starò leggero», aggiunse velenoso.

41.

Leggero, così doveva viaggiare.

Al massimo con una borsa di cuoio, di quelle che si usavano per metterci carte, documenti eccetera. Nel caso l'avessero fermato un bagaglio siffatto, leggero appunto, avrebbe accentuato l'impressione che fosse davvero un avvocato.

«L'avvocato Severo Notambulo», ripeté per l'ennesima volta Mimmo Valanga.

«Ma nemmeno un cambio di biancheria vuoi?» chiese sua madre.

La discussione, pacata, andava avanti da ormai un paio di giorni. Da una parte la donna che in previsione del viaggio, fuga a dirla giusta, del figlio avrebbe voluto dotarlo di un bagaglio come se stesse andando in vacanza. Dall'altra lui che, pur comprendendo l'apprensione materna, aveva insistito sulla necessità di portarsi appresso il minimo indispensabile per figurare quale avvocato diretto a Tirano per lavoro: in pratica, niente.

«Ma immagina che si metta a piovere, che ti bagni le calze. O peggio che...» lasciò intendere la donna la sera del 17 ottobre quand'era in corso l'ennesima discussione.

I tre, padre, madre e figlio, erano a tavola, appena finita la cena. Mimmo Valanga, riflettendo su ciò che la madre gli aveva prospettato, non riuscì a contenere un sorriso.

Quanto le voleva bene!

Ancora di più pensando a come quella donna che l'aveva messo al mondo, proprio in virtù dell'amore che aveva verso di lui, non riusciva a vederlo come un uomo fatto e finito ma ancora un bambino cui bisognava ricordare di lavare le mani e mangiare tutto quello che aveva nel piatto.

Si alzò allora e fece il giro del tavolo per raggiungere la madre che gli sedeva di fronte. Dopodiché le stampò un bacio sulla fronte. Suo padre, che non aveva detto una parola per l'intera durata della cena, aveva gli occhi lucidi.

«Se dovessi nascere un'altra volta voglio che siate ancora voi due i miei genitori», disse il Valanga.

Il padre contrasse i masseteri, emozionato.

«Su, su», reagì la donna, infine arresa alle ragioni del figlio. E tornando a essere l'inflessibile padrona di casa: «Cosa vi preparo di buono per domani sera?» chiese. Già, perché la ricorrenza dell'anniversario di matrimonio non poteva passare servendo in tavola un pancottino o, come quella sera, un assai poco entusiasmante riso e latte.

42.

Aurelio Trovatore l'alba l'aveva vista ben poche volte. E quelle poche in occasione delle cene per l'annuale festa dei coscritti, uscite serali che avevano poi allungato il passo verso le ore più fonde della notte fino a che erano spuntate le prime luci del giorno. Grazie a quelle avventure aveva potuto conoscere le grazie delle donnine al casino di Lecco e osterie che, benché chiuse, grazie all'acquiescenza del proprietario ospitavano i nottambuli facendoli entrare da una porta di servizio.

Era stata una parentesi di vita che s'era chiusa definitivamente nel 1923 grazie all'intervento di sua madre Priscilla, vedova da ormai due anni e non ancora ossessionata dalle correnti d'aria. Dopo una notte tribolata passata in attesa del ritorno del figlio, camminando su e giù lungo il corridoio e sbriciando dalla finestra per coglierne segni, quando appunto l'alba era spuntata, aveva deciso di uscire per cercarne notizie o tracce. Ricerca che s'era completata all'istante, non appena aperta la porta di casa, quando il corpo del giovanotto, seduto contro la stessa, le era franato addosso.

L'Aurelio non era in condizione di reggersi in piedi e nemmeno riusciva a rispondere con frasi di senso compiuto alle domande della madre che l'aveva trascinato dentro con fatica, intenzionata a metterlo nel suo letto. Un'impresa che aveva richiesto una tappa all'altezza del bagno, sito proprio a metà del corridoio, poiché un paio di singulti avevano suggerito alla donna che il figlio dovesse dare di stomaco. Cosa che in effetti s'era realizzata e aveva consumato del tutto le energie del giovane al pari di quelle della madre che, non sapendo cos'altro fare, l'aveva aiutato a stendersi nella vasca da bagno dentro la quale Aurelio Trovatore era piombato nel sonno dell'ebbro.

Al risveglio, alle prime ore del pomeriggio, confuso, scarmigliato, appiccicato ai vestiti, il Trovatore aveva avuto la sorpresa di vedere ai bordi della vasca la madre dal viso funereo ma soprattutto il direttore del cotonificio cui mancava solo qualche medaglia sul petto per sembrare un alto ufficiale in rivista alle sue truppe. Il predicozzo che costui gli aveva servito, sottolineato a ogni passaggio da uno sbattere di palpebre della Priscilla, era stato essenziale: un assistente di linea, quale l'Aurelio era da poco, non poteva permettersi assenze come quella, ingiustificabile stante le cause che l'avevano determinata. Il paese era piccolo, le voci correvano, bastava assai poco perché uno perdesse il rispetto dandosi a dubbie frequentazioni tanto maschili quanto femminili. Senza contare che la direzione generale teneva in massima considerazione la moralità della sua classe dirigente che aveva nel ruolo di assistente di linea il primo grado e non tollerava esuberanze di sorta, pena la perdita del ruolo e la retrocessione a ben più bassi incarichi, se non peggio. Considerando inoltre, aveva aggiunto la Priscilla, il rispetto dovuto alla memoria del marito e padre Angusto Trovatore, che s'era guadagnato l'onorificenza dell'«Ordine al merito del lavoro» per la sua attività nel commercio di generi coloniali.

Quanto avessero inciso le austere parole del direttore nell'animo del Trovatore, e il viso velato da accusatoria delusione che la Priscilla aveva mantenuto con ammirevole costanza per un paio di settimane, è difficile dirlo. Fatto sta che i risultati si erano palesati nell'irreprensibile comportamento dell'Aurelio che tre giorni più tardi, tanto gli ci era voluto per rimettersi in asse, aveva ripreso il lavoro indossando, come mai aveva fatto, la cravatta, a segno di un nuovo, definitivo inizio.

Da allora l'alba non l'aveva mai più vista. Ma la mattina del 18 ottobre 1928 gli era toccato farlo. Un'alba invero stentata che allungò le sue dita grigie mentre il Trovatore raggiungeva l'imbarcadero e chiedeva al battellotto Perdibono un biglietto, andata e ritorno, per Como.

Poi, considerato che mancavano dieci minuti alle sette, ora di partenza, si diresse alla volta del caffè dell'Imbarcadero per bersi un secondo caffè. Ne uscì pochi minuti prima delle sette, quando il battello era ormai prossimo all'attracco, e non si avvide del maestro Fiorentino Crispini che sbucava da sotto l'arco di via Privata dell'Achille per consumare il quotidiano appuntamento col marsalino.

Il maestro invece lo notò, confermandosi nell'idea che c'era qualcosa in ballo quando il Perdibono gli rivelò che il Trovatore aveva staccato un biglietto, andata e ritorno, per Como.

Ma nemmeno il maresciallo Maccadò seppe, o volle, soddisfare la sua curiosità. Lo attese fino quasi alle otto sbirciandone l'arrivo da una vetrata del caffè, avvinto dalla lettura di ciò che «La Provincia» acquistata all'edicola della Gnagnolina riportava in prima pagina.

Era una cronaca che faceva il punto sullo stato delle indagini relative al delitto di «Foppa dei Pereghi», un caso assai misterioso che si trascinava dal maggio 1921, quando alcuni ragazzi giocando nella detta località avevano rinvenuto sotto uno strato di foglie il cadavere di Teodosio Onico, con uno squarcio alla gola prodotto da coltello o altro oggetto acuminato. Nonostante lunghe e laboriose indagini non si era riusciti all'epoca a chiarire alcunché contro alcuni sospettati, e di conseguenza fermati. Non erano emerse prove tali da poterli rinviare a giudizio, ragione per la quale li si era dovuti rimettere in libertà.

Per sette anni...

«Sette anni!» esclamò il Crispini.

...per sette anni il mistero più fitto aveva avvolto il caso, ma nel febbraio di quello corrente erano emerse circostanze prima ignote che avevano permesso di riaprire il caso. Già alcuni soggetti, di cui la cronaca non riportava i nomi, erano stati arrestati mentre pareva che l'omicidio dell'Onico fosse da collegare al furto di una vacca. Fatti certi gli inquirenti di aver chiarito i lati oscuri del truce delitto, l'anonimo cronista concludeva che ora non si aspettava altro che l'inizio del processo presso la corte d'Assise di Como.

Conclusa la lettura, Fiorentino Crispini sospirò: gli sarebbe mai capitata l'occasione di mettersi in luce con qualcosa di altrettanto clamoroso o che perlomeno vi si avvicinasse così da meritare l'onore della prima pagina?

La persona del Maccadò, comparsa sul marciapiede lungo il molo, lo distolse dai sogni di gloria riportandolo alla realtà. Piazzatosi davanti all'ingresso del caffè lo attese con la domanda pronta sulla punta della lingua. Fu più svelto il maresciallo però.

«Caro maestro, novità?»

Il Crispini restò un momento interdetto.

«Stavo per chiederlo a voi», si riprese, «dal momento che ho visto il nostro segretario partire per Como.»

Il Maccadò corrucciò il viso.

«Da quando in qua l'Arma ha un segretario?» chiese poi fingendo interesse.

«Intendevo dire...» si impappinò il Crispini.

«Il dovere mi chiama», tagliò corto il maresciallo. «Buona giornata, maestro», salutò.

«Anche a voi», mormorò il Crispini rivolto alla schiena del Maccadò, volgendo poi lo sguardo al lago dal quale il battello diretto a Como era ormai sparito alla vista.

43.

«Certo che Como...»

Fu il sospiroso pensiero di Aurelio Trovatore quando ancora il battello non aveva attraccato ma, avanzando lentamente, aveva dispiegato sotto i suoi occhi la serena bellezza della conca dove il lago finiva in una cornice di verde ancora maturo e azzurro di cielo. Quell'avvicinarsi cauto alla riva, come se avesse di fronte un giocatore che spillava con mestiere le carte che aveva in mano, aveva acuito nel Trovatore il desiderio mai sopito di abbandonare per sempre il paese e la sua miseranda vita per emigrare verso altri e più accoglienti lidi.

Como sarebbe stata una meta ideale, certo! Ma non poneva limiti alla divina provvidenza, Como o un luogo di pari respiro avrebbe comunque soddisfatto la sua sete di cambiamento. Sete che si fece reale una volta disceso dal battello e che il Trovatore volle spegnere gustandosi un gazzosino al caffè Cavour prima di avviarsi, con lentezza poiché non erano che le nove e trenta, alla volta di via Indipendenza per incontrare Sua Eccellenza e il segretario ai quali, invece di dare chiarimenti, avrebbe più volentieri presentato le sue dimissioni da una carica che aveva scioccamente accettato spinto da una altrettanto sciocca ambizione. E, passeggiando come fosse un turista, si confermò pure nell'idea che, quando fosse riuscito a cambiare luogo, e vita, non si sarebbe mai più impicciato di politica e forche varie.

44.

«Trovatore, Trovatore!»

Il Federale l'aveva accolto così dopo aver occhieggiato un fogliettino sul quale il segretario Incensati aveva appuntato nome e cognome: voce da omelia, espressione da apostolo.

Ma cosa gli combinava ancora quel benedetto paese?

L'Incensati, dopo averlo fatto entrare nell'ufficio, l'aveva seguito e si era disposto a lato della scrivania del Federale, un piano di lavoro lindo e scarno, un portapenne, una lampada, un paio di cartellette, così come si narrava fosse quello del Duce nella sala del mappamondo.

L'Aurelio aveva fatto per rispondere ma il Federale: «Accomodatevi», l'aveva invitato.

Si ragionava meglio stando seduti, o no?

E l'Incensati, per la prima di un numero infinito di volte, aveva approvato l'uscita del Federale con un cenno del capo e uno sbattere di ciglia come avesse udito chissà quale verità.

L'Aurelio aveva ubbidito e aveva di nuovo tentato di parlare. Niente da fare.

«Trovatore, Trovato...» aveva ripreso il Briga Funicolati interrompendosi però.

Poi con una mano, la sinistra, s'era coperto la bocca, e con l'altra aveva cominciato a ravanarci dentro.

L'Aurelio era rimasto di stucco.

Ma che cazzo fa, si fruga in bocca?, aveva pensato, mentre l'Incensati, con una faccia come se non volesse cedere a un immaginario solletico, ispezionava i quattro angoli dell'ufficio.

Tolse le mani, il Federale aveva contratto la mascella e aveva ripreso.

«Trovatore!»

Quando aveva avallato la sua nomina a segretario non s'erano forse accordati perché tenesse a freno la... la...

«L'esuberanza, ecco, l'esuberanza di quella sezione?» aveva osservato.

A quell'uscita l'Incensati aveva concordato con più cenni del capo e stringendo le labbra, quasi dolente.

Il Trovatore s'era tenuto, visto che già due volte aveva dovuto mordersi la lingua.

Il Federale l'aveva guardato, l'Incensati pure. Una domanda sul viso di entrambi. Era venuto lì per fare scena muta?

«Ditemi», l'aveva invitato il Federale accompagnato da un'espressione d'urgenza del segretario.

«Vedete, Eccellenza, come spiegavo al signor segretario...»

Ma il Federale l'aveva fermato con un gesto della mano e a latere un corrugarsi della fronte dell'Incensati.

«Ricordo», aveva ripreso il Federale.

Ricordava.

Aveva dovuto delegare.

Ma, ma, ma...

L'Incensati, un'espressione di rimprovero in viso, aveva dondolato la testa di lato.

«Ma permettetemi di ribadire che un segretario non può derogare dai suoi doveri. Non può non avere sempre tutto sotto controllo.»

Sentenza che l'Incensati aveva confermato con un deciso scatto del capo.

«Capisco», aveva concordato il Trovatore.

Ma il Federale non aveva ancora finito.

«Soprattutto in una sezione come quella... Bellano

giusto?» aveva chiesto rivolgendosi all'Incensati che aveva confermato con un unico battito di ciglia.

Soprattutto, quindi, in una sezione che aveva già creato qualche fastidioso... e sul viso dell'Incensati era comparsa un'espressione dubbiosa. Anzi, s'era corretto il Federale, imbarazzante, e l'Incensati aveva allora approvato con decisione, imbarazzante grattacapo.

«Non succederà più», aveva sparato di getto il Trovatore temendo di essere ancora interrotto e fantasticando per una frazione di secondo l'agognato momento in cui avrebbe potuto mandare al diavolo carica, Partito, paese, e pazienza per la Priscilla.

«Ma veniamo a noi adesso», l'aveva riportato alla realtà il Federale.

«Eccellenza, posso riferire ciò che mi è stato riferito», aveva osato il Trovatore.

«Sentiamo», aveva concesso il Federale.

«Pare si tratti di un furto. Di carbone», aveva sparato l'Aurelio.

Prima di quella del Federale era stata la fronte dell'Incensati a corrugarsi.

«E il Partito cosa c'entra?» aveva chiesto il primo.

«L'accusato è un iscritto alla sezione.»

Un riso che avrebbe voluto essere sardonico era uscito dalla bocca del Federale.

Per una frazione di secondo al Trovatore era sembrato che i denti superiori del Federale stessero venendo giù. Il Funicolati aveva però chiuso all'istante la bocca.

«E il Partito dovrebbe difendere un ladro?» aveva poi chiesto.

«No», aveva ribattuto il Trovatore.

L'Incensati non capiva, nemmeno il Federale.

«Spiegatevi», aveva chiesto quest'ultimo.

L'Aurelio aveva fatto per parlare ma il Federale gli aveva rubato il tempo.

«Trovatore, intendiamoci bene.»

Un ladro, anche se camerata, sempre ladro restava. E come tale andava espulso dal Partito.

«Via la tessera. All'istante!»

Un provvedimento che il segretario di sezione, fatto certo della verità, doveva prendere senza por tempo in mezzo, dandone comunicazione alla Federazione.

«Perché non l'avete fatto?»

Pure sul viso dell'Incensati s'era dipinto un punto di domanda.

L'unica risposta sincera che il Trovatore avrebbe potuto dare gli era rimasta sul gozzo: gliene fregava niente del Partito, delle regole e pure del carbone.

«Perché...» aveva invece annaspato.

«Forse non siete convinto della faccenda?» aveva suggerito il Federale.

«Insomma...» aveva continuato a traccheggiare l'Aurelio.

«Avete sospetti di qualche manovra? Forse di quei benedetti carabinieri che prendono per oro colato tutto ciò che viene loro detto e non perdono occasione per metterci il bastone tra le ruote?»

«Potrebbe essere», s'era forzato a dire il Trovatore.

«Quindi, quindi, quindi», aveva cantilenato il Federale. «Consideriamo di trovarci di fronte a una montatura. E passiamo all'urgenza adesso.»

Dove stava?

«Nel fatto che l'udienza è fissata per domani, ore dieci», aveva chiarito l'Aurelio.

«Oibò!» era sbottato il Federale.

Altro che se era urgenza!

Tuttavia...

«Che necessità c'è di chiedere l'assistenza di un avvocato alla Federazione?»

Non ce n'erano forse in quel di Bellano?

Al Trovatore era scappato un mezzo sorriso.

«Ridete?»

«Be', Eccellenza», aveva risposto l'Aurelio, «avere il nostro quale difensore e, come si usa dire, niente nel piatto per cena è la stessa cosa.»

«Un motto che mi suona nuovo», aveva ribattuto il Federale, «ma che tuttavia si lascia intendere.»

Dopodiché si era preso un minuto per riflettere.

«Mi fido di voi, Trovatore», aveva infine dichiarato.

L'Aurelio aveva incassato.

«Il che significa che agiremo come un sol corpo», aveva proseguito il Federale.

Toccava al lì presente segretario Incensati adesso reperire un avvocato disponibile, e fidato, e disporne l'arrivo a Bellano in tempo utile per l'udienza.

«Particolari di cui avrete notizia nel corso del pomeriggio, tramite telegramma.»

Vero, Incensati?

«Provvedo subito», aveva risposto il segretario dando aria alla lingua per la prima volta.

Mentre l'Aurelio poteva andare. Ma: «Trovatore, per il futuro, mi raccomando», aveva detto il Federale, massaggiandosi la mascella.

«Non dubitate, Eccellenza», aveva risposto lui, alzandosi e avviandosi verso l'uscita.

Sotto controllo, tutto, sempre, Trovatore...

Una lagna che l'aveva raggiunto mentre era ormai fuori dall'ufficio.

Sì, certo, come no!

Trovatore un cazzo!, era sbottato incamminandosi verso piazza Cavour, il molo.

45.

«Tu fatti i cazzi tuoi.»

Rispose così Aurelio Trovatore al battellotto Perdibono quando, una volta sbarcato, quello lo fermò per dirgli che sia il maestro Crispini sia il Caio Scafandro erano andati lì un paio di volte per chiedergli se l'avessero visto tornare da Como.

«Sempre fatti», rispose il battellotto.

«E continua», chiuse l'Aurelio.

Era nervoso come una biscia, e ne aveva ben donde. Dall'incontro col Federale era uscito con la sensazione di essersi messo a novanta gradi non tanto davanti all'Eccellenza ma allo Scafandro, incastrato, messo nell'angolo dal telegramma che quello aveva spedito. Obbligato ad agire contro voglia insomma.

Una volta al molo poi, pensando di fare una furbata, visto che erano le undici e il prossimo battello non partiva che alla mezza, aveva chiesto ospitalità sul piroscafo rimorchiatore *Zara*, in partenza di lì a pochi minuti, che saliva verso l'Alto lago trasportando solo merci. All'altezza di Argegno il *Bisbino*, partito un'ora dopo, li aveva superati e il Trovatore l'aveva visto svanire piano piano all'orizzonte mentre gli era ormai chiaro che lo *Zara* aveva merci da scaricare quasi a ogni porto del lago.

Anziché all'una era arrivato a Bellano alle tre passate da qualche minuto e il battellotto s'era beccato la prima scarica dell'elettricità che si sentiva addosso. La seconda se la beccò l'incolpevole Priscilla. Senza scendere nei particolari l'Aurelio l'aveva avvisata che quel giorno doveva andare a Como per ragioni d'ufficio.

Como?, aveva ragionato la madre. Era un viaggio! E si sapeva che dopo un viaggio quello che ci voleva era una bella minestrina.

L'odioso odore del brodo colpì il naso del Trovatore non appena entrato in casa.

«Minestrina?» chiese senza rendersi conto che stava gridando.

Il sorriso con cui la Priscilla s'era preparata a dirgli che gli aveva preparato l'indispensabile tonico di ogni dopo viaggio morì all'istante.

Gli aveva preparato una minestrina?

«Mangiatela te», abbaiò l'Aurelio.

«Ma, Aurelio...» balbettò la donna.

Sì, Aurelio un cazzo!

«Sono stanco», rispose, «vado in camera mia a riposare un po'.»

«La tengo in caldo?» chiese la donna.

La risposta fu lo schianto della porta della camera.

La madre con due singhiozzi, preludio ad altrettante lacrime, tornò in cucina. Dopo un'occhiata alla minestrina ancora tiepida pensò bene di sorbirsela, peccato sciupare la roba da mangiare. Poi, raggiunta la poltrona del salotto, seduta sulla quale con un brivido vide, presagi di vento, correre nuvole che sfioravano la vetta del monte Muggio, chiuse gli occhi e si addormentò di botto. Pure l'Aurelio, seppure più lento, scivolò nel sonno.

Privi di sogni entrambi, dormirono accompagnati dall'ipnotico silenzio che era sceso nella casa e chissà fino a quando avrebbero continuato se non fossero stati risvegliati, e bruscamente, verso le cinque pomeridiane dal ripetuto squillare del campanello e dalla voce del procaccia Erminio Fracacci.

«Telegramma!»

Fu la Priscilla a mettersi in cammino per prima verso

la porta d'entrata, l'animo gravato dall'idea che quel telegramma che il Fracacci continuava ad annunciare fosse foriero di disgrazie, quali poi non lo sapeva immaginare. L'Aurelio però la superò sbadigliando quando ormai era giunta al traguardo. Aprì lui la porta, troncando la parola al procaccia.

«Tele...»

«Da' qua», disse.

La Priscilla s'era schiacciata in un angolo, si sapeva mai con le correnti d'aria. L'Aurelio aveva già arpionato il telegramma, stava per chiudere la porta.

E le buone maniere?, pigolò la Priscilla.

Nel caso di una consegna come quella, eccezionale, fuori orario, si imponeva il bel gesto di una mancia o l'offerta di un bicchierino di qualcosa!

Il Fracacci approvò l'uscita della padrona di casa.

«Macché mancia», rispose l'Aurelio chiudendo la porta in faccia all'Erminio. E in quanto a un bicchierino di qualcosa il Fracacci non aveva bisogno di incentivi.

«Ma che modi sono, Aurelio», lo rimproverò la madre senza ottenere risposta ma seguendolo, animata da ansiosa curiosità per il contenuto del telegramma. Che invece vide finire così com'era in una tasca della giacca del figlio.

Ma come, non lo apriva?

L'Aurelio indossò la giacca.

«Non ci penso nemmeno», rispose.

Sapeva lui a chi competeva prendere visione del contenuto e agire di conseguenza.

La madre lo squadrò, quel figlio era un po' strano da qualche giorno a quella parte.

E adesso, cosa faceva?

«Dove vai?» chiese.

«Esco», rispose il Trovatore.

E per cena, tornava per cena?

La domanda rimbalzò contro la porta già chiusa.

46.

Per cena lasagne.

Non c'era piatto migliore per celebrare l'anniversario di matrimonio in casa Valanga. Ma anche per far sì che una struggente malinconia invadesse l'animo del figlio.

Quel piatto, quelle lasagne, non erano cibo, non solo. Un simbolo, piuttosto, di ogni domenica, di ogni giorno di festa che tutti e tre avevano vissuto da che abitavano in quella casa. Simbolo di cieli sereni, di sole, di passeggiate fatte lungo i navigli o di cieli grigi, pioggia o nebbia e burattini a riempire quei pomeriggi o il cinema più tardi. Mai come quella sera Mimmo Valanga ebbe consapevolezza di ogni particolare della casa dove aveva abitato fino ad allora, dei contorni netti di ogni oggetto, come se volessero imprimerglisi nella memoria affinché non li dimenticasse. E dell'ombra che cercava di rendere amaro il sapore del piatto della festa. Un'ombra che, inconsapevolmente, chiamò. Come la invitasse a sedere con loro.

«Bando alle malinconie», disse sua madre appoggiando la teglia in tavola.

Ma subito una volta accomodata, chiese al figlio se ricordava quando, piccolo piccolo, cercava di aiutarla a tirare la sfoglia o a preparare la besciamella.

E quella volta che s'era scottato?

E quell'altra, quando con un maldestro colpo di gomito aveva buttato a terra il piatto pieno?

E, ancora...

«Scusatemi», intervenne il genitore.

Aveva dimenticato una cosa, disse.

Il figlio stava masticando il primo boccone. Piano. Scottava.

I ricordi che sua moglie stava facendo riaffiorare, disse il genitore... la consapevolezza che quella era una specie di ultima cena, che quelle lasagne... Chissà poi se in Svizzera le sapevano fare. E anche nel caso, avrebbero avuto lo stesso sapore? Insomma, proseguì il Valanga senior, s'era ricordato, aveva dimenticato...

«Cosa?» chiese la moglie.

Cosa aveva dimenticato?

Il Valanga non rispose, sparì nel corridoio. Di lì a un po' lo sentirono frugare in una cassapanca che stava poco oltre la porta d'ingresso, ricovero di ogni sorta di cianfrusaglia. Quando rientrò in cucina: «Questa», disse alzando una bottiglia che teneva per il collo.

«Barolo», fece Mimmo Valanga.

«D'annata», specificò il genitore.

L'aveva acquistata tempo prima pensando a un'occasione speciale. Una fidanzata che il figlio avrebbe presentato loro, una promozione sul lavoro...

Aspetta e spera!

Ma, quella sera...

«Mi sembra che sia quella giusta», affermò l'uomo mentre già si dava da fare per stapparla. Fatto ciò annusò.

«Pare ottimo», diagnosticò, dopodiché: «Dammi», disse rivolto alla moglie.

Mica se l'aspettava lei.

«Cosa?» si meravigliò.

«Il bicchiere», chiarì il marito.

«Il mio?»

Ma se non aveva mai bevuto vino, nemmeno un dito, un goccio...

«Stasera sì», disse lui schiacciando l'occhio al figlio.

«Tocca obbedire», interloquì Mimmo Valanga.

«Non ti ci mettere anche tu», fece lei già però con il bicchiere in mano allungato verso il marito.

«Un dito eh», avvisò.

«Mezzo bicchiere», ribatté lui.

Mezzo, forse qualcosa di più fu quello che versò.

«E adesso bevi.»

«Ma così, senza niente nello stomaco...» obiettò la donna.

«Bevi, su, tutto», insisté il marito.

A piccoli sorsi, quel vino scuro e potente abbandonò il bicchiere. E fu questione di un paio di minuti, un tempo sufficiente affinché le gote della padrona di casa si infiammassero, assumendo un colore pari a quello del barolo.

Di nuovo il Valanga senior strizzò l'occhio al figlio.

«Stavi dicendo?» si rivolse poi alla moglie.

La donna, un'espressione distesa in viso, scosse la testa.

«Non... non mi ricordo», rispose con una mezza risata.

«E allora brindiamo al futuro», propose lui sollevando il suo bicchiere bello pieno.

«Al futuro», si aggregò Mimmo Valanga.

«Certo, al futuro», completò sua madre, il bicchiere, pur se vuoto, levato in alto.

47.

Qualche bicchiere, anche se non di barolo, l'aveva vuotato Caio Scafandro nel corso del pomeriggio per ingannare l'attesa del momento in cui il Trovatore sarebbe tornato da Como con gli esiti del colloquio con il Federale.

Aveva sperato nel battello delle dodici, l'aveva atteso sotto la pensilina, vana speranza stante i tempi stretti, più facile che scendesse da quello delle due, invece niente da fare.

La fame l'aveva infine piegato, le sirene dell'osteria del Ponte l'avevano avuta vinta e poi... E poi, massì, perché non concedersi una partitella a carte giusto per far passare una mezz'ora? Una, due, tre partite, e poi rivincite delle rivincite, le aveva perse tutte, pagato il dazio cosicché, verso le quattro, discretamente intorbolito se n'era andato a casa per smaltire rimestando quei pensieri cui dava la colpa per la distrazione che gli era costata la disfatta a briscola. Pensieri e un certo peso sullo stomaco, colpa del pane e salame che aveva consumato in abbondanza, salame non proprio fresco, il grasso era un po' giallino e ne aveva sentito il rancido nei fiati che emetteva.

Uno più uno due, aveva dovuto dire addio al sonnellino col quale pensava di riprendersi e tra un sospiro, rancido, e l'altro s'era lasciato andare a un soliloquio col quale aveva affrontato prima di tutto sua sorella.

Sì, proprio lei, con tutti i suoi dubbi, le perplessità che aveva messo in campo. E quel suo atteggiamento sospettoso, quasi di diffidenza nei confronti delle sue capacità, manco fosse un qualunque galoppino e non un membro del Partito. E della Milizia pure!

Cretina, lei, e cretino anche il cognato, lui e le sue unghie! Ma a tempo debito li avrebbe sistemati.

E insieme con loro pure il Trovatore. Mezzasega, pastafrolla, cagasotto! Che s'era permesso di dirgli, anzi gridargli, che era un imbecille. Imbecille, proprio, solo perché aveva a cuore la sorte del Partito, il suo buon nome, la rispettabilità, mentre lui se ne fregava allegramente. Perché allora non aveva delegato lui per andare a Como dal Federale? Temeva che non sarebbe stato in grado di spiegarsi? A meno che...

Era stato verso le cinque del pomeriggio, quando l'esaltazione del bicchiere stava declinando verso una certa spossatezza, mentre dalla contrada sottostante risuonavano i passetti ritmati delle donnette che si recavano al rosario, che un veleno gli aveva intossicato del tutto l'attesa. A meno che, infatti, il Trovatore fosse andato a Como con l'intenzione di sputtanarlo, raccontando che in quella vicenda il Partito non c'entrava niente, che il camerata Graziato Ciancicati fosse davvero colpevole di furto e lui un opportunista che era sceso in campo per il solo fatto di essere fratello della moglie del criminale. Caso nel quale c'era da rischiare grosso, per entrambi: galera per il cognato, espulsione per lui. Porcaeva, ci mancava solo che gli giocasse uno scherzetto del genere. Ma ci doveva solo provare. Allora sì che il camerata Caio Scafandro avrebbe dimostrato al segretario Aurelio Trovatore che razza di attributi aveva avuto in dono da madre natura! La previsione di uno scazzo col Trovatore gli aveva dato una scossa che si era sovrapposta a un violento stimolo nella vescica, era ora di fare una pisciata. Ma quando fu a mezza strada due colpi sordi alla porta l'avevano bloccato.

Chi poteva essere se non lui?

Il Trovatore non aveva nemmeno fatto la mossa di entrare. Gli aveva allungato il telegramma ancora chiuso.

«Prendilo, leggilo e arrangiati», aveva detto.

Tutto lì, stop!

«Arrivo avvocato stazione Bellano domani ore nove e trenta- stop- Pregasi disporre accoglienza- stop-.»

Le mani che tremavano, Caio Scafandro aveva guardato verso il soffitto, dimentico della vescica, poi era tornato a guardare il telegramma.

«Saluti fascisti- stop- Federazione Como- stop-.»

L'aveva ripiegato con cura, messo in un cassetto della credenza. Che ricordo sarebbe stato da mostrare a... a figli?, nipoti?, insomma, a qualcuno, a dimostrazione della sua caparbietà. Proibito distrarsi però, adesso fare mente locale piuttosto. La vescica prima di tutto.

«A noi!» aveva gridato.

Poi s'era mosso alla volta del cesso.

48.

«Per qualunque necessità, su di noi puoi sempre contare.»

Suo padre Gualtiero l'aveva salutato così, lasciando alla moglie Giustina i baci, le carezze, le inevitabili lacrime.

Mimmo Valanga aveva scherzato per stemperare l'emozione.

«Magari ci vediamo prima di quanto immaginiate.»

Se infatti qualcosa fosse andato storto...

Sulla carrozza di seconda classe – un avvocato mica poteva sedere sui duri sedili della terza – il Valanga risentì l'eco delle parole di suo padre fino a che la periferia milanese si dipanò sotto i suoi occhi. Poi, quando le prime distese della campagna la sostituirono, quasi senza volere entrò nella parte.

Per prima cosa dalla borsa in finto cuoio estrasse una copia del «Popolo d'Italia» acquistata in quanto funzionale alla messinscena.

Solo uno degli altri cinque passeggeri che occupavano il vagone non era immerso nella lettura di un giornale. Dormiva, la testa appoggiata al finestrino.

Guardandolo, Mimmo Valanga ne trasse ispirazione: poteva essere una buona carta da giocare nel caso sorgesse qualche problema: dormire, fingere di farlo.

Per il momento, mentre il treno proseguiva, gli bastava nascondersi dietro il giornale, scorrere le notizie autocelebrative del regime, sorridere alla prosopopea del giornalista che descriveva l'alto onore ricevuto dal Corpo della Polizia Metropolitana di Roma passata in rivista dal Duce oppure delibare la noia dell'interminabile elenco di tutte le opere realizzate dal regime nel corso dell'anno VII dell'era fascista.

Col giornale sempre sotto gli occhi, ma senza più leggere, si lasciò poi distrarre dalla discussione di due che stavano alle sue spalle. Conferenza vera e propria a dire il vero, di uno dei due che stava magnificando la Fiat 520, acquistata di recente, sei cilindri, quattro ma anche, volendo, cinque posti a stringersi un po', una macchina che aveva superato nelle vendite la Fiat 509. L'altro si limitava a qualche borbottio di placido consenso di tanto in tanto e pareva non condividere l'entusiasmo incontenibile del suo dirimpettaio che, infiammato dal suo stesso dire, a un certo punto con fare didattico aveva citato il parere di certo Massac Buist, famoso tecnico inglese, che aveva definito l'auto la più grande realizzazione nel campo delle piccole vetture: ci fosse stato lui al posto dell'altro, rifletté il Valanga, e si fosse trattato di un viaggio di piacere, avrebbe chiesto al verboso automobilista perché mai stesse viaggiando in treno e non al volante del suo gioiello.

Per fortuna, in vista di Lecco, i due si prepararono a scendere anche se la conferenza non era finita visto che l'oratore era passato a illustrare l'organizzazione della Fiat sull'intero territorio nazionale, sedi, concessionari, collaboratori, al punto che i possessori di una Fiat potevano considerarsi parte di una grande famiglia.

Con buona pace, pensò il Valanga, che da questa famiglia ricevevano quel tanto che bastava loro per tirare la fine del mese o, nei casi migliori, avanzare di che comprarsi un paio di scarpe all'anno, forse una bicicletta.

L'apparizione del lago, mai visto prima, fu un tonico per il suo animo, per i pensieri.

Nel vagone erano rimasti in due, lui e quello che dormiva, adesso sveglio e pure lui ammirato a guardare il panorama.

Erano le nove passate da qualche minuto quando sotto gli occhi di Mimmo Valanga cominciò la sfilata delle stazioncine: Abbadia Lariana, Mandello del Lario, Varenna...

49.

Poco dopo le nove, la sera prima, Caio Scafandro preso da furia era uscito da casa come se avesse pepe in quel posto.

«Predisporre accoglienza», ordinava il telegramma.

Come aveva fatto a dimenticarsene?

Semplice, s'era coccolato nella soddisfazione di aver dato scacco matto al Trovatore, poi era passato a casa della sorella per comunicare a lei e al marito che s'era assicurato un avvocato coi fiocchi direttamente dalla Federazione, per cui dovevano starsene buoni e lasciar fare a lui, all'avvocato cioè. Poi aveva cenato al Ponte, minestrone e acqua (Acqua?, s'era meravigliato il Molina, Acqua, aveva confermato lui, cosa c'è di strano? Nevicherà!, s'era limitato a commentare l'oste), ed era tornato a casa deciso a farsi una bella dormita. Prima però aveva voluto rileggere il telegramma e, tac!, quella frase gli era balzata all'occhio.

Predisporre accoglienza, puttanaeva!

Era già in mutande, s'era rimesso le braghe. Poi aveva fatto i conti. Quanti camerati ci sarebbero voluti per predisporre un'accoglienza degna di essere tale?

Alla fine, dopo un paio d'ore, ne aveva raccolti quattro, e non senza fatica.

Camerata Erbissi Gavio: stava trombando, anche un Balilla l'avrebbe capito. Il Caio aveva bussato e bussato fino a spellarsi le nocche alla porta di casa sua – mettere un bel campanello no eh? – fino a quando, sul punto di mollare, il camerata Erbissi si era presentato con indosso i soli mutandoni sotto i quali era ancora evidente un discreto montarozzo. Sul viso aveva una precisa domanda, Che cazzo vuoi? La moglie, in vestaglia, era comparsa alle sue spalle e al sentire la sua risposta, Sono cose di Partito, aveva detto che allora andava a dormire. E il montarozzo dell'Erbissi era sparito.

Camerata Giugiula Prisco: era ancora sveglio, allegro, aveva appena finito di leggere un articoletto di «La Provincia-Il Gagliardetto» e aveva voluto raccontargli la vicenda narrata che riguardava un uomo che per vendicarsi della suocera impicciona aveva proclamato lo sciopero del silenzio e non solo, rifiutandosi di accompagnare a passeggio la moglie e, di più, di praticarla nell'intimità, al punto che i due, per iniziativa della donna, erano finiti davanti al giudice conciliatore. Divertente sì, ma lui, aveva fatto notare il Caio, era lì per una questione di Partito. Il camerata Giugiula aveva risposto di non potere, era di turno al cotonificio, sei dodici. Ti esento io, aveva ribattuto lo Scafandro. E la giornata?, aveva chiesto quello. Paga il Partito no? Il Giugiula aveva allungato la mano. Meglio se in anticipo, aveva detto.

Camerata Sinfònia Turi: di padre meridionale, dormiva. Svegliatelo, aveva detto lo Scafandro alla madre Gesuetta. Siete forse matto?, aveva ribattuto quella. Ma lo sapeva o no che suo figlio, se qualcuno osava disturbarne il sonno, diventava una bestia, capace di prendere a sberle l'importuno, fosse anche lei, o di spaccare la prima cosa che gli capitava sottomano? Se non ci credeva bastava che provasse, a suo rischio e pericolo! E allora come si fa?, aveva chiesto il Caio. Lasciate fare a me, aveva risposto la Gesuetta. Tanto era bestia il Turi quando lo disturbavano nel sonno, tanto era gentile una volta che era bello riposato. E obbediente soprattutto a lei, alla mamma. Dite a me, garantisco io, sarà presente, fidatevi, aveva concluso la Gesuetta.

Camerata Carughi Cisto: erano quasi le undici ormai, non fosse stato così tardi il Caio avrebbe lasciato perdere, ma d'altronde... Perché il Cisto era un po' frufru, almeno voci in quel senso correvano su di lui, e infatti l'aveva beccato mentre nonostante l'ora stava stirando e, prima che gli aprisse la porta, l'aveva sentito canticchiare. Alla proposta il Cisto aveva reagito con entusiasmo, sì, sì, non vedeva l'ora di potersi mettere la camicia nera che s'era fatto confezionare apposta, su misura!

Quattro alla fine, cinque con lui. Di più non poteva fare, s'era detto il Caio ritornando a casa. Un manipolo piccolo ma fiero che alle nove e quindici minuti si sarebbe schierato sul marciapiede della stazione di Bellano-Tartavalle Terme per accogliere come si doveva l'avvocato... l'avvocato...

Perché mai sul telegramma non fosse stato specificato il nome era un mistero.

Chissà, forse risparmio, i telegrammi costano.

50.

I

«Là, là tra le rose in fior
L'idillio incominciò
E furon baci, carezze audaci
Poi le follie de...»

L'appuntato Misfatti si interruppe bruscamente al sentire il rumore della porta del suo ufficio che si apriva.

«Continui pure, appuntato», disse il maresciallo Maccadò.

Erano quasi le nove. Il Maccadò, aderendo a una richiesta del podestà Mongatti, era passato dagli uffici comunali per scambiare quattro chiacchiere con lui: ragione dell'incontro la richiesta, informale da parte del Mongatti, di poter contare sull'assistenza dell'Arma in vista delle celebrazioni per la marcia su Roma. Non che temesse sfracelli ma c'era pur sempre qualche testa calda che ne approfittava per disturbare l'ordine pubblico.

Il maresciallo aveva risposto che, pur considerando l'esiguità delle forze di cui disponeva, avrebbe fatto il possibile. La chiacchiera poi si era orientata su come maresciallo e signora si stessero trovando nella loro nuova condizione di cittadini bellanesi. Un po' di nostalgia?, aveva chiesto il Mongatti. Una delizia, invece, aveva risposto brillante il maresciallo nascondendosi.

Dopodiché s'erano salutati e il Maccadò aveva ripreso la strada verso la caserma considerando che a lui e a Maristella la vita sembrava offrire il lato migliore di sé. La giornata infatti era di uno splendore assoluto e non solo ai suoi occhi, anche a quelli dell'appuntato Misfatti, appiccicato alla finestra del suo ufficio, a paragonare i due azzurri che stava guardando, quello del lago e quello del cielo, uno spettacolo che avrebbe instillato allegria anche nella più triste delle zitelle. E così, quasi senza avvedersene, s'era messo a canticchiare, senza accorgersi dell'arrivo del maresciallo e interrompendosi solo quando questi entrò nel suo ufficio. Si girò, nemmeno troppo imbarazzato.

«Maresciallo buongiorno», salutò.

«Continui, continui», insisté il Maccadò.

Il regolamento non prevedeva che ai carabinieri fosse proibito il canto!

«Lei mi prende in giro, maresciallo», sorrise l'appuntato.

«Nemmeno per idea», ribatté il Maccadò, «sono solo curioso di sapere cosa stava canticchiando.»

«Bah, niente di che», rispose il Misfatti.

Però ma dai, ma su, alla fine l'appuntato si lasciò convincere a confessare che quella che stava canticchiando era *Il tango delle capinere*, una canzoncina che la radio trasmetteva quasi tutte le sere ma probabilmente anche di giorno visto che la signora appuntata la sapeva a memoria e a furia di cantarla anche lui l'aveva imparata.

«E così anche ieri sera avete ballato», sbottò il maresciallo.

Il Misfatti si sentì un po' in imbarazzo.

«No, maresciallo, non siamo più così giovani», rispose.

No, ecco, la sera prima si erano seduti, belli tranquilli ad ascoltare una commedia.

«*La bisbetica domata*, di un inglese.»

Ma in italiano, precisò il Misfatti.

«Bella», commentò, tacendo il fatto che dopo un po' era caduto nel sonno, svegliato dalla moglie cui aveva chiesto com'era finita. Non lo so, aveva risposto lei, era solo la prima puntata.

«Ma bene», commentò il Maccadò.

Quindi, ragionò tra sé, non c'erano solo canzonette e valzer alla radio.

«E quanto costerebbe quel diavolo di apparecchio?» chiese poi.

Il Misfatti si imbarazzò.

Che il maresciallo pensasse che aveva fatto debiti per acquistare la radio? L'articolo del regolamento relativo al militare che contraeva debiti gli passò sotto gli occhi parola per parola.

«Ma niente, maresciallo, cioè... un quid ogni tanto, poche lire ogni mese.»

«Ma certo, certo», tagliò corto il Maccadò.

Poche lire ogni mese, senza che il bilancio familiare ne soffrisse. E certe serate passate ad ascoltare qualche bella commedia e... e se di giorno sua moglie voleva farsi compagnia con quella bella canzone...

Vedremo, rifletté.

Ma quante volte se l'era già detto?

Boh, per intanto era meglio pensare al lavoro. Salutò e prese la via del suo ufficio.

Il Misfatti tornò a guardare fuori dalla finestra giusto in tempo per notare un individuo che sbucava in quel momento dal lungolago: una nota stonata nella cornice della giornata. Indossava un cappotto di cammello che aveva visto tempi migliori, cappello e, se non aveva visto male, anche una sciarpetta. Guanti forse, ma aveva le mani dietro la schiena. Che non si fosse reso conto della bella giornata, di quanto fosse tiepida l'aria? O magari era solo perché aveva sulle spalle, curve, anni che pesavano.

Una settantina?

Pareva anche che trascinasse i piedi. Però fumava. Il Misfatti lo vide fermarsi davanti al bar dell'Imbarcadero, prendere e accendersi una sigaretta, fare un tiro lungo un quarto d'ora e poi soffiare una colonna di fumo verso l'alto. Quattro tiri siffatti, due colpi di tosse e la sigaretta era bell'e finita. Dopodiché sparì dentro al caffè. I guanti non li aveva. Tra sé l'appuntato scommise che non si sarebbe accontentato di un caffè. Anisetta o grappino. D'altronde a una certa età erano ormai poche le soddisfazioni che uno si poteva concedere.

«Va be'», mormorò.

Per lui era l'ora di uscire per andare alle Regie Poste a ritirare la corrispondenza. Avvisò il Maccadò, scese le scale, aprì il portone e si trovò faccia a faccia con l'individuo che aveva osservato poco prima dalla finestra. Un fiato di anisetta lo raggiunse quando quello si presentò.

«Sono il pretore Filaroli Memeo.»

«Ma va'?» scappò all'appuntato.

«Qualcosa in contrario?» ribatté il Filaroli.

«No, certo che no», rispose il Misfatti.

Ma, alla faccia dei pretori di prima nomina!, pensò.

«Bene allora, se siamo d'accordo vi pregherei di essere puntuale e presentarvi alle dieci con l'imputato del caso in esame stamattina. Ci sbrighiamo e così ognuno poi torna a farsi gli affari suoi», disse il pretore.

«Non dubitate signor pretore», assicurò il Misfatti.

«Non dubito infatti», rispose il Filaroli, flemmatico.

Intanto, aggiunse, avrebbe raggiunto la pretura.

«Vi accompagno, se desiderate», si offrì il Misfatti.

«La trovo da me», rispose il Filaroli. «Comunque grazie.»

«Non c'è di che», fece il Misfatti rimanendo poi a guardare quello che a tutti gli effetti, visto da dietro, sembrava un sacco color cammello scappato da qualche casa di riposo.

II

Postura.

La postura!

Caio Scafandro aveva più volte sentito quella parola. Pur non sapendone definire il senso esatto aveva però compreso che si riferiva all'atteggiamento da tenere in certe circostanze: maschio, marziale, da guerrieri.

Lo raccomandò ai quattro camerati cui aveva ordinato di radunarsi per comodità di tutti in via Cavour dopodiché sarebbero partiti alla volta della stazione.

«Non è necessario che marciamo», comunicò sotto lo sguardo stupito dell'oste Molina.

Ma, una volta giunti in loco: «Mi raccomando, la postura!».

Loro quattro sull'attenti, silenzio e pronti a eventuali ordini che lui, un passo avanti, avrebbe impartito se necessari.

«Siamo d'accordo?»

«Su tutto», rispose il camerata Prisco Giugiula che gli ricordò il concordato pagamento in anticipo per la giornata persa.

Il Caio si frugò in scarsella, recuperando monetaglia.

«Consideralo un anticipo», disse. «Il resto a missione...»

Missione, mormorò tra sé con un sorriso il Molina.

«...a missione conclusa. E adesso non perdiamo altro tempo.»

A quell'ora il treno doveva essere più o meno a...

III

«Lierna», compitò Mimmo Valanga.

Appena ripartito dopo aver atteso il treno diretto a Milano. Il capostazione Invasati lo suppose invece considerando che il diretto da Sondrio era arrivato e partito in perfetto orario. Quindi quello in arrivo da Milano non poteva che essersi lasciata Lierna alle spalle dopo l'incrocio per giungere a Bellano spaccando il minuto. Cosa che gli dava un'intima soddisfazione, manco dipendesse da lui il rispetto della puntualità dei treni sull'intero territorio nazionale.

Felice come un bambino l'Invasati uscì fischiettando sul marciapiede della stazione, pure lui a godersi il cielo azzurro e l'arietta tiepida. Uno sguardo alla galleria da dove di lì a poco sarebbe sbucato il convoglio, un altro all'estremo opposto, verso il passaggio a livello che il casellante Ustilo avrebbe abbassato su suo ordine, non appena il collega di Varenna l'avesse avvisato del treno in arrivo. Com'era bello fare il capostazione quando tutto filava liscio ma... Ma nel completare l'ispezione visiva del suo piccolo regno, l'Invasati ebbe un sobbalzo che peraltro rientrò subito.

E già, e già!

Come aveva fatto a dimenticarsene?

Sulle prime non l'aveva riconosciuto. Il manovale Pavanotti Ardengo sembrava un'altra persona vestito, come diceva lui, della festa. D'altronde quale testimone mica poteva presentarsi in pretura con su il toni del lavoro. Così il giorno prima s'era portato da Noceno il vestito col quale s'era sposato e adesso, a ridosso del processo, dopo essersi dato una lavata nei cessi della stazione s'era cambiato.

Il capostazione Invasati stette a guardarlo mentre avanzava con passi cauti, ingabbiato in quell'abito che metteva caldo e prurito al solo vederlo, sullo sterrato antistante il magazzino. Probabilmente voleva avere da lui un parere sulla decenza con la quale si sarebbe presentato di lì a poco davanti a un signor pretore ma, a metà strada, si fermò e si girò a guardare verso il viale che dalla pesa pubblica portava alla stazione.

I cinque camerati lo stavano risalendo in ordine sparso. Caio Scafandro aveva ritenuto inutile imporre silenzio e rigore formale fino a quando non fossero entrati nel territorio della stazione propriamente detta. Così, a fare le spese di tanta libertà era stato il camerata Cisto Carughi dal momento che gli altri tre avevano voluto apprezzare la morbidezza della sua nuova camicia nera, non solo palpeggiandola ma anche tirandogliela fuori dalle braghe. E mentre il Cisto si dannava per rimetterla a posto gli altri, a turno, avevano ben pensato di scarmigliargli i capelli che quello amava portare pettinati all'indietro, la riga a destra e compatti come una calotta stante un massiccio impiego di brillantina. Davanti allo scombinato manipolo lo Scafandro aveva proceduto le mani dietro la schiena, apparentemente immerso in pensieri. Quando però, a metà viale, lo sguardo gli scappò sul magazzino, si fermò.

Lo riconobbe al volo, nonostante fosse vestito di nuovo.

Le mani, che il Pavanotti, pure lui fermo a guardarlo, teneva lungo i fianchi non sapendo dove metterle, parevano un corpo estraneo al corpaccione del manovale.

Un biglietto da visita, quelle mani.

Che riportarono il Caio alla realtà della missione.

Basta cazzeggiare adesso!

«Camerati», ordinò.

I quattro si misero in fila, uno a fianco dell'altro.

Caio Scafandro li tenne così, fermi, ritti, silenziosi per tutto il tempo in cui fissò il manovale Pavanotti Ardengo, pure lui fermo, ritto, silenzioso a ritornargli lo sguardo.

«La vedremo!» uscì poi dalle labbra dello Scafandro.

Aveva sentito il Pavanotti?

Boh!

L'importante era aver lanciato la sfida. Dopodiché: «Avanti, marsch!» ordinò di nuovo.

Il tempo premeva, non era più il caso di indugiare.

51.

I

Smarcato il giro alle Regie Poste – niente per la caserma quel giorno – l'appuntato Misfatti rifletté se fosse il caso di rientrare in caserma per riferire oppure fare vela in direzione di via degli Umiliati 11, casa Ciancicati. Decise per la prima opzione, non erano ancora le nove e trenta, aveva tutto il tempo per fare quattro chiacchiere col Maccadò; descrivergli quell'arnese che s'era trovato faccia a faccia.

Sul traballante pretore il maresciallo ebbe poco da dire, limitandosi a sorridere.

«Uomo d'esperienza!» e subito dopo fece l'atto di trattenerlo.

«Riguardo a quella faccenda...» disse interrompendosi subito.

«Sì?» chiese il Misfatti.

Il Maccadò guardò il soffitto per più di un istante.

«Quanto», si decise infine.

«Come dice, maresciallo?»

«Dico, a quanto ammonta la cifra mensile che lei spende per aver acquistato una radio?» rispose il Maccadò.

Non che volesse, aggiunse subito e parlando in fretta, mettere il naso nei suoi affari di famiglia, indagare sul loro bilancio, era solo per...

«Ma ci mancherebbe, maresciallo», interloquì il Misfatti.

Capiva bene anzi il perché della domanda.

«Ah sì?» ribatté il Maccadò.

«Be', certo. Penso, o perlomeno credo, che anche lei stia pensando di acquistarne una. O sbaglio?»

Il Maccadò non rispose, limitandosi a guardare l'appuntato.

«D'accordo, maresciallo, come non detto. Riguardo alla cifra, ecco, sono un centinaio di lire al mese. Le sembra tanto?»

«Bah», fece il Maccadò. In ogni caso ciò che si erano detti doveva restare tra loro.

«Mi sono spiegato, appuntato?» chiese.

«Puntualmente», pescò dal suo vocabolario il Misfatti.

Pari al diretto proveniente da Milano che allo scoccare delle nove e trenta puntualmente sbucava dalla galleria.

II

Il capostazione Invasati li aveva visti entrare e schierarsi. Curioso ma anche un poco inquieto s'era avvicinato allo Scafandro.

C'era per caso qualche personalità in arrivo?

Il Caio, memore di come l'Invasati l'aveva trattato, aveva colto al volo l'occasione per ripagarlo con la stessa moneta.

«Non sono affari che vi riguardino!»

E no, e no!, aveva pensato il capostazione.

«Tutto ciò che accade dentro la mia stazione mi riguarda», aveva puntualizzato.

«Questa è un'eccezione», aveva rimbeccato Caio Scafandro.

Ma l'Invasati non aveva ceduto.

«Il mio regolamento non prevede eccezioni di sorta!»

«Forse non l'avete letto bene», era stata la replica ghignante dello Scafandro.

E chissà per quanto tempo sarebbero andati avanti in quella schermaglia se il diretto non fosse sbucato dalla galleria.

L'Invasati aveva preso una corsetta per raggiungere il suo ufficio e recuperare cappello, paletta e fischietto. Caio Scafandro invece s'era girato per dare un'occhiata ai suoi, riprendendo il camerata Carughi a causa del disordine dei capelli. Poi, due passi avanti, le gambe larghe, le mani dietro la schiena, aveva seguito il lento avanzare del locomotore fino a che s'era fermato, attendendo con ansia il momento in cui dal treno sarebbe sceso l'avvocato... l'avvocato va a sapere come si chiamava.

Poco importava. Di lì a poco, al momento delle presentazioni, l'avrebbe scoperto.

Mentre la porta di un vagone di terza classe si stava aprendo un sorriso nacque sul viso di Caio Scafandro, pura soddisfazione per come stava capitanando la missione.

III

Pure Mimmo Valanga sorrise, in piedi davanti al finestrino.

Non riuscì a trattenersi dopo aver letto il nome del paese, ricordando quello che anche la Vivacchia gli aveva detto: un nome davvero ridicolo che avrebbe fatto la gioia di certi buontemponi di sua conoscenza. Immaginando lo scherzetto che avrebbe potuto giocare a tutti gli abitanti di quel paese con un solo tocco di vernice posto a mo' di apostrofo giusto a metà di quel nome tornò a sedersi e a spiare le mosse del capostazione, in attesa che desse il segnale di partenza.

L'Invasati aveva lo sguardo rivolto alla testa del treno. Si portò le mani alla bocca, tra le cui labbra stringeva il fischietto. Ma, anziché soffiarci dentro, se lo tolse.

Caio Scafandro aveva appena gridato un imperioso

«Alt!» al macchinista che a sua volta, con un interrogativo, inequivocabile gesto della mano s'era rivolto all'Invasati.

Cosa fare?

Dal diretto non erano scese che tre persone: un ambulante con tanto di cesto in mano pieno di mercanzie poi certo Vesalio Platonico, ferroviere a fine turno che aveva salutato un attonito Invasati ed era filato a casa e infine una sconosciuta e in quanto tale femmina.

Poi basta. Di avvocati nemmeno l'ombra.

Possibile?

No, perché carta cantava, cioè telegramma cantava. Quindi: «Alt!» ribadì Caio Scafandro rivolto adesso al capostazione Invasati che s'era appena tolto il fischietto dalla bocca, s'era scrollato di dosso una sorta di paralisi e stava muovendo passi verso di lui.

Mimmo Valanga, incuriosito, tornò ad alzarsi per seguirne le mosse. Fu allora che vide il camerata Caio Scafandro e i quattro che gli coprivano le spalle.

«Che cazzo...» mormorò.

52.

Al capostazione Invasati sarebbe piaciuto uscirsene con un'espressione altrettanto colorita per chiedere conto allo Scafandro di ciò che gli ballava in testa. La buona educazione, la divisa, il ruolo che ricopriva lo frenarono.

«Posso sapere cosa succede?» chiese con una calma fittizia.

«Succede che su questo treno ci dev'essere un avvocato», rispose il Caio.

«Forse anche più d'uno», osservò l'Invasati osando una leggera ironia.

Ma ciò non rispondeva alla sua domanda. E soprattutto non lo esentava dal compito di far ripartire il treno.

«No, finché l'avvocato non scende», rimbeccò lo Scafandro.

Calma, si raccomandò l'Invasati.

«Può essere che non sia questa la sua stazione di arrivo», osservò.

«Impossibile», affermò il Caio.

«Sarà come dite voi», chiosò l'Invasati deciso a procedere, «ma sta di fatto che questo treno deve ripartire, e al più presto!»

Stava già cominciando ad accumulare un certo ritardo, quasi cinque minuti.

Mimmo Valanga, sempre in piedi, interessato spettatore, vide il capostazione portarsi il fischietto alla bocca, sollevare la paletta. Ma anche, nel contempo, Caio Scafandro girarsi verso i quattro che aveva alle spalle, parlare concitatamente, infine indicarne uno.

Quell'uno, nella persona del camerata Turi Sinfònia, partì di corsa per andarsi a piazzare sui binari, davanti al locomotore.

«Ma siete impazzito?» si allarmò l'Invasati.

«Da qui questo treno non si muove fino a che non salta fuori l'avvocato», ringhiò Caio Scafandro.

L'Invasati annaspò.

Era una follia, si configurava un reato di interruzione di pubblico servizio...

«Roba da chiamare i carabinieri!» minacciò.

«Me ne frego!» gridò il Caio.

L'avvocato ci doveva essere, la Federazione non poteva mentire, il telegramma parlava chiaro! Avrebbe pensato lui a trovarlo, ispezionando palmo a palmo il convoglio.

«Che cazzo...» mormorò di nuovo Mimmo Valanga.

Pur non capendo quello che stava succedendo gli era chiaro che qualcosa stava andando storto.

Non ci voleva.

«E va be'...» concluse.

Meglio fingere di niente, darsi l'aspetto di un viaggiatore qualunque. Meglio ancora, forse, fingere di dormire, come non si fosse accorto di nulla. Si mise comodo, chiuse gli occhi, quale viaggiatore stanco appoggiò la testa al finestrino, sperando che tutto si risolvesse al più presto e nel migliore dei modi.

53.

L'aspetto, la forma, la dignità!

Così aveva raccomandato lo Scafandro al cognato, perché anche l'occhio voleva la sua parte e massimamente in quel caso. Un avvocato inviato dalla Federazione non poteva che essere fascista fino al midollo e doveva comprendere di essere lì per difendere un camerata pari a lui, dalla salda fede. Quindi presentarsi in pretura con la camicia nera linda e stirata, giacca con cimice all'occhiello, sbarbato e pettinato, mantenendo un atteggiamento di sobria compostezza e limitando le risposte al minimo indispensabile. Ricordare sempre che era la sua parola contro quella di un manovalaccio che nemmeno era iscritto al Partito. Infine, meglio che sua sorella Giachina se ne stesse a casa, le donne in quelle occasioni erano facili all'emozione, alle lacrime o peggio ancora agli strepiti che avrebbero creato solo disturbo.

La Giachina aveva osato obiettare che mai nella sua vita aveva ceduto a emozioni di sorta o lacrime, nemmeno quando erano morti i loro genitori.

Ma il Caio aveva ribattuto che c'era sempre una prima volta. E poi, chi s'era assunto la responsabilità di condurre a buon fine quella faccenda?

Quindi tenessero presenti le sue disposizioni e basta!

Cosa che Graziato Ciancicati fece con estremo rigore, tant'è che l'appuntato Misfatti, quando si presentò in via degli Umiliati 11 per scortarlo in pretura, si trovò faccia a faccia con un pupazzetto che sembrava ritagliato da una pagina de «Il Balilla».

Mancava un quarto d'ora alle dieci e quando fu sulla soglia, l'imputato davanti, lui dietro, la Giachina emise un grido.

«Aspettate!»

Dopodiché sorpassò il Misfatti e si avvinghiò al marito stringendolo a sé provocando così, senza che nessuno se ne accorgesse, il distacco della cimice che rotolò sugli scalini della contrada, perdendosi.

«Ma cosa c'è?» fece il Graziato.

«Niente», rispose la moglie, riflettendo però che suo fratello aveva ragione, una prima volta c'era sempre per cedere all'emozione e alle lacrime.

L'appuntato Misfatti, imbarazzato, fece notare che si stava perdendo tempo e poi, in fin dei conti, il Ciancicati non stava mica partendo per la guerra.

«Inoltre», aggiunse, «sempre che venga condannato possiamo escludere la pena di morte.»

Al sentir parlare di condanne e pene la Giachina si ricompose.

«Comportati bene», disse al marito, «e vedrai che tutto filerà liscio.»

54.

Indegne di un avvocato, per di più raccomandato dalla Federazione, Caio Scafandro non aveva nemmeno preso in considerazione le carrozze di terza classe. Escluse pure quelle di prima, troppo borghesi, poco fasciste. Si lanciò quindi all'attacco di quelle di seconda, due, mentre il capostazione Invasati sembrava fosse stato morsicato da una tarantola: non aveva dubbi che sotto i suoi occhi si stesse consumando un reato eccezionale, l'intervento dei carabinieri, passo grave ma necessario, si imponeva.

Mentre lo Scafandro irrompeva nel primo dei due vagoni, l'Invasati filò nel suo ufficio e compose il numero della caserma. Travolto dall'ansia – il diretto aveva ormai accumulato un ritardo di quasi dieci minuti, qualche testa di passeggero spuntava già dai finestrini per capire come mai il treno fosse ancora fermo – offrì alle orecchie del Beola un riassunto assai confuso della situazione, di cui il carabiniere ebbe chiaro solo il particolare che il convoglio era bloccato in stazione.

«Ma ha un guasto?» chiese.

Perché in quel caso cosa c'entrava l'Arma?

L'Invasati deglutì, respirò a fondo, riprese.

«Nessun guasto», rispose scalando le vette degli acuti.

Un uomo piuttosto s'era posato sui binari perché stavano aspettando un avvocato!

Il Beola si arrese.

«Forse è meglio se vi passo il signor maresciallo», disse. «Restate in linea.»

Nel frattempo Caio Scafandro aveva controllato i passeggeri del primo vagone, tre.

Siete avvocato?

No.

Siete avvocato?

Ragioniere.

Siete avvocato?

Ma quando mai...

Un avvocato, un uomo sui binari, il treno bloccato e quell'essere, Scafandro gli pareva si chiamasse...

«Alt!» ordinò allora il Maccadò.

Aveva preso in mano la cornetta dopo che, con esaustiva gestualità, il Beola l'aveva avvisato che all'altro capo del filo c'era un po' di confusione.

Quando dal fiume di parole che aveva ripreso a uscire dalle labbra dell'Invasati era emerso quel nome, il maresciallo cominciò a vedere uno spiraglio di luce e impose al capostazione di ricominciare da capo, ricostruendo la vicenda dall'inizio e sotto la sua guida: primo passo, cosa c'entrava lo Scafandro, cosa ci faceva lì in stazione?

L'Invasati obbedì, facendosi cronista dell'accaduto fino al momento in cui proprio il Caio entrava nella seconda delle due carrozze che aveva messo nel mirino. Fatto un conto degli occupanti, quattro, decise di chiedere ad alta voce se qualcuno fosse avvocato. Gli rispose uno stracco coretto di no. Uno solo non aveva aperto bocca.

Per forza, dormiva!

Ancora per poco, rifletté Caio Scafandro.

55.

I

«E l'avvocato?» chiese Graziato Ciancicati appena entrato nella saletta della pretura.

«Che avvocato?» sbottò l'appuntato Misfatti.

«Il mio», rispose il Graziato, «non c'è.»

Facile constatarlo. A parte il viso foresto del pretore Filaroli, sempre infagottato e chino su un giornale, c'erano solo volti noti nel locale, pochi anche di quelli: il maestro Crispini, calepino in mano; il manovale Ardengo Pavanotti, rigido nel vestito della festa e quasi inglobato nel muro di fondo del locale; il messo comunale Guizzi, a disposizione per qualunque necessità; certa Gattarola Zandonai, addetta alle pulizie del municipio compresa la pretura; Mirio Giovenale, pensionato che non perdeva occasione di assistere a ogni processo senza mai giungere alla fine poiché cadeva nel sonno; e Zandonai Virile, un quieto minus habens, figlio della Gattarola e che la stessa si portava dietro ovunque affinché non si perdesse.

Di facce d'avvocato non ce n'erano.

«Dove sarà?» si domandò inquieto il Ciancicati.

«E che ne so», rispose il Misfatti.

«Cazzo!» commentò l'imputato.

II

Cazzo, cazzo, cazzo!
Tre volte, col pensiero.
Poi Mimmo Valanga rispose.
«Sì.»
Era avvocato.
Aveva resistito al richiamo di due o tre colpetti che lo Scafandro gli aveva dato sulla spalla con la speranza che quello lo lasciasse in pace.
Niente da fare.
Con una frase di scuse già pronta sulle labbra, Caio Scafandro l'aveva scrollato ben bene in modo tale che proseguire nella finzione sarebbe suonato più che sospetto. E alla trepidante domanda, dopo aver imprecato tra sé, il Valanga non aveva potuto fare a meno di rispondere sì, era avvocato.
«Finalmente!» sospirò Caio Scafandro, perché il tempo stringeva.
«Ah sì?» fece Mimmo Valanga, un'uscita che lasciò perplesso il Caio, un dubbio lo stava mordendo.
Che quello fosse diretto altrove?
«Vi manda la Federazione, vero?» chiese.
Mimmo Valanga considerò che risposta dare, intuendo che da quella molto sarebbe dipeso.
Dire no, dire sì?
Che fare?

III

«Niente», aveva risposto il maresciallo Maccadò all'Invasati, «lasci fare a noi adesso.»
Perché infine aveva capito quello che stava accadendo in stazione. C'era voluto un po' poiché il capostazione, man mano che non i minuti, ma i secondi!, passavano a-

veva masticato parole, balbettato, singultato nonostante la guida serena del Maccadò che l'aveva interrotto più volte per fargli ripetere questo o quel passaggio del resoconto. Quando però, rendendosi conto che avanti di quel passo avrebbero fatto notte, il maresciallo aveva deciso di usare un poco di pugno di ferro, le cose erano cambiate.

«Si ricordi che anche lei è un pubblico ufficiale», aveva detto, «e la smetta di comportarsi come un isterico che ha appena visto un topo!»

La reazione era stata pronta, quasi miracolosa. Parlando come se fosse un marconista, il capostazione Invasati aveva fatto un puntuale riassunto della faccenda senza perdersi in rivoli e al Maccadò era scappato un sorriso: l'idea di beccare lo Scafandro e magari anche qualcuno dei suoi in flagranza di reato, e che reato!, gli aveva messo allegria. Aveva quindi raccomandato all'Invasati di non fare niente, toccava all'Arma scendere in campo. E avvisato il Beola che doveva uscire era partito, sempre con quel sorrisetto sulle labbra.

IV

«Sì», rispose Mimmo Valanga.

Lo mandava la Federazione.

Stava per dire no in verità, inventando un impegno altrove, sparando a caso il nome di uno dei paesi oltre Bellano. Ma un'occhiata dal finestrino gli aveva proposto l'inquietante vista di un carabiniere che stava salendo lungo il viale verso la stazione. Aveva imprecato di nuovo tra sé. Ci mancava solo che si mettessero di mezzo loro, con un bel controllo dei documenti magari.

Addio fichi allora!

Lo mandava la Federazione quindi.

Ma a fare che?

Perché, inventò lì per lì, era stato incaricato all'ultimo

minuto di andare a Bellano-Tartavalle Terme dove avrebbe trovato un camerata che gli avrebbe spiegato tutto.

Caio Scafandro si impettì al pensiero che quel camerata era lui e non quel gelatina del Trovatore. Avrebbe fatto in modo che in Federazione lo sapessero. Ma adesso non c'era più tempo da perdere.

«Vi spiegherò strada facendo», disse indicando al Valanga l'uscita.

«Bene», fece questi, incapace di immaginare ciò che lo attendeva.

Una volta sul marciapiede lo Scafandro fece un fischio rivolto al camerata Turi Sinfònia, che si togliesse dai binari, missione compiuta.

L'Invasati, che aveva spiato la situazione dalla cabina comandi, vedendo la linea di nuovo libera scattò fulmineo nel calzare il cappello e uscire già con fischietto in bocca e paletta in mano.

Quando il maresciallo Maccadò comparve il diretto si stava muovendo. L'Invasati si strinse nelle spalle, il maresciallo sbuffò.

Caio Scafandro, con i quattro alle spalle, imboccò il viale, direzione pretura, pronto a fornire spiegazioni. Prima di tutto però...

«Perdonate, ma non conosco il vostro nome», disse.

Mimmo Valanga, perso nei suoi pensieri, ebbe un attimo di esitazione.

«Severo Notambulo», rispose poi.

Bel nome d'avvocato, rifletté lo Scafandro.

Dopodiché: «Ecco, dottor Notanbulo...».

«Con la emme, Notambulo», corresse il Valanga.

«Scusate dottor Notambulo, comunque, come dicevo, si dà il caso che...»

56.

I

Non era il caso di cominciare? Cosa si stava aspettando?

L'osservazione del pretore Filaroli parve risvegliare i presenti da un incantesimo. Gli risposero rumori di assestamento, colpi di tosse, occhiate. Non una parola.

Il Filaroli ripiegò il giornale, si accese una sigaretta, tossì.

«Allora?» ribadì.

L'appuntato Misfatti si sentì incaricato a rispondere.

«Un avvocato a quanto pare.»

«Che avvocato?» si stupì il Filaroli.

«Il mio», sbottò il Ciancicati, «perché vedete, signor pretore...»

«Zitto voi!» lo redarguì il Filaroli. «Parlerete a tempo debito, se interrogato.»

Poi tornò a dedicarsi alla sua sigaretta, tirate lunghe, golose. I soliti quattro tiri ed era arrivato al moccio che agitò alla volta del messo comunale.

«Dove lo butto?»

Il Guizzi scattò prendendolo in consegna, uscì, lo buttò dalla finestra e rientrò immediatamente.

Il Filaroli stava controllando l'orario. Senza bisogno di annunciarlo aveva deciso: alle dieci spaccate avrebbe dato inizio all'udienza, avvocato o no.

II

Ormai in vista della pretura Mimmo Valanga aveva compreso un paio di cose, forse di più, e non si sentiva per niente tranquillo. Prima di tutto l'essere stato scambiato per un avvocato inviato dalla Federazione significava che ce n'era in giro uno vero: in poche parole, fine dei suoi progetti di fuga. A seguire, fino al momento in cui l'equivoco non si fosse palesato, gli toccava sperare in bene e sostenere la parte. Di avvocato. E difensore, per quanto gli era riuscito di capire da ciò che la sua scorta gli aveva raccontato.

Resoconto a dir poco confuso. Ma, se si voleva, anche chiaro. Da ciò che aveva appreso, il Valanga aveva desunto che l'imputato era colpevole senza ombra di dubbio: beccato con le mani nel sacco nel cuore della notte, portato in caserma e consegnato ai carabinieri, denunciato... Tuttavia il suo interlocutore non aveva fatto altro che rimarcare trattarsi della parola dell'imputato contro quella di un manovalaccio, sottolineando che si trattava di un grossolano errore, una manovra piuttosto con la quale si voleva mettere in cattiva luce la sezione, e con essa il Partito. Chi fosse il manovratore, la scorta non aveva saputo chiarirlo.

«Per questo ho chiesto l'invio di un avvocato di chiara fede come voi», aveva però detto.

Un avvocato in grado di smontare le false accuse.

«Capisco», aveva mormorato Mimmo Valanga ormai in vista della pretura, temendo che, una volta lì dentro, si sarebbe trovato faccia a faccia con il vero avvocato.

Invece, una volta fatti due passi nel locale: «Siete voi l'avvocato?».

La domanda del pretore Filaroli, che l'aveva visto entrare con intorno una specie di guardia d'onore, lo colpì in pieno viso.

Mimmo Valanga diede un'occhiata intorno.

Cazzo!, col pensiero.
Di veri avvocati era evidente che non ce ne fossero lì in giro.
Cosa diamine stava succedendo?, pensò. Ma non era quello il momento per indagare, rispondere piuttosto.
«Sì.»
Cos'altro poteva fare?
«E allora diamoci una mossa», lo invitò il Filaroli.
Da dietro Caio Scafandro gli mise una mano sulla spalla.
«Contiamo su di voi.»
Il Valanga si chiese cosa avrebbe fatto un vero avvocato a quel punto.
Deglutì.
«Chiedo a...»
A vostra eccellenza, vostro onore? Che espressione si doveva usare rivolgendosi a un pretore? Alla corte?
«Chiedo alla corte il permesso di conferire con il mio assistito e di prendere visione del testo della denuncia», disse infine.
Il Filaroli girò gli occhi a destra e a sinistra cercando l'inesistente corte.
«Cinque minuti, non di più», concesse scuotendo il capo.
E si pizzò un'altra sigaretta.

57.

Cinque dita ben distanziate e levate in aria.

Significato, cinque minuti.

Non di più il Federale Briga Funicolati poteva concedere al segretario Incensati, stante l'agenda di quel giorno, piena.

«Basteranno», rispose l'Incensati.

Doveva solo riferire circa il compito che gli era stato assegnato il giorno prima, provvedere a un avvocato per quella faccenda...

«Ricordate, vero eccellenza?»

«Certo, certo, ma avanti, avanti, su!»

Ecco, aveva passato in rassegna gli avvocati noti in Federazione e sui quali la stessa Federazione poteva contare come già era successo, professionisti di chiara fama e altrettanto chiara fede e aveva ritenuto di non disturbare per una faccenduola di tal genere i seguenti soggetti.

Avvocato Giovenale Vittorino, patrocinatore di cause per conto di ben sedici compagnie di assicurazione contro i danni da incendio, scoppio di gas, fulmini, grandine eccetera.

Avvocato Vincitore Sulpicio, garante dell'Associazione di mutuo soccorso e istruzione fra gli operai.

Avvocato...

Le dita del Federale s'erano nel frattempo ridotte a tre.

Avvocato Libero Alloggio, ottantenne, ormai recluso nella sua villa in Brunate dalla quale usciva solo per la celebrazione della vittoria sabauda nella battaglia di San Fermo.

Avvocato...

Due dita.

Avvocato Pelandrieri Plinio Trajo, presidente della Società di ginnastica e scherma.

Avvocato Salace Monico, di cui era nota la lentezza nel valutare e poi accettare incarichi che peraltro venivano assunti solo dopo una revisione critica da parte della di lui moglie Velocina.

Ormai il solo indice svettava.

Avvocato Da Caraveggio Sirico, assente, ricoverato, secondo voci, in una clinica luganese per – sempre secondo voci – patologia venerea.

«Quindi...» fece l'Incensati.

Prima di ritrarlo chiudendo il conto alla rovescia, il Federale si cacciò l'indice in bocca.

«Basta così», proruppe poi.

Non lo vedeva, *absit iniuria verbis,* il suo pugno chiuso?

Significava che il tempo era scaduto.

E poiché si fidava del suo segretario era certo che avesse scelto il meglio che rimaneva sulla piazza.

«Ad maiora!» salutò il Briga Funicolati.

L'Incensati, il nome dell'avvocato prescelto che sfioriva sulle sue labbra, s'imporporò. L'elogio l'aveva emozionato.

58.

Senza parlare, con il solo gesto dell'indice, il pretore Memeo Filaroli aveva appena indicato al messo Guizzi che era ora di richiamare in aula avvocato e imputato: tempo scaduto, aveva concesso cinque minuti, non un secondo di più.

Nell'arco di quel tempo, in piedi uno di fronte all'altro nel corridoio che dava accesso alla saletta della pretura, Mimmo Valanga s'era fatto raccontare dal Ciancicati l'accaduto.

Poi s'era preso mezzo minuto per riflettere, tenendo a freno il timore di veder spuntare il vero avvocato. Toccava a lui per intanto difendere. E per farlo come avrebbe fatto un avvocato non solo di nome, finto per di più, doveva giocare sui punti deboli dell'accusa. Dopo aver ascoltato il Ciancicati gli era parso essenziale chiarire subito una cosa.

«Più parlate più vi fate danno», aveva stabilito.

Quindi, alle domande che gli sarebbero state rivolte, tanto quelle del pretore quanto le sue, doveva rispondere non prima di avergli dato un'occhiata: un suo cenno del capo verso il basso significava sì, un piccolo movimento a lato, no.

«Chiaro?»

«Chiaro», aveva risposto il Ciancicati.

Poi il Guizzi s'era fatto vivo, tempo scaduto, il pretore attendeva.

«Diamoci da fare», sbottò il Filaroli vedendoli comparire. E: «Avvocato, cerchiamo di stringere i tempi», proseguì.

Non gli sembrava un caso così complicato e a dire la verità nemmeno che ci fosse bisogno dell'intervento di un difensore. Comunque...

«Volentieri, signor pretore», rispose Mimmo Valanga. Era tutto nel suo interesse.

«E allora cos'ha da dire il suo assistito?» chiese il Filaroli.

«Che è innocente», rispose il Valanga.

Un mormorio di approvazione guidato da Caio Scafandro si levò al pari dell'indice del Filaroli che richiamò il silenzio.

«O bella!» disse poi.

C'era tanto di denuncia, tanto di testimone!

«Ne convengo», concordò il Valanga.

Ma si trattava della parola del suo assistito contro quella del denunciante. E non avrebbe fatto specie se il tutto si fosse rivelato un grossolano equivoco.

«Equivoco, dite?» ribatté il Filaroli.

«Non metto in dubbio la buona fede del denunciante, ma...» s'avviò a dire Mimmo Valanga.

Il pretore lo interruppe.

«Nemmeno io, e avendolo presente in aula non costa nulla sentirlo. Pavanotti Ardengo, si faccia avanti.»

Il manovale era rimasto lì, inchiodato al muro, ma solo con il corpo. Il pensiero l'aveva trasportato altrove, a Noceno a spaccare legna o nel magazzino della stazione, a pulire, riordinare. La chiamata del Filaroli lo colse alla sprovvista e il pretore dovette ripeterla.

Pur con dispiacere, Mimmo Valanga ne approfittò.

«Noto una certa ritrosia», osservò.

Pur non sapendo cosa fosse, Caio Scafandro emise un grugnito di approvazione.

Più che di ritrosia il Pavanotti era preda di una mezza paralisi, gambe di legno e lingua come se gliel'avessero messa in carpione. Raggiunse il banco camminando come Pinocchio.

«Dite», lo invitò il Filaroli.

«Cosa?» chiese.

«Signor pretore», intervenne il Valanga, «vi sembra normale che un testimone chieda cosa deve testimoniare?»

Un nuovo grugnito si levò nell'aria della saletta.

«Pavanotti», riprese il Filaroli senza tenere conto dell'obiezione, «dite cos'è successo quella notte quando avete sorpreso l'imputato Ciancicati Graziato...»

«E il figlio», sbottò l'Ardengo.

«Il figlio?»

Fu un coro, un coretto. All'unisono, pretore e avvocato difensore.

«Che figlio?» ancora all'unisono il Filaroli e Mimmo Valanga.

Il Pavanotti restò a bocca aperta.

«Di figli...» intervenne Mimmo Valanga.

Di figli non c'era traccia nella denuncia, concluse il Filaroli.

«Cos'è questa storia?» chiese il Valanga.

«Eravate con vostro figlio quella notte?» chiese il pretore al Ciancicati.

Un'occhiata al Valanga, una scossa col capo, di lato.

«No», rispose.

«E allora?» chiese il pretore al manovale.

«Il signor appuntato...» mormorò il Pavanotti.

Il Filaroli guardò l'appuntato Misfatti.

«Potete forse chiarire questo punto?» chiese.

Poteva, chiarì e, deciso a lasciar fuori dalla storia il maresciallo Maccadò, se ne assumeva la piena responsabilità, aggiunse. Non volendo mettere di mezzo un minore in una faccenda di tale genere, ne aveva stralciata la presenza sul luogo del delitto.

«E pure in caserma, quando il qui presente Pavanotti Ardengo ha portato sia lui sia il genitore», affermò.

Ribadendo infine che era stata una decisione di cui non si pentiva.

«D'accordo», acquisì il Filaroli.

Ma allora perché l'imputato aveva negato?

Il Ciancicati fece per aprire la bocca, il Valanga lo precedette.

«Ma per la stessa ragione chiarita dal signor appuntato, signor pretore, tener fuori un minore da ciò di cui stiamo discutendo. E anche...»

«Anche, cosa?» chiese il Filaroli.

«Be', signor pretore...» fece il Valanga.

Cosa poteva pensare chiunque di un padre che portava con sé un infante dopo averlo tratto dal sonno a quell'ora di notte per farsi aiutare a fare la necessaria scorta di carbone per affrontare il freddo dell'inverno ormai prossimo?

«Capisco», fece il Filaroli.

Ciò che invece gli sfuggiva era la ragione che aveva spinto l'imputato a provvedere alla scorta di carbone in un'ora così tarda, al punto da farla apparire in tutto e per tutto un'azione furtiva.

«Il lavoro», rispose Mimmo Valanga.

Essendo il suo assistito autista di corriere, gli toccava partire quando l'alba non era ancora sorta e rientrare a buio fatto, col solo pensiero di una cena in famiglia e qualche ora di riposo.

«Rifornendosi a quell'ora», spiegò il Valanga, «ha invece evitato estenuanti code, facili da immaginare, senza incidere sui suoi impegni di giornata.»

«Mmmh», mormorò il Filaroli accarezzando il pacchetto di sigarette che aveva in tasca. «Però...»

Sull'accento del però la porta della pretura si aprì. I nervi tesi del Valanga si tesero vieppiù: il pensiero che prima o poi il vero avvocato sarebbe comparso non l'aveva mica abbandonato. Si girò, temendo che il momento fosse arrivato, in tempo per vedere il messo Guizzi che usciva avendo necessità di pisciare, senza capire ciò che il pretore aveva appena detto. Cioè che gli sfuggiva come e soprattutto quando l'imputato avrebbe avuto intenzione di pagare il carbone prelevato. Gli toccò chiedere, scusandosi, di ripetere.

«Quanto prima», rispose tanto per prendere tempo.

Il Filaroli intanto aveva ceduto alla voglia, s'era preso l'ennesima sigaretta e al messo, rientrato, rivolse una richiesta.

«Un posacenere, grazie.»

«Subito», fece quello.

Appunto, rifletté Mimmo Valanga.

«Anche subito», disse.

«Subito cosa?» chiese il pretore tenendo in equilibrio la cenere di metà sigaretta.

Subito, all'istante, in loco, Ciancicati Graziato avrebbe pagato il dovuto. La mossa era azzardata, Mimmo Valanga se ne rendeva conto, ma non aveva immaginato di meglio per risolvere la questione e togliersi da lì il più rapidamente possibile.

«Se il manovale non fosse arrivato presumendo un furto, il mio assistito l'avrebbe cercato per spiegarsi e pagare. Cercò anche di farlo senza che però quello ne intendesse le ragioni. Vero o no?» azzardò il Valanga rivolgendosi direttamente al Ciancicati con un leggero movimento di assenso del capo.

«Sì», rispose questi ligio agli accordi.

Il Filaroli si rivolse allora al Pavanotti.

«Avete qualcosa da dire in proposito?» chiese mentre schiacciava il mozzicone in una scatoletta di tonno, quanto di meglio il Guizzi era riuscito a reperire.

Ma l'Ardengo era di nuovo lontano lontano, forse raccoglieva castagne o andava per funghi.

«Pavanotti», lo richiamò il pretore, «ho chiesto a voi!»

Dalla bocca del manovale uscì una risposta fatale.

«Non saprei.»

Mimmo Valanga vi si attaccò, pressato dalla fretta di chiudere e menare le tolle, non poteva forzare oltre la buona sorte.

«Non saprei», ripeté con enfasi.

Si poteva forse tenere conto di un testimone siffatto? Smemorato, distratto, impreciso, incapace di riferire su un fatto di cui pretendeva di essere attore? E che attore, considerando che s'era preso il lusso di firmare una denuncia sui cui contenuti adesso era più che legittimo dubitare!

«Non saprei!» ripeté Mimmo Valanga.

Se l'unico testimone se ne usciva con un'espressione siffatta era legittimo prospettare un'ombra di dubbio su tutto ciò che era avvenuto.

«Ho concluso», fece Mimmo Valanga immaginando che un vero avvocato non potesse che chiudere con quelle due parole.

Fu questione di un istante, anche meno.

Caio Scafandro non aveva più mugugnato fino ad allora. Ma le vibranti parole di Mimmo Valanga, l'espressione desolata del manovale di nuovo lontano, gli fecero intuire che la vittoria era a portata di mano. E battendo le mani, seguito per imitazione dai quattro camerati alle sue spalle, la salutò.

«Ue'!» sbottò il Filaroli.

Cos'era quel casino, non erano al cinema e nemmeno al circo!

«Silenzio», impose.

La corte doveva decidere, no? Sorrise tra sé a quel pensiero. La corte, i tribunali, i principi del foro... le illusioni della sua gioventù. Le preture di provincia invece, le miserie dei furtarelli, dei litigi tra vicini, degli ubriachi molesti. Il grigiore delle carte che aveva passato per l'intera vita, un colore di cui il suo spirito s'era impregnato e che, tutto sommato, l'aveva tenuto lontano da problemi, dilemmi morali, forse guai, che non era il caso di andarsi a cercare adesso quando ormai era a fine carriera. Dei destini del mondo gli fregava poco, meno ancora di quelli dei soggetti che gli capitavano sottomano. Contava solo il suo, l'angolino nel quale aveva vissuto al riparo da ogni tempesta. Se la Federazione provinciale aveva ritenuto necessario incaricare un proprio avvocato per intervenire in un processo da quattro soldi come quello significava che c'era in ballo dell'altro. Cosa? Non gli importava, non erano affari suoi. Contava il messaggio, il segnale. Quindi...

Il Filaroli sollevò la testa.

«L'imputato è assolto», proclamò.

Insufficienza di prove!

Evitò di guardare il viso corrucciato dell'appuntato Misfatti e pure il capannello di camerati che si strinse attorno al Ciancicati. Il maestro Crispini stava scrivendo qualcosa sul suo calepino. Smise per avvicinarsi al Valanga e chiedergli di ripetere nome e cognome al fine di citarlo sul giornale.

«Scusate, ho fretta, mi aspetta un'altra udienza», rispose questi tentando di involarsi. Ma lo Scafandro lo vide, lo richiamò.

«Avvocato!»

Se ne andava così? Non si fermava nemmeno per il tempo di brindare al successo?

Mimmo Valanga gli ripeté la bugia appena servita al Crispini, aveva altro per la testa: allontanarsi da quel posto, sparire per quel paio d'ore che mancavano al passaggio del prossimo treno. La minaccia del vero avvocato era pur sempre incombente. Oppresso da questi pensieri, una volta all'aria aperta, valutò cosa fare.

Appunto, cosa fare?

59.

I

Chiedere, sempre, senza alcuna vergogna.

Era solo così che un vero carabiniere si formava, grazie all'esperienza altrui.

Il maresciallo Maccadò glielo aveva ripetuto spesso, chiedere quando qualcosa non gli quadrava. E attorno alle dieci e un quarto al carabiniere Beola era sembrata l'occasione giusta per applicare quel consiglio.

Era nell'ufficio che condivideva con l'appuntato Misfatti, inoperoso, quando il *Bisbino* proveniente da Como aveva segnalato con un colpo di sirena il suo arrivo al molo. Tanto per distrarsi era andato alla finestra da cui si godeva ampia vista dell'imbarcadero.

E aveva assistito alla scena, muta, ma non per questo meno intrigante.

II

Dal battello era sceso un solo passeggero. Giacca, camicia nera, nera anche la cravatta. S'era fermato poco oltre la pensilina guardandosi intorno con rapidi scatti del capo simili a quelli di certi uccelli rinchiusi in gabbia.

Il battellotto Perdibono nel frattempo aveva ritirato la passerella e salutato il *Bisbino* diretto al molo di Dervio. Poi aveva preso la strada per chissà dove visto che il prossimo arrivo era alle ore dodici e trenta. Ma il passeggero l'aveva richiamato.

«Voi!»

Al Perdibono era scappato un sorriso al sentire la vocetta sgraziata di quello: da bambino, cui i due cosi non erano ancora scesi del tutto. Tuttavia era un adulto fatto e finito. Allora, aveva concluso tra sé, probabilmente quella mattina li aveva lasciati a casa.

«Sì?» aveva risposto, tono andante, non rompetemi l'anima.

«Indicatemi dov'è la pretura», aveva risposto quello ma con l'intenzione di dare un ordine. Per fare ciò aveva tentato di usare un timbro di voce che non gli era usuale. Gli era uscito una specie di grido da vecchia zia, da suora incazzata. Fastidioso ma soprattutto indisponente.

Il Perdibono non era uso alla villania ma si specchiava nei modi altrui: a buone maniere rispondeva con buone maniere, viceversa con le cattive.

«Cercatevela!» aveva risposto.

«Che modi sono», aveva protestato quello sempre più cacofonico. Poi aveva sparato l'asso che riteneva di avere nella manica.

«Sappiate che sono l'avvocato Salomone Decotto!»

Salomone Decotto, amico d'infanzia di Palomino Incensati, segretario di Sua Eccellenza il Federale. Da che s'era laureato, un paio d'anni, il Decotto andava cercando occasioni per cominciare a crearsi una certa fama in quel di Como e dintorni e s'era messo a disposizione anche dell'amico Incensati che, alle strette nella ricerca di un legale che non si rifiutasse di salire a Bellano per un banale processo di pretura, l'aveva contattato gonfiando un po' la cosa, mettendogliela come una questione di principio davanti alla quale il Partito non voleva e non poteva chinare il capo. L'incarico, l'avvicinarsi del processo avevano messo in agitazione il Decotto. Al punto che la sera avanti aveva faticato a prendere sonno e solo grazie all'intervento della madre Beduina con una tisana alle erbe aveva potuto godere qualche ora di riposo. Sul far del giorno però e purtroppo. Così aveva perduto il treno che da Como con una comoda coincidenza a Lecco l'avrebbe scaricato a Bellano all'ora concordata tramite telegramma, e non gli era rimasto da fare che prendere il battello giungendo in loco con un ritardo che ormai viaggiava verso i venti minuti.

Nel frattempo alla sua uscita il Perdibono aveva risposto: «Me ne frego!».

Se ne fregava che lui fosse l'avvocato come diavolo si chiamava e che non sapesse dove fosse la pretura, non faceva la guida turistica!

«Ve la farò pagare», aveva reagito il Decotto.

«Dai!» aveva ribattuto il Perdibono facendoglisi sotto.

A quel punto il carabiniere Beola aveva chiamato il Maccadò ritenendo che forse era il caso di intervenire.

Il maresciallo aveva preso atto al volo di ciò che stava accadendo, i due si stavano berciando in faccia a distanza di naso, probabile preludio al passaggio a vie di fatto.

«Scendo io», aveva detto.

Era uscito dalla caserma con già sulle labbra le domande del caso.

Cosa succedeva, cosa stavano facendo?

III

C'era poco da fare.

L'unica cosa era stare bello nascosto per un paio d'ore in attesa del prossimo treno.

Sì, ma dove?, s'era chiesto Mimmo Valanga.

L'unico luogo che gli era venuto in mente era la stazione, i suoi cessi. Stare dentro lì, sperando che il cielo gliela mandasse buona, che nessuno lo sorprendesse, si insospettisse, chiamasse il personale della stazione o magari i carabinieri. Era un bel rischio ma non vedeva alternative, quando...

Mimmo Valanga stava attraversando la piazza della chiesa a passo di corsa quando gli venne l'idea, notando il custode del cotonificio fermo sulla soglia della portineria.

«Perché no?» disse tra sé.

Gli si avvicinò.

«Scusate», chiese, «sapreste indicarmi dov'è la tipografia Berebelli?»

«Come no», fece quello.

Avute le indicazioni il Valanga fece dietro front.

Magari era ancora più rischioso che starsene nascosto nei cessi della stazione. Tuttavia, se le cose si fossero messe male, sapeva di poter giocare una carta che avrebbe volto le cose a suo favore: ripugnante è vero, carta di baro.

Ma, come si diceva, a mali estremi, estremi rimedi.

IV

Carta d'identità alla mano...

«Anche la tessera del Partito!»

«Quella non mi interessa», aveva risposto il Maccadò.

Gli era bastato il documento d'identità per verificare che Salomone Decotto era davvero Salomone Decotto, avvocato.

«Presente in veste di incaricato dalla Federazione provinciale quale difensore di un camerata accusato di presunto furto», aveva puntualizzato questi.

Il Maccadò aveva scosso il capo.

«Ce n'è uno di troppo», aveva poi detto.

«Sarebbe a dire?» aveva chiesto il Decotto.

«Che c'è un altro avvocato che si sta occupando dello stesso caso», chiarì il maresciallo.

«È impossibile!» interloquì il Decotto.

Ma il Maccadò era stato come non l'avesse sentito.
«Anzi», aveva detto, «considerando che ormai sono quasi le dieci e trenta, è possibile che abbia finito.»
«Finito cosa?» aveva squittito il Decotto.
Finito niente, aveva proseguito, non si poteva finire una cosa che non era iniziata, men che meno un processo dove mancava l'incaricato della difesa che era lì sotto due paia d'occhi nelle vesti di un maresciallo dei carabinieri e in quelle di un dipendente della Navigazione invero piuttosto screanzato.
«Il solo, unico avvocato sono io!» aveva declamato il Decotto quasi strozzandosi.
«Ma allora, l'altro?» era sfuggito al Maccadò.
«Non chiedetelo a me», aveva risposto Salomone Decotto. «Posso solo dedurre che vi siete fatti imbrogliare come polli.»
Il Maccadò aveva fatto un gesto con la mano.
«In quanto a ciò faccio notare che nel caso sono polli che razzolano nel vostro pollaio, avvocato», aveva precisato.
«Cosa intendete dire?» aveva ribattuto il Decotto.
«Niente», aveva risposto il Maccadò.
Inutile polemizzare, stavano solo perdendo tempo invece di chiarire la faccenda.
«Venite con me», aveva detto facendo strada alla volta della pretura.
Suonavano le dieci e trenta.
«Io posso andare a casa?» aveva chiesto il battellotto.
«Sì certo», aveva concesso il Maccadò.
Ma si era aggregato ai due, pura curiosità.

60.

Nella saletta della pretura erano rimasti i camerati, il messo Guizzi e il fumo dell'ennesima sigaretta del Filaroli adesso intento a compilare il corpo della sentenza testé emessa.

Il primo ad andarsene era stato il Crispini pressato dalla necessità di comunicare la notizia al giornale. L'aveva seguito il manovale Pavanotti che s'era deciso a farlo solo dopo che l'appuntato Misfatti gli aveva detto di essere libero di tornare al suo lavoro. Dopodiché anche l'appuntato, sconcertato per come s'era concluso il processo, aveva preso la via della caserma. Ma, non appena sbucato in piazza Santa Marta, il terzetto composto da maresciallo, Decotto e battellotto lo indusse al sospetto, intuito da vecchia volpe. E si bloccò.

«Successo qualcosa?» chiese.

«Direi», rispose cupo il Maccadò.

«Co...» fu lì per chiedere il Misfatti.

Niente da fare.

«Il pretore?» lo interruppe il maresciallo.

«È sopra.»

«Bene. Allora...»

Il Maccadò si interruppe, fece due passi staccandosi dai due che l'avevano seguito.

«Mi ascolti», disse poi all'orecchio del Misfatti.

Mentre lui saliva in pretura pregando il pretore di avere pazienza e attendere, lui doveva volare in caserma e fare una telefonata.

«Alla Federazione provinciale del partito di quelli», specificò.

«Ma davvero?» si stupì il Misfatti.

«Purtroppo sì», confermò il Maccadò.

Telefonata necessaria per appurare se certo avvocato Salomone Decotto fosse stato realmente incaricato della difesa del Ciancicati. Perché in tal caso…

«Perché in tal caso quell'altro…» si inserì il Misfatti raggrinzendosi in viso.

«Proprio», confermò il maresciallo.

«Il che vuole dire…» si spinse a concludere l'appuntato.

«Esattamente», timbrò il Maccadò.

Una barzelletta, fu il pensiero del Misfatti, dove però una volta tanto i carabinieri non c'entravano.

61.

I

«Berebelli Verbo, tipografo.
Annunci di tutti i tipi- Biglietti da visita- Carte intestate- Timbri.»

Mimmo Valanga bussò, aprì, chiese permesso.

Nessuno gli rispose. Entrò.

«C'è nessuno?» chiese allora.

Nessuno, a parte l'odore che già aveva annusato in quel di via Cicco Simonetta, misto di olio, carta, inchiostro. Era pronto a presentarsi al bellanese Berebelli con la nuova bugia elaborata al volo: rappresentante di stoviglie in proprio per conto della ditta veneta Fieramonti, trovandosi in quel di Bellano era passato a salutare perché conosceva il milanese Berebelli.

Lo conosceva?

Eccome! Era il suo tipografo di fiducia, cui faceva stampare listini, biglietti da visita, blocchetti delle ricevute. Un amico ormai. E che uomo, che lavoratore! Puntuale, preciso e soprattutto onesto, onestissimo, niente da dire.

Gli avevano spesso parlato di un fratello pure lui tipografo in quel di Bellano e giusto la settimana prima, sapendo che doveva passare proprio da lì, gli avevano raccomandato di portargli i loro saluti. L'avrebbero ricevuto più che volentieri, niente di strano se l'avessero trattenuto per il pranzo, sempre che lui ne avesse avuto il tempo, o quantomeno per un caffè e quattro chiacchiere.

Una tirata che Mimmo Valanga continuava a ripetersi mentre i minuti passavano e nessuno compariva.

II

«Nessuno si muova», aveva appena ordinato il maresciallo Maccadò.

Il primo a ubbidire meccanicamente fu il pretore Filaroli, che bloccò il braccio nella cui mano teneva il foglio della sentenza pronto per essere consegnato al messo Guizzi. Il «Perché?» che aveva sulle labbra gli fu rubato da Caio Scafandro. Si era appena lasciato scappare una mezza frase («Sono curioso di sapere che faccia farà», intesa dal solo camerata Sinfònia che aveva chiesto, «Chi?» e, «So io», aveva risposto lui pensando al Trovatore): lievitava di soddisfazione insomma quando l'ingresso del maresciallo l'aveva brutalmente colpito.

Fu il Decotto che tentò di rispondere.

«Perché...»

Ma il Maccadò non glielo consentì.

«Voi tacete per il momento. Avrete tempo di parlare più tardi quando avremo chiarito tutto», disse.

E per dovere di cortesia, ma non solo, si avvicinò al Filaroli, che nel frattempo aveva ritirato il braccio, e a bassa voce gli illustrò lo stato delle cose.

«Ma è mai possibile?» chiese questi.

«Spero che nel giro di pochi minuti avremo chiarito l'equivoco», si augurò il maresciallo.

Nel frattempo era opportuno che pretore e imputato restassero in aula.

«Anch'io?» chiese il messo Guizzi che aveva fatto il conto di seguire i camerati avendone orecchiato l'intenzione di festeggiare il successo all'osteria del Ponte.

Niente da fare, anche lui!

Anzi, no. Corresse piuttosto a richiamare il manovale

Pavanotti e lo riportasse lì, subito, di corsa, via, senza perdere tempo!

III

L'osteria del Ponte, appunto.

Stava lì la spiegazione dell'assenza del tipografo Berebelli Verbo.

Ma Mimmo Valanga, tuttora solo e in attesa, mica lo poteva sapere.

Mica poteva sapere che il tipografo era sottoposto a stretto controllo da parte della moglie affinché non abbandonasse il lavoro di tanto in tanto per infilarsi in questa o quella osteria.

Quando era in casa, nell'appartamento sopra la tipografia, la donna calava di sotto con irruzioni a sorpresa, soprattutto se percepiva l'improvviso interrompersi del rumore di pedalina, lynotipe o torchio.

Ben poco poteva fare però quando le toccava allontanarsi per provvedere alle necessità del desco, in occasione di funerali o anche matrimoni dei quali, benché non invitata, non si perdeva la funzione in chiesa, riportandone una singolare emozione che talvolta la spingeva a qualche lacrima.

Quella mattina non c'erano funerali o matrimoni, la quotidiana spesa da fare però sì. E doppia in previsione del sabato, che l'avrebbe vista impegnata a tirare la cera e pulire la prepositurale insieme a un gruppetto di altre donne, e della domenica, giorno di chiusura dei negozi. Doppia la spesa, doppio il tempo che avrebbe impiegato, occasione che il Berebelli non s'era lasciato scappare, scappando lui dalla tipografia per andare a rinfrescarsi l'ugola al Ponte.

Tempo prima, un paio d'anni più o meno, la moglie l'aveva colto in flagrante, bicchiere in mano, appoggiato al bancone dell'osteria del Cantinone, svillaneggiandolo davanti a tutti i presenti. Ma erano i tempi in cui il Berebelli non si accontentava di una sola tappa, inanellandone piuttosto tre o anche quattro di fila, così che perdeva il conto dei bicchieri e dello scorrere del tempo.

Dopo quella volta, che qualche sedicente amico ancora si divertiva a ricordargli, il tipografo aveva modificato la sua tattica: una sola osteria, un solo bicchiere, massimo due, per un totale di assenza dal lavoro di quindici, venti minuti.

Mezz'ora quel giorno: il macellaio Simenotti Prudente l'aveva salutato dicendogli di aver visto la sua signora in coda nella lunga fila che aveva lasciato in attesa giusto per un grappino di corsa, medicina che gli avrebbe consentito di acquisire con la dovuta calma le pretese di questa e di quella.

Confortato dall'informazione il Berebelli se l'era presa comoda e quando rientrò in tipografia era lieto nell'animo e non si meravigliò di trovarsi faccia a faccia con un estraneo.

Anzi, dopo aver risposto al saluto del Valanga: «Cosa posso fare per voi?» chiese.

«Niente», rispose questi.

Era passato di lì solo per portare i saluti di suo fratello e della moglie.

«Ma va', ma toh!» rise il Berebelli.

Si conoscevano?

E come mai?

Mimmo Valanga snocciolò la storiella del rappresentante di stoviglie mentre il Berebelli non faceva altro che sparare un Ma va', ma toh dopo l'altro.

E come se la passava, chiese poi, quel porcospino di suo fratello?

E quel generale di sua moglie?

Su quell'ultima parola un'altra moglie, vera, la sua, comparve sulla soglia della tipografia.

«Sentito cos'è successo?» chiese con la novità che le bruciava sulla lingua.

«No», rispose il marito.

Come poteva se non s'era mai mosso da lì?

Be', c'erano i neri in giro a cercare uno giovane, con una borsa in mano, alto...

62.

...uno e settantacinque occhio e croce.

Magro.

Capelli neri, né barba né baffi.

Giovane, massimo trenta.

Ben vestito, cioè giacca e cravatta.

Con una borsa di cuoio, anche se poteva averla buttata via.

Non doveva essere andato troppo lontano.

Al rientro dell'appuntato Misfatti con la notizia che alla Federazione non era noto alcun avvocato Severo Notambulo, mentre confermavano l'identità di Salomone Decotto quale difensore di un camerata accusato di furto di carbone, era successo un po' di tutto.

Il primo a reagire era stato proprio il Decotto.

«Visto?» aveva trillato.

«Tacete!» l'aveva subito zittito il Filaroli, nervoso. Perché una cosa gli era chiara, anzi due. Il processo testé concluso era nullo, sorta di scenetta da filodrammatica. E poi aveva finito le sigarette.

«Chi glielo va a dire al Trovatore adesso?» aveva mormorato il camerata Carughi.

Caio Scafandro l'aveva guardato con espressione eloquente.

Gli pareva il momento di porre simili questioni? Bisognava agire piuttosto, catturare l'imbroglione. E in forze! Perciò: «Maresciallo», era sbottato intenzionato a chiedere che, con l'appuntato, si unisse a loro nella caccia.

Ma: «No, no, maresciallo niente», aveva risposto il Maccadò intuendo la richiesta.

Non intendeva sottrarsi al suo dovere ma l'avrebbe fatto seguendo la procedura che prevedeva la produzione di una denuncia per... per cosa? Esercizio abusivo di professione? E se invece quell'altro fosse stato pure lui avvocato? Vedeva bene lo Scafandro che era necessario consultare gli ordini professionali e non solo di Como prima di procedere e formulare un'ipotesi di reato.

A quel punto il Decotto si era nuovamente inserito.

«Ma è evidente che si tratta di un imbroglione, che vi siete fatti coglionare tutti quanti...»

«No, avvocato», l'aveva interrotto ancora il Maccadò.

Glielo aveva già fatto notare poco prima a proposito dei polli, lo ribadiva visto che adesso preferiva i coglioni: gli uni e gli altri stavano tutti da una stessa parte.

Caio Scafandro aveva rotto gli indugi, troppe chiacchiere, toccava a lui, a loro.

«A noi!»

Agire, cercare, frugare dappertutto.

«Te sta' tranquillo che andrà tutto bene», aveva detto al Ciancicati, silenzioso, bollito, di nuovo imputato dopo pochi minuti vissuti da innocente. E uscito il manipolo il Filaroli, che s'era beato annusando il profumo di tabacco che usciva dal pacchetto vuoto, aveva chiesto: «Possiamo cominciare?».

«Non prima di aver preso visione del testo della denuncia e di aver conferito con il mio assistito», aveva osservato il Decotto con una certa stizzosa autorevolezza.

Il Filaroli aveva soppesato la richiesta.

«Credo sia un mio diritto», l'aveva pressato il Decotto, «dopo quanto di ver-go-gno-so! si è visto in quest'aula. Non credete, signor pretore?»

«Cinque minuti», aveva concesso il Filaroli.

«Dieci», aveva ribattuto il Decotto aggiustandosi con intenzione il colletto della camicia nera.

Di quel gesto il pretore aveva colto l'intenzione. Il nero contro il grigio della sua volontà, della sua vita, dei suoi desideri ormai morti e sepolti. Tranne uno, anzi, due: scansare problemi e fumare una sigaretta.

«Dieci minuti», s'era arreso mentre la compagnia dello Scafandro si era già divisa per vie e contrade chiedendo a chiunque se avesse notato uno alto...

63.

«Uno e settantacinque occhio e croce, giovane, magro, capelli neri, né barba né baffi», specificò la moglie del Berebelli, guardando però lo sconosciuto più che il marito.

Mimmo Valanga aveva cercato di assumere una mimica indifferente, in fin dei conti era un viaggiatore di commercio, capitato lì quasi per caso, la cosa non lo riguardava.

La donna proseguì.

«Ben vestito, giacca e cravatta.»

Pausa.

Il Valanga si portò una mano al nodo, lo allentò, cominciava a sentire un poco di caldo.

La Berebelli abbassò lo sguardo, lo puntò.

«Con una borsa di cuoio», concluse.

Anche se, gli aveva detto il camerata Giugiula fermandola mentre tornava dal macellaio, poteva anche averla buttata via.

Il tipografo manteneva l'espressione ilare con la quale era uscito dal Ponte, rinforzata dalla bella sorpresa di avere lì uno che conosceva suo fratello. Gli aveva addirittura portato i suoi saluti, non vedeva l'ora di dirlo. Fu lì per farlo.

«Voi chi siete?» lo anticipò la moglie, lo sguardo adesso non più sulla borsa di cuoio ma fisso sul viso del Valanga che aveva preso atto della situazione, beccato!

«Ma è...» interloquì il Berebelli.

«Tu sta' zitto!» ordinò la moglie.

Aveva alternative?, rifletté il Valanga.

No.

L'unica, benché gli ripugnasse, era passare alla minaccia. Lo volevano consegnare? Benissimo. Ma tenessero conto che allora si sarebbe portato dietro il Berebelli milanese con tanto di moglie, rivelando la sua attività di falsificatore di documenti. A loro la scelta.

«Allora?» insisté la Trinita.

«Mi chiamo Mimmo Valanga e non sono né rappresentante di stoviglie né avvocato», sparò.

«Ah no?» fece la donna.

«Ma...» interloquì il Berebelli.

Bastò uno sguardo della moglie a ridurlo al silenzio.

«Avanti.»

Mimmo Valanga prese un bel respiro, poi raccontò come e perché era finito in quel di Bellano e soprattutto nel guaio che per un caso maledetto l'aveva trattenuto.

«C'è poco da aggiungere», disse alla fine.

Solo una cosa.

«Adesso?»

La donna lo guardò.

«Ditemi la verità», fece.

Quando era entrato in tipografia suo marito era lì oppure non c'era nessuno?

Il Berebelli sgranò gli occhi rivolto al Valanga: segnale, richiesta di una piccola, innocente bugia.

«Non c'era nessuno», rispose invece Mimmo Valanga, «ho aspettato quasi mezz'ora.»

«Lo immaginavo», acquisì la donna.

«E quindi?» insisté il Valanga.

La Berebelli scosse la testa.

«Siete in un bel pasticcio», affermò.

Mimmo Valanga era pronto a ribattere che non ci sarebbe finito da solo.

«Grazie, lo so da me. Ma, quindi?» ripeté.

«Ma siete sincero. E se tanto mi dà tanto vi debbo dire che c'è poco da fare», disse la Berebelli. «Bisogna aspettare che le acque si calmino prima di mettere anche la sola punta del naso fuori da qui.»

«Da qui?» chiese il Valanga.

«Avete un posto migliore dove stare nascosto?» chiese lei.

«Per quanto?» chiese Mimmo Valanga.

«Quanto basta», fu la risposta della Trinita.

64.

Quanta imbecillità, dabbenaggine, faciloneria era presente in quella saletta?

Tanta, troppa, saturava l'aria!

Era mai possibile che un pretore con anni e anni di carriera sulle spalle si facesse buggerare così? Che il Partito fosse rappresentato da quei... da quella banda di imbecilli che non sapeva distinguere un vero avvocato da un simulatore?

Be', meno male che era giunto in tempo per mettere a posto le cose, rifletté Salomone Decotto in piedi nel corridoio, lo sguardo fisso a una finestra che dava sul muro della casa di fronte, il Ciancicati a fianco, rispettoso del suo silenzio. Non aveva ancora letto il testo della denuncia. Lo fece adesso, compitando ogni parola, una riga dopo l'altra e via via stupendosi perché ciò di cui stava prendendo visione non lasciava adito a dubbi. In base a ciò il Ciancicati era chiaramente colpevole.

Ma allora su quali elementi il pretore aveva emesso una sentenza di assoluzione? C'era qualcosa che doveva sapere?

«Ditemi, svelto», ordinò all'imputato.

Il Ciancicati si strinse nelle spalle.

«Be', no... però, se facciamo come ha fatto l'altro...» suggerì.

Un pallore cadaverico calò sul viso di Salomone Decotto.

L'altro chi, l'altro cosa!?

Calma!, si disse.

«Sarebbe?» chiese poi.

«Per esempio rispondere solo sì o no alle domande che mi avrebbe rivolto.»

Tipo confermare che era andato in stazione a quell'ora per via del lavoro di autista di corriere, che era intenzionato a pagare, che il manovale...

«Il denunciante?»

«Sì.»

...che il manovale non aveva capito o forse non aveva sentito.

«Ma bene», fece il Decotto.

E c'era dell'altro che doveva sapere?

«Be', no», rispose il Ciancicati.

O forse sì, la faccenda del figlio...

«Un figlio? Vostro?»

«E certo», confermò il Ciancicati.

Che era con lui quella notte e aveva fatto gioco perché il pretore, alle parole dell'altro, soprattutto quando aveva detto della durezza della vita che non risparmiava nemmeno un bambino di dieci anni e dell'inverno alle porte... insomma, il pretore si era forse un po' commosso...

«Totale», concluse il Ciancicati schiacciandogli l'occhio, «è andata bene e sono stato assolto.»

Salomone Decotto lo guardò un istante.

«È andata bene?» ripeté con un sorrisetto.

«E certo!» confermò il Ciancicati.

«Dite?» chiese ancora il Decotto.

Il Ciancicati fece per rispondere.

«Basta così», lo bloccò.

Era ora di rientrare in aula.

65.

Fuori sacco.

Sistema pratico, veloce, concordato. Consisteva nello spedire buste che avevano necessità di giungere rapidamente presso la redazione de «La Provincia-Il Gagliardetto». La busta in oggetto, fuori dal sacco postale e passando dalle mani di un capotreno all'altro, evitava di girare in tondo, arrivando a Como in poche ore dove un galoppino del giornale, avvisato per tempo, la ritirava. Fiorentino Crispini usava con parsimonia tale metodo, solo in caso di incidenti, visite di personaggi eccellenti, talvolta avvenimenti sportivi, quali la Coppa Bellano, regata velica che chiudeva la stagione agonistica richiamando sportivi di tutti i circoli del lago di Como e non solo. Ritenne che il processo cui aveva assistito appartenesse di diritto alle categorie d'urgenza. Aveva quindi speso le rimanenti ore del mattino e saltato il pranzo per comporre una cronaca degna dell'evento, rapito dal suo aulico spirito. Aveva descritto il Filaroli decano dei pretori, il fatto un «torbido equivoco» magistralmente chiarito dalla brillante intelligenza dell'avvocato a ciò espressamente delegato dalla Federazione provinciale che dimostrava così di aver a cuore il destino di tutti i suoi iscritti, l'assoluzione il segno che niente e nessuno poteva opporsi al trionfo della verità e della giustizia. Cancellata qualcosa lì, aggiustato qualcos'altro là, ne era uscito un pezzo di una trentina di righe che aveva riletto con orgoglio. Temeva una sola cosa, le forbici del caporedattore

Ventresca che spesso riduceva i suoi scritti a poche battute. Verso le due era uscito, la busta in mano: il diretto delle quattordici e trenta l'avrebbe portata a Lecco, la littorina delle quindici e dieci a Como.

Non dovette sprecare troppo fiuto il capostazione Invasati per intuire cosa contenesse la busta.

«Il processo, eh?» chiese.

«Cos'altro se no?» ribatté il Crispini.

Era un po' teso, questione di orario. I treni, si sapeva, spaccavano il minuto, ma l'eccezione incombeva pur sempre.

«Bella storia», commentò l'Invasati.

Esemplare, rifletté il Crispini, aggettivo che avrebbe potuto inserire nell'articolo. Se n'era dimenticato, peccato!

«Giustizia è fatta», rispose. «D'altronde con un avvocato come quello l'assoluzione era praticamente scontata.»

L'Invasati socchiuse gli occhi, levò l'indice. Forse non aveva capito bene.

«Assoluzione?» fece.

«Assoluzione, certo», rispose il Crispini. «Insufficienza di prove.»

Be', fu il pensiero del capostazione, allora c'era qualcosa che non quadrava. Perché il suo manovale, rientrato al lavoro, gli aveva detto che...

«Scusate maestro, ma siete sicuro, perché...» disse l'Invasati.

«Perché?» lo interruppe il Crispini in all'erta.

Perché...

66.

I

Salomone Decotto era entrato nella saletta della pretura ben deciso a far valere la verità, tutta la verità, nient'altro che la verità. Anzi, aveva detto con una vocetta ancora più fessa del solito, bisognava procedere «Ex novo!», poiché nessuno dotato di criterio poteva ritenere valido ciò che di grottesco era accaduto poco prima.

«D'accordo», aveva acconsentito il Filaroli. «Ma sbrighiamoci», gli era poi sfuggito, stante la morsa che la voglia di tabacco gli stava dando.

Il Decotto come non l'avesse udito.

«Urge che faccia una premessa», aveva dichiarato.

Voleva che fosse chiaro a tutti i presenti che lui era lì, delegato della Federazione provinciale, in veste di difensore di un iscritto al Partito.

«E che sia messo a verbale», aveva chiesto.

«Mi sembra inutile...» aveva obiettato il Filaroli.

«Insisto», aveva replicato il Decotto.

Una volta fatto, il Filaroli aveva chiesto se si poteva procedere.

«Ancora no», aveva detto il Decotto.

«Cos'altro c'è?» aveva borbottato il pretore.

«Chiedo», aveva risposto Salomone Decotto, «che sia convocato il segretario di sezione.»

«E perché mai?» aveva chiesto con una nota dolente il Filaroli.

«Ne darò ragione una volta presente», aveva risposto il Decotto.

Ma se l'aveva visto anche lui, aveva osservato il pretore, che s'era involato insieme con gli altri all'inseguimento del...

«No, signor pretore, non è lui.»

Era stata la voce del maresciallo Maccadò a levarsi, a spiegare che Caio Scafandro non era il segretario desiderato dal Decotto.

Aurelio Trovatore invece, assistente del cotonificio.

«Lo si vada a chiamare quindi», era stata la conclusione del Decotto.

Il Filaroli aveva levato uno sguardo da cane assonnato sul messo Guizzi.

«Andate», gli aveva detto, facendo nel contempo il gesto di portarsi alla bocca una sigaretta e sperando che capisse.

Il Guizzi aveva capito, sigarette. Ma per portare a termine i due incarichi aveva dovuto pianificare. Prima era andato dal custode del cotonificio comunicandogli di informare il Trovatore che doveva andare in pretura e solo dopo era volato dal tabaccaio Fecola a prendere le sigarette.

«Che marca?» aveva chiesto questi.

«A fare?» stava chiedendo invece il Trovatore alla segretaria del direttore che al solo pensiero di rivedere quel giovanotto aveva mollato più di una goccia.

«Popolari, Macedonia, Giubel, Eja o Me ne frego?» aveva elencato il Fecola.

«Non lo so», aveva confessato il Guizzi. Ma a giudicare dalla luce che aveva colto nei suoi occhi, il Filaroli si sarebbe fumato anche la barba delle pannocchie: una o l'altra quindi per lui erano state pari.

Neppure la segretaria sapeva perché il Trovatore dovesse andare in pretura: così le aveva detto il signor direttore e così lei aveva fatto giocandosi del tutto la freschezza dell'intimità.

I due, Trovatore e Guizzi, s'erano miracolosamente ritrovati salendo le scale. L'Aurelio era entrato con la precisa intenzione di chiedere allo Scafandro perché cazzo l'avesse fatto chiamare: glielo aveva ben detto che di quella faccenda se ne lavava le mani! Ma a una rapida occhiata s'era reso conto che di quello non c'era traccia. La domanda l'aveva quindi rivolta agli astanti.

«Perché mi avete fatto venire qui? Qualcuno me lo vuole spiegare?»

Mentre quelle parole secche secche planavano nelle orecchie dei presenti, il messo era andato a consegnare le sigarette, Macedonia, al pretore, poi s'era posto in attesa di ricevere i soldi: e be', il Fecola non le aveva mollate finché lui non aveva scucito la lira, non c'era stato pretore che tenesse, eppure lo sapeva che non era una bugia, lui non fumava!

Ma il Decotto aveva attirato l'attenzione di tutti.

«Voi chi siete?»

«Aurelio Trovatore», aveva risposto Aurelio Trovatore.

Il Filaroli, intuendo che il momento era topico, aveva fatto segno al messo di tornare al suo posto, ciancicando il pacchetto di sigarette con dita nervose mentre Salomone Decotto stava chiedendo al Trovatore se fosse effettivamente lui il segretario di sezione.

«Sì», aveva confermato l'Aurelio con mimica malmostosa.

Ed era stato subito dopo che Salomone Decotto aveva sganciato la bomba che aveva pronta da un po'.

II

Casa loro era a prova di bomba, aveva detto la Berebelli al Valanga quando erano già in cucina, poteva garantirlo.

«Qui non entra mai nessuno.»

Non le piaceva ricevere visite, non amava spettegolare, non aveva amiche del cuore. C'era un'unica eccezione che aveva violato i confini della casa, la Vivacchia, sua cognata.

«Ma da che mi sono sposata sarà venuta su tre volte, al massimo quattro.»

E poi era facile immaginare da che parte stava.

«Bene», aveva mormorato Mimmo Valanga. «Ma...»

«Ma?» aveva chiesto la Berebelli.

Il Valanga s'era sentito un poco in imbarazzo, non voleva che la cosa che stava per dire suonasse a mo' di offesa, tuttavia...

«Vostro marito...» aveva osato portandosi il pollice a poca distanza dalle labbra.

C'era la possibilità che un soggetto uso a frequentare osterie non appena se ne presentasse l'occasione potesse lasciarsi scappare qualche parola di troppo, la lingua si scioglieva no? in certe occasioni.

«In vino veritas», aveva citato.

«Pensate forse che non ne abbia tenuto conto?» aveva replicato la Berebelli estraendo dalla tasca del grembiale un mazzo di chiavi.

A parte che essendoci di mezzo l'attività clandestina del fratello non lo riteneva possibile. Comunque, a parte questo e onde evitare rischi, poco prima di salire in cucina aveva chiuso la porta della tipografia e s'era tenuta le chiavi. Così facendo gli avrebbe impedito scappatelle fino a che lui fosse rimasto in casa loro e l'avrebbe anche controllato al comparire di eventuali clienti che, trovando chiusa la tipografia, avrebbero dovuto suonare al campanello di casa. Un regime di reclusione che avrebbe mantenuto fino a che il cielo non fosse tornato sereno.

«Non posso fare altro che ringraziarvi», aveva detto Mimmo Valanga.

Ma, aveva poi aggiunto, secondo lei quanto ci sarebbe voluto prima che potesse togliere il disturbo?

III

«Mi scuso per avervi disturbato», aveva detto il Decotto senza alcuna intenzione di sincerità.

Ma quale segretario di sezione la sua presenza era necessaria, di più, indispensabile.

«E perché mai?» aveva chiesto il Trovatore.

Salomone Decotto aveva dedicato uno sguardo a tutti i presenti allo scopo di far salire la tensione.

«Perché è di vostra competenza, spetta a voi e a voi solo fare ciò che sto per chiedere», aveva poi annunciato.

L'Aurelio aveva sbuffato. Va bene, d'accordo...

«Ma, sarebbe?»

Sul volto del Decotto era calata una maschera da primo della classe.

«Chiedere all'imputato», aveva poi chiarito, «l'immediata restituzione della tessera e altrettanto rapidamente ridurla a pezzettini!»

Era sembrato allora che al Ciancicati crescessero le sopracciglia. Con un gesto rapido s'era portato la mano alla tasca posteriore dei pantaloni dove teneva il portafoglio e dentro questo la tessera.

«Mai!» aveva quasi urlato.

Il Decotto non ne aveva tenuto conto. Piuttosto aveva fatto un passo verso lo scranno del Filaroli che stava bruciando la terza Macedonia.

«Ciò che gli atti raccontano», aveva dichiarato guardando fisso il pretore, «non lascia dubbi che ci troviamo di fronte a un ladro. E della peggior specie vorrei aggiungere, capace di coinvolgere un minore nella sua impresa criminosa. Ciò che l'imputato ha detto, o forse farei meglio a dire non detto, limitandosi ad annuire nel precedente, grottesco processo, se lo vogliamo definire così, è solo frutto di un'alleanza con una mente del pari votata al crimine. Chi si somiglia si piglia, cane non mangia cane!»

Non poteva sfuggire, aveva proseguito, che i due, il sedicente avvocato e l'imputato, avevano avuto modo di concordare una linea al fine di favorire una distorta versione dei fatti così da fuorviare il giudizio finale.

«Ma la fortuna ha voluto che sia giunto in tempo per riparare al danno, ristabilire la verità», aveva affermato.

Il Filaroli, l'ennesima sigaretta tra le dita, ancora spenta, a quel punto s'era permesso un'osservazione.

«Ma la vostra qualifica di difensore?»

Salomone Decotto aveva sorriso.

«Ci stavo arrivando», aveva risposto.

Perché con la restituzione della tessera per logica conseguenza l'imputato non faceva più parte del Partito e ogni suo obbligo decadeva.

«Tranne uno!» aveva affermato.

Chiedere che quell'essere indegno che aveva creduto di farsi scudo del Partito e dei suoi rappresentanti per coprire il suo crimine fosse condannato al massimo della pena, pena aggravata dallo sfruttamento di minore e falsa testimonianza sotto giuramento.

Il Ciancicati, incredulo, aveva ancora la mano sul retro dei pantaloni. Il Decotto si era girato verso di lui.

«La tessera!» aveva ingiunto.

«Ma non è giusto...» aveva piagnucolato il Graziato.

Aurelio Trovatore era intervenuto.

«Dai, dammi 'sta tessera.»

«Ma il Caio...» aveva balbettato il Ciancicati.

«Te lo raccomando», aveva risposto l'Aurelio.

Tuttavia Graziato Ciancicati ancora non si decideva. C'era voluto l'intervento del Filaroli.

«Fate come vi ha detto l'avvocato. O preferite che alla lista dei reati aggiunga anche quello di intralcio alla giustizia?»

Il maresciallo Maccadò stava pensando che tutto ciò cui stava assistendo poteva, senza mutare una virgola, essere trasferito sul palco dove la filodrammatica bellanese inscenava le sue commediole. S'era riscosso all'uscita del Filaroli, per quanto ne sapeva il reato evocato dal pretore aveva altri contorni. Il Decotto tuttavia aveva concordato e in un silenzio quasi religioso il Ciancicati aveva preso la tessera e l'aveva consegnata al Trovatore che senza troppe cerimonie l'aveva stracciata buttandosi poi i pezzi alle spalle e riflettendo che non appena possibile avrebbe fatto lo stesso con la sua e la carica di segretario.

«Posso andare adesso?» aveva chiesto con tono mondano e senza aspettare risposta s'era avviato mentre Salomone Decotto dichiarava di aver concluso.

Toccava al pretore Memeo Filaroli adesso, che...

67.

I

«Che ha condannato il Ciancicati a sei mesi», concluse il capostazione Invasati.

«Sei mesi?» sbottò il Crispini.

Proprio, parola del manovale Ardengo Pavanotti. E l'aveva fatto portare subito presso le carceri mandamentali in attesa di essere trasferito altrove, forse a San Donnino, Como.

Fiorentino Crispini aveva seguito la puntuale cronaca del capostazione con un graduale afflosciarsi delle guance. Che caddero del tutto quando l'Invasati, guardando l'orologio, chiese scusa ma doveva lasciarlo, di lì a un paio di minuti il diretto sarebbe arrivato. Giusto il tempo di entrare nel suo ufficio e tornare fuori con cappello, paletta e fischietto, e il Crispini era sparito.

E la busta fuori sacco?

II

In un sacco, come si usava dire, c'era Caio Scafandro.

La squadra aveva battuto il paese per oltre mezz'ora, contrada per contrada, fermando chiunque, chiedendo: alto giovane ben vestito forse borsa di cuoio. Infine s'erano trovati tutti e cinque nel punto di raccolta stabilito, via Cavour, zona osteria del Ponte. Bilancio, un pugno di mosche.

A smontare residue speranze di successo aveva provveduto il camerata Giugiula osservando che magari, mentre loro frugavano e chiedevano di qua e di là, quello poteva aver tranquillamente raggiunto la stazione ed essere salito su un altro treno: al proposito c'erano due bei locali comodi comodi, il dieci e quaranta per Milano che faceva coincidenza con il gemello per Sondrio. In quel caso, ciao Ninetto! Gli altri tre della squadra si erano trovati d'accordo, anche perché ne avevano un po' piene le balle di girare come fessi, e poi ciascuno aveva il suo daffare.

Caio Scafandro aveva detto che sarebbe stata sua cura chiedere al capostazione se l'avesse notato. Perché, in caso contrario, doveva essere ancora in zona. Quindi: «Teniamo alta la guardia».

«Certo, come no», gli avevano risposto in coro, assai poco convinti.

Dopodiché aveva sciolto le righe, fino a nuovo ordine.

I quattro s'erano involati in un amen, lui aveva invece preso la via della pretura, intenzionato ad assistere alla conclusione del processo.

Ma, fatti pochi passi, appena poco oltre l'arco che da via Cavour dava su via Manzoni, l'eco di una voce nota e di una parola che finiva in «da» l'aveva raggiunto e messo in sospetto. Aveva fatto due altri passi, cauti, in via Manzoni, senza raggiungere piazza Santa Marta. Tali però, benché schiacciato contro il muro d'angolo, da poter sentire bella chiara quella voce.

Quella parola.

Di più, la frase intera: pezzo di merda.

Precisamente, lui.

III

Giachina Ciancicati aveva portato pazienza, atteso.

A turno le sue corrispondenti d'affari, Vivadio Purissima, Scazzoletti Erminia, Bindarelli Ovenia, erano andate a chiedere notizie.

Allora? Allora? Allora?

«Allora niente», aveva risposto.

Ma, dopo l'ennesimo Allora?, aveva deciso di rompere gli indugi, le idee che aveva circa le donne presenti in un processo, suo fratello se le poteva mettere in saccoccia. Aveva percorso il tragitto da via degli Umiliati verso piazza Santa Marta con la mezza idea di vedersi venire incontro il marito. Magari l'avrebbe anche abbracciato, come si fa con chi viene scagionato da false accuse o con i soldati tornati dal fronte. Visto che non c'era stato modo di abbracciarlo poiché non s'erano incrociati aveva tirato dritto fino alla sede della pretura. E lì aveva avuto la sorpresa.

La prima.

La porta era chiusa.

Aveva tentato la maniglia.

E no, era proprio chiusa, a chiave.

«Ma allora!» aveva gridato.

«Cosa c'è?» le aveva chiesto una voce.

La Giachina aveva guardato alla sua destra, mica l'aveva notato prima.

Emulo Schignola, il custode delle carceri, era lì, seduto su un seggiolino, poco fuori dalla guardiola, che si stava preparando una pipa. Schiacciava con metodo una presina di tabacco dopo l'altra e al grido della Giachina s'era interrotto.

Cosa c'era da gridare?

«È chiusa», aveva spiegato la Giachina.

«Lo so», aveva confermato lo Schignola.

«E il processo?»

«Finito», aveva risposto il custode.

La Giachina aveva sillabato tra sé la risposta, fi-ni-to. Da cui era discesa la domanda che aveva preparato la seconda, ben più drammatica sorpresa.

«E mio marito?»

Lo Schignola s'era infilato la pipa in tasca poi s'era alzato lentamente e aveva fatto un paio di passi, giungendo quasi al centro della piazzetta. Una sola mano, la destra, alla bocca.

«Ciancicati!» aveva chiamato.

La Giachina s'era allora mossa per portarsi a fianco del custode e c'era arrivata giusto in tempo per vedere il viso del marito incastrarsi tra due sbarre della grata.

«Ma...» le era uscito di bocca senza riuscire a dire altro per qualche istante.

Emulo Schignola era intanto ritornato nella sua posizione, aveva ripreso a trafficare con pipa e tabacco. Ma s'era subito interrotto, disturbato dalla Giachina che aveva ripreso il dono della parola. Per chiedere al marito: «Cosa ci fai lì?».

Allo Schignola era scappato un sorrisetto.

«E non lo vedi?» aveva risposto il Ciancicati. «Sono in galera! Carcerato! Sei mesi!»

«Ma... ma...» aveva preso a balbettare la Giachina.

«Ma cosa?» aveva ribattuto il Graziato.

«Ma come», s'era ripresa la donna, «cos'è successo?»

Ah, voleva sapere cos'era successo?

«Chiedilo a tuo fratello, a quel pezzo di merda!»

A quel punto Caio Scafandro aveva ritratto la testa.

«Ma se aveva detto...» aveva quasi piagnucolato la Giachina.

«Sì me lo ricordo bene», l'aveva interrotta il marito.

Come poteva dimenticare tutte le idiozie che erano uscite dalla fogna di quella testa di cazzo di suo fratello, che se avesse potuto averlo tra le mani... Dopodiché il Graziato aveva avviato una serie di improperi da far rizzare i capelli. Al che lo Schignola s'era rimesso di nuovo la pipa in tasca ed era intervenuto.

A parte il fatto che lì di fronte c'era la chiesetta di Santa Marta e certe espressioni, ovunque sicuro, ma soprattutto lì erano fuori luogo... A parte quello, il regolamento non consentiva che un carcerato potesse comunicare dalla cella.

«Per quello ci sono i permessi», aveva fatto presente.

«Ma è mio marito», aveva obiettato la Giachina un po' confusa.

«Volete che non lo sappia?» aveva risposto il custode.

«E gli hanno dato sei mesi», aveva insistito la donna.

Lo Schignola aveva sbuffato.

«Cosa volete che siano sei mesi, volano», l'aveva consolata.

«Voleranno per voi», aveva ribattuto la Giachina. «Ma intanto chi ci mantiene a me e a mio figlio?»

Nonostante non fosse caldo, al sentire quelle parole la fronte di Caio Scafandro si era bagnata di sudore. Meglio evitare sua sorella per intanto. Meglio sarebbe stato per sempre. Ma non era possibile. E standо così le cose aveva riflettuto che doveva agire in modo tale da farsi perdonare, almeno un po'. Per esempio garantendo a lei e all'Umilio di che sostenersi in quei sei mesi.

Ma come?, s'era chiesto.

Una mezza idea gli era venuta.

68.

Aurelio Trovatore non amava molto raccontare alla madre gli avvenimenti della giornata, quali che fossero. La vecchina infatti, sempre un po' stordita stante le lunghe ore passate in solitudine e massimamente quando veniva sera, capiva la metà della metà e anche di quest'ultima poco, tant'è che al figlio toccava ripetere fino alla noia. Ma il sorriso con il quale l'Aurelio rientrò quella sera era insolito e la Priscilla se ne incuriosì.

L'aveva atteso con trepidazione stante il ritardo sull'ora di cena, quasi tre quarti d'ora. Aveva anche ceduto a brevi addormentamenti. Quel sorriso la rimise in vita e non poteva che essere così visto che si trattava del risultato di una duplice gioia.

La prima era stata la notizia circa la conclusione del processo. L'aveva raggiunto dopo pranzo, una volta ripreso il lavoro, quando la chiacchiera attorno alla Giachina piangente sulla strada del ritorno verso casa aveva dominato nel reparto. Non solo, anche decisa a farla pagare al fratello come aveva detto alle sue amiche Purissima, Erminia e Ovenia, che quali prefiche consolatrici le si erano strette intorno. L'aveva detto lui che sarebbe stato meglio lasciar perdere. D'altronde, come diceva il proverbio, ognuno sceglie da sé l'albero cui impiccarsi, e il Caio aveva trovato il suo. Il sorrisetto che gli si era stampato in viso al pensiero dello Scafandro cornuto e mazziato era andato smorendo verso la fine del turno quando, per l'ennesima volta, la segretaria del direttore, che fatta esperta era andata prima a fare pipì, l'aveva avvisato di essere desiderato in direzione. Era entrato nell'ufficio del direttore con la netta convinzione che ne sarebbe uscito con un nuovo rompimento di scatole. Venti minuti più tardi invece un rinnovato sorriso gli illuminava il volto.

Ad attenderlo infatti non c'era il solo direttore Cogoleti ma, come questo gli aveva chiarito, anche il collega e amico di lunga data Eracle Schiaretti, direttore del cotonificio di Castellanza che gli aveva reso visita volendogli sottoporre un piano che avrebbe migliorato la resa di certe linee di produzione da proporre poi alla direzione generale. Lo accompagnava la terzogenita di costui, Violetta, laica madonnina ventiduenne, mora, dall'occhio vivace, fascinosa e circonfusa da un alone di energia che aveva centrato lo stomaco del Trovatore. Il quale stomaco gli si era stretto vieppiù in una morsa quando il direttore aveva esplicitato il motivo della convocazione. La ragazza non era lì per morire di noia assistendo ai conciliaboli dei due amici. Aveva seguito il genitore con la precisa intenzione di vedere il meglio del lago di Como, ergo le serviva qualcuno che le facesse da chaperon.

E chi meglio di lui poteva adempiere a tale compito, aveva detto il Cogoleti, visto che lo conosceva quale giovane di buone maniere e discreta cultura? Per i due, forse tre giorni durante i quali si sarebbe trattenuta a Bellano, il Trovatore poteva ritenersi esentato dal lavoro. E per girare di qua e di là, s'era inserito lo Schiaretti, potevano usare la sua auto. All'obiezione dell'Aurelio di non saper guidare, Violetta aveva aperto la bocca per la prima volta.

«Non preoccupatevi, l'ho io la licenza», e gli aveva anche schiacciato l'occhio.

Magari non proprio innamorato, ma Aurelio Trovatore, concordato un primo appuntamento per il giorno successivo, ore dieci, era uscito dall'ufficio di direzione con in testa la ragazza e quel sorriso che aveva risvegliato sua madre Priscilla e l'aveva spinta a chiedere cosa gli fosse accaduto di tanto bello.

Forse, ragionò il giovanotto, non era il caso di confessare che aveva infine trovato la persona per la quale dispiegare le sue doti di seduttore. Un po' troppo presto, e soprattutto voleva evitare discorsi spinosi, fidanzamenti, matrimoni che sua madre avrebbe subito posto in essere e che avrebbero portato a una svolta ben precisa: che fare, dove piazzare in quel quadretto proprio lei?

«Be'», principiò a dire l'Aurelio con la precisa intenzione di divagare.

Quando il campanello di casa suonò.

69.

Pure l'ordine degli avvocati di Milano e provincia aveva confermato di non avere in elenco certo Severo Notambulo.

Provare a contattare altri ordini professionali?

Tempo perso.

«Difficile che sia arrivato dalla Calabria eh, appuntato?» disse il Maccadò quando ormai era sera, le sette e mezzo passate.

«Molto più facile che sia ancora qui», osservò il Misfatti.

Tuttavia, benché si fossero dati da fare, controllando la stazione, l'imbarcadero, girando per il paese chiedendo, cercando informazioni, sperando in un colpo di fortuna proprio come si faceva quando non si aveva nemmeno una mezza idea su come procedere, dell'avvocato, sedicente tale, Severo Notambulo non c'era traccia, niente di niente.

Volato via!

«Eppure dev'essere ancora qui», insisté il Misfatti.

Nascosto da qualche parte, magari in qualche casa.

«Certo, come no», fece il maresciallo. «Suggerisce di perquisirle tutte?»

«Ma no, dicevo per dire, maresciallo», si scusò l'appuntato.

«Lo so, lo so, non se la prenda. È che mi piacerebbe capire, sapere cosa l'ha indotto a viaggiare sotto falsa identità, dove fosse diretto...»

«Be', maresciallo, riprenderemo a cercarlo domattina», fece il Misfatti.

Ormai era notte.

«E se permette», aggiunse, «io andrei.»

Non mancava molto alle otto, la signora Misfatti gli avrebbe tirato le orecchie per il ritardo.

«Eh già», sbottò il maresciallo. «Stasera si balla!»

«Chi lo sa!» rispose l'appuntato sorridendo.

70.

Mezza idea non portava da nessuna parte.

Per completarla, renderla operativa, Caio Scafandro avrebbe dovuto agire.

Agire significava muoversi.

Muoversi adesso significava correre il rischio di imbattersi in sua sorella, incontro, o scontro, da evitare per il momento.

Nascondersi allora fino a quando sarebbe potuto entrare in azione protetto dalle ombre della sera.

Un bel dire però nascondersi.

Dove?

In casa nemmeno da pensarci, era il primo posto dove la Giachina sarebbe andata a cercarlo. Il primo o forse il secondo dopo aver battuto le osterie, dal Ponte al Cantinone, al trani della Lena fino a quella della Pesa e via di seguito.

Dove, quindi?

Escluse casa e osterie, al Caio era sembrato di non avere alternative quando la risposta era scesa dal cielo. Proprio, in forma di onde sonore, quando il campanile aveva battuto le undici e trenta.

La chiesa, dentro la quale era entrato solo in rare occasioni e non per assistere a funzioni di qualche tipo ma solo per goderne un po' il fresco durante certe giornate estive di caldo asfissiante. Ci si era fiondato, traversando una piazza San Giorgio deserta stante l'ora prossima al mezzogiorno, colpito da un profumo di bollito che usciva dalla finestra di cucina della canonica e che gli aveva ricordato il doloroso sacrificio di dover saltare il pranzo.

La prima oretta l'aveva trascorsa andando su e giù, soffermandosi a scrutare dipinti e statue, attratto soprattutto dai bassorilievi che raccontavano la Via Crucis e leggendo senza capire le iscrizioni in latino che illustravano le varie tappe. Fatto ciò era andato a sedere sul fondo della chiesa in un angolo tra i più bui. E, vuoi per il silenzio, vuoi per la stanchezza, vuoi per la fame, aveva finito per lasciarsi vincere dal sonno. Aveva dormito un paio d'ore fino a quando s'era sentito scrollare per una spalla.

Era stato il prevosto che, dopo aver fatto il solito pisolino, aveva l'abitudine di passare in meditazione un po' di tempo nella solitudine dell'ora. La postura dello Scafandro, mani giunte infilate tra le cosce, testa bassa, mento appoggiato al petto, gli aveva suggerito che si trattasse di un cristiano compreso nell'atto di compilare l'elenco dei propri peccati in attesa di confessarli. Tant'è che gliel'aveva chiesto.

«Volete confessarvi?»

Il Caio, ancora insonnolito, chissà cos'aveva capito. Ma aveva risposto: «Sì», sollevando il viso e palesandolo agli occhi del sacerdote. Che, riconoscendolo, infine era sbottato.

«Ossignore!» giustificata esclamazione stante il soggetto e il lavoro che avrebbe richiesto per ripulirgli la coscienza.

Lo Scafandro non aveva fatto parola del motivo reale per cui era lì. Piuttosto aveva seguito il prevosto nel confessionale avvertendo con un brivido l'avviso del sacerdote: la confessione era sacramento serio, il confessando non doveva tralasciare nulla, bugie o omissioni non erano contemplate, pena l'ira dei cieli. Nel giro di un quarto d'ora aveva elencato una poco invidiabile serie di peccati.

Da anni e annorum non andava a messa né si comunicava. Nominava il nome di Dio invano, e anche peggio. Frequentava talvolta... no, spesso, donne prezzolate. Desiderava le donne d'altri. Non rispettava il digiuno del venerdì. A pensarci bene non aveva nemmeno rispettato granché né il padre né la madre. Anche riguardo gli atti impuri, quando proprio non aveva di meglio...

Il prevosto l'aveva fermato. Una tale sfilza di peccati richiedeva una penitenza che l'avrebbe tenuto inginocchiato fino al mattino successivo, aveva detto. Tuttavia, aveva proseguito, riteneva che meglio sarebbe stato per il Caio uscire dal confessionale e fare una seria riflessione su di sé e la vita che aveva condotto fino a quel momento. Temendo che lo volesse cacciare dalla chiesa, lo Scafandro aveva chiesto se poteva riflettere stando lì.

«Quale luogo migliore?» aveva risposto il sacerdote.

Il Caio aveva tirato il fiato e una decina di minuti più tardi il prevosto l'aveva visto seduto su una panca, ripiegato su sé stesso, fintamente immerso nella revisione della sua condotta. In realtà stava riflettendo su come fosse lento il passare del tempo e di come nessuno entrasse in chiesa quando, di lì a un po', aveva avvertito il cigolio di una porta. Lesto, era rientrato nel confessionale e da lì un po' in ginocchio, un po' seduto, ma comunque sempre scomodo, aveva assistito all'arrivo alla spicciolata di donne che alle cinque spaccate avevano dato vita al rosario alla presenza del prevosto. Quasi un'ora di misteri dolorosi, gaudiosi e luminosi forse?, un altro quarto d'ora per stabilire giorno e ora per le pulizie di grosso della chiesa in vista delle festività di Ognissanti e di Tutti i morti e il Caio era di nuovo rimasto solo e anchilosato.

Dai lucernari non entrava più alcuna luce, il tempo di agire si avvicinava. Aveva lasciato il nascondiglio col proposito di sgranchirsi un po' le gambe ma non appena fuori aveva sentito la porta della sagrestia aprirsi. Il sagrestano Bigè era comparso sull'altare, cominciando a spegnere le candele, segno che di lì a poco avrebbe chiuso la chiesa. Era ora di andare, aveva pensato il Caio, se non voleva correre il rischio di passare lì la notte. Era uscito strisciando lungo il muro laterale e una volta fuori aveva deciso di fare il giro largo: salendo la scalinata verso la chiesetta di San Rocco, prendendo per la Castegna e poi la mulattiera che scendeva verso Coltogno avrebbe fatto passare il tempo giusto per giungere in perfetto orario davanti alla casa del segretario Aurelio Trovatore e completare così la mezza idea che aveva avuto.

71.

Mentre il Trovatore andava a vedere chi aveva suonato, sua madre Priscilla si alzò per coprire la fondina del figlio affinché la minestra non si raffreddasse. Nel momento in cui Aurelio aprì la porta la donna avvertì un filo di corrente. Allora, anziché tornare al suo posto, si accomodò sulla poltroncina e si coprì.

«Scusa», aveva appena detto lo Scafandro.

«Scusa cosa?» chiese l'Aurelio.

L'orario, no?

Ma non voleva disturbarlo sul lavoro, quindi...

«Va bene, scusato. Ma cosa c'è ancora?»

Eh, cosa c'era...

«Non so se hai sentito», disse il Caio.

Sentito?

Ma se ormai lo sapevano anche i morti!

«Certo che ho sentito», confermò l'Aurelio.

Lo Scafandro tacque, sperando che l'Aurelio gli corresse in aiuto. Alle orecchie di entrambi giunse un lieve ron ron come di gatto in panciolle anche se di gatti in casa Trovatore non c'era nemmeno l'ombra. Perdurando il silenzio, il Caio riprese.

«E, insomma...»

Era stato un bel casino, chi l'avrebbe mai detto!

L'Aurelio si morse la lingua, non voleva infierire, era ancora troppo allegro, su di giri, la testa piena di quella Violetta.

«Alla fine s'è beccato sei mesi», proseguì il Caio.

«Lo so, lo so», fece l'Aurelio.
«Un bel guaio!»
L'Aurelio allargò le braccia.
«D'altronde...»
Ma di nuovo frenò la lingua, un peccato rovinarsi l'umore tornando su cose passate, rischiare una nuova discussione. Però mica poteva stare l'intera serata lì sulla porta, quindi stringere, capire cosa volesse adesso lo Scafandro. Che glielo disse di getto, c'era un altro problema alle viste.
«La moglie.»
«Tua sorella», sottolineò l'Aurelio.
«Sì, e il figlio.»
«Tuo nipote», idem come sopra.
«Esatto», a sua volta il Caio.
Perché con il Graziato in carcere...
«Cioè tuo cognato», di nuovo l'Aurelio.
«Mio cognato, certo.»
Con lui che per sei mesi non avrebbe lavorato, ecco, chi avrebbe mantenuto quei due?
Aurelio Trovatore si strinse nelle spalle.
«Non saprei», disse.
«Io», disse allora il Caio, «forse... ecco... insomma a me una mezza idea sarebbe venuta.»
«Ah sì?» fece l'Aurelio.
Quasi squittendo: «Magari il Partito potrebbe...» buttò lì Caio Scafandro.
Il Partito che nel bene e nel male si stringeva attorno ai suoi iscritti, che non abbandonava nessuno soprattutto nei momenti di difficoltà, che aveva a cuore anche i familiari dei fedelissimi, che...
A quel punto l'Aurelio chiese mentalmente scusa alla Violetta, lo perdonasse se per un paio di minuti la metteva da parte permettendogli di assumere toni e modi per nulla degni di un gentiluomo. Ma adesso che aveva capito dove volesse andare a parare l'individuo che gli stava

davanti non aveva altra scelta, e che cazzo! Quindi: «Che... che niente», lo interruppe.

Il Partito aveva detto?

«Ma quale partito?» chiese poi.

Caio Scafandro restò un attimo interdetto.

«Come quale?»

Quanti partiti c'erano in Italia?

Uno solo, no?

«Confermo», fece l'Aurelio.

Al quale alcuni erano iscritti e altri no.

«Come noi», osservò lo Scafandro.

«Esatto», confermò l'Aurelio.

Contrariamente a suo cognato però, aggiunse subito, che dalle undici di quella mattina, minuto più minuto meno, non lo era più, tessera stracciata, di fatto espulso per indegnità.

«Sarebbe a dire?» chiese il Caio.

«Che lui non ha più un Partito o il Partito non ha più lui, mettila come vuoi», rispose il Trovatore.

E quindi vedeva bene che delle sorti della famiglia Ciancicati il Partito non era responsabile.

Caio Scafandro era allibito, senza parole, l'Aurelio deciso a chiuderla lì.

«Io te l'avevo detto che sarebbero stati tutti cazzi tuoi», disse la mano già sulla maniglia.

«Ma come faranno allora?» smozzicò il Caio.

L'Aurelio sospirò, la Violetta premeva per tornare regina dei suoi pensieri: un attimo ancora, solo un minuto.

«Ti stanno così a cuore le sorti di quei due?» chiese.

«In fin dei conti sono mia sorella e mio nipote e...» si zittì lo Scafandro.

Non volle confessare che gli mancava il coraggio di affrontare la Giachina, né osava pensare a quando avrebbe rivisto il cognato una volta scontata la pena.

L'Aurelio tirò dritto.

«Lo vuoi un consiglio? Mantienili tu.»

Facile a dirsi!
«Ma... come? Come faccio?» chiese il Caio.
«Semplice», rispose il Trovatore, «va' a LA-VO-RA-RE!»
Dopodiché chiuse la porta, e la questione.
La notte era ancora giovane e non vedeva l'ora di rimettere al centro dei pensieri quella ragazza che, ne era certo, gli avrebbe anche turbato il sonno.

72.

I

Solo in caserma, passeggiando su e giù per il suo ufficio, il maresciallo Maccadò aspettava il ritorno del carabiniere Beola, comandato di stare in stazione per controllare gli eventuali passeggeri in partenza con gli ultimi due treni in arrivo.

Ma: «Niente», comunicò il Beola. «Anzi, proprio nessuno.»

«E va bene», acquisì il maresciallo. «Tu va' pure a letto.»

«E lei, maresciallo?»

«Io? Starò qui e in caso di necessità ti chiamo», rispose il Maccadò.

Tanto di dormire non se ne parlava anche se il silenzio che si percepiva tanto lì in caserma quanto fuori sembrava un invito a rinviare tutto all'indomani dimenticando i guai per qualche ora. Ma il pensiero di dove potesse essere finito quello era un pungolo.

Dove?

Ovunque, d'accordo.

Magari anche o proprio in una casa, come aveva ipotizzato il Misfatti.

Ma quale casa, tenendo conto che era un forestiero. Mica poteva aver suonato a questo o quel campanello come se fosse uno di famiglia e...

Il Maccadò si bloccò, attento al silenzio.

Se l'era immaginato o l'aveva sentito davvero?
Mezzanotte ormai.
Stette in attesa, niente. Se l'era immaginato, sognato. Tuttavia per scrupolo scese dal suo ufficio a quello dell'appuntato Misfatti dalla finestra del quale poteva vedere se ci fosse davvero qualcuno che aveva suonato. Oppure no, nel qual caso se l'era proprio immaginato quell'unico trillo.
Quando guardò in basso ebbe l'impressione che ci fosse qualcuno mascherato lì sotto tant'era bianco il viso rispetto al buio tutto intorno.
«Maresciallo?» lo raggiunse una voce trattenuta.
«Sì», rispose. «Ma chi è?»
«Berebelli, maresciallo, il tipografo.»
«Ho capito, ma cosa vuole?»
«Parlare.»
«È successo qualcosa?» indagò il Maccadò.
«Maresciallo, ecco...»
«Va bene, ho capito. Scendo.»
Aperto il portone, il Berebelli ci si infilò piombando nell'atrio come se fosse inseguito.
«Ma che c'è, che è successo Berebelli?» chiese di nuovo il Maccadò.
Il tipografo deglutì.
«Mi raccomando però maresciallo, non dite niente a mia moglie. Fate... fate come... fingete di aver avuto una soffiata», disse poi a macchinetta.
Il Maccadò si chinò verso di lui.
«Ma cosa state dicendo, cosa non dovrei dire a sua moglie!»
«Io non voglio guai», stabilì il Berebelli.
«Dico», chiese il maresciallo, «ha bevuto per caso?»
«Magari!»
«E di che guai sta parlando allora, si può sapere?»
«Me lo promettete?» ribadì il Berebelli.
«Parli!» si impose il Maccadò.

Il Berebelli sospirò.
«Ecco, quel tizio, quell'uomo che stanno cercando è... è in casa mia.»
Il maresciallo soppesò ciò che aveva appena sentito.
«Intende quello che si è spacciato per avvocato?»
Il Berebelli non fece parola, si limitò ad accennare col capo.
«Ed è venuto a denunciarlo», concluse il Maccadò.
«Io non voglio guai, maresciallo», ripeté il Berebelli.
«Sicuro che sia lui?»
«Sì», confermò il tipografo.
«E perché non dovrei dire niente a sua moglie?»
«Perché non sa che io sono qui e non lo deve sapere», spiegò il Berebelli.
Lui aveva approfittato del fatto che la moglie l'aveva messo a dormire in tipografia, su una brandina mentre l'altro, quello insomma, era in camera sua.
«Con sua moglie?» si stupì il Maccadò.
«Abbiamo letti separati», precisò il tipografo, «e poi...»
«Sì, sì, vada avanti», preferì non indagare il maresciallo.
Niente, un quarto d'ora prima, quando da un po' non sentiva più rumori venire da sopra, fatto certo che i due dormivano, era sgattaiolato via passando dalla finestrella del cesso sul retro della tipografia e adesso era lì.
Il Maccadò sospirò. Avrebbe voluto chiedere perché non fosse uscito dalla porta, ma temendo altri imbarazzi aveva lasciato perdere.
«Bene», fece poi, «allora vengo a prelevarlo...»
«No, maresciallo, no», si animò il Berebelli.
Prima di andarlo a prendere doveva dargli il tempo di tornare alla sua branda e rimettersi a letto.
«D'accordo», sospirò il maresciallo.
Un quarto d'ora, non di più.
«Mi basta», rispose il Berebelli aprendo il cappotto e mostrando che non s'era nemmeno tolto il pigiama.

II

«Mi dispiace svegliarvi a quest'ora di notte ma avrei qualche domanda da fare», disse il maresciallo Maccadò a una Trinita Berebelli che dopo aver sentito suonare al campanello di casa ed essersi alzata a precipizio era rimasta alla finestra senza parole, come congelata.

Era, più o meno, la stessa frase che il maresciallo aveva detto al Beola poco prima: mi dispiace svegliarti ma vorrei fare un giro per il paese, non si sa mai.

La differenza stava nella risposta.

«Comandi, maresciallo», il Beola.

La Trinita, invece, ritrovata la favella: «Che domande?».

«Volete che ve le faccia da qui?»

«Volete entrare?» ribatté lei.

«Se non vi spiace...» buttò lì il Maccadò.

Le dispiaceva, eccome. D'altronde c'era poco da fare.

«Scendo», avvisò la Trinita cercando di farsi venire qualche idea.

Intanto raccomandò al Valanga, sveglio a sua volta, di non fare rumore e pregare; di nascondersi in quella camera, a meno di infilarsi sotto il letto, non c'era possibilità. Dopodiché... dopodiché niente, se il maresciallo era andato lì per... per quello!

Intanto il Maccadò era entrato in cucina.

«Maresciallo, non capisco...» disse la Berebelli.

«Mi spiego», rispose il Maccadò.

Perché forse, prima, da giù, dalla contrada insomma, non s'era fatto capire bene: aveva delle domande da fare, ma: «A vostro marito».

«A mio marito?» sussultò la Trinita cercando di controllare il tremito della voce.

«Proprio lui», confermò il Maccadò.

«Ma dorme adesso», fece osservare lei convinta all'istante di aver opposto un'obiezione che più banale non poteva.

«Svegliamolo», consigliò infatti il Maccadò. «Dev'essere quella la porta della camera da letto, vero?» chiese poi indicandola.

La Trinita lasciò cadere le braccia lungo i fianchi, pesanti come il pensiero di essere finita nei guai, trascinandosi pure il cognato.

Fu lì per dire qualcosa quando la porta della camera si aprì e il Valanga comparve con addosso un pigiama troppo corto per le sue misure.

«Buonasera», salutò il maresciallo. «Immagino che voi non siate il marito della signora.»

«Immaginate bene», rispose Mimmo Valanga.

«E che nemmeno vi chiamiate Severo Notambulo, di professione avvocato», proseguì il maresciallo.

«In effetti il mio nome è Mimmo, Domenico Valanga, allo stato nullafacente.»

Toccò al Maccadò essere anticipato nel parlare, sopraffatto dal giovanotto.

«Datemi il tempo di vestirmi e sarò a vostra completa disposizione», disse. «Vi pregherei però di lasciar fuori da questa storia la signora e suo marito. Non hanno alcuna colpa se non di aver avuto pietà di un disgraziato.»

Il maresciallo tentò di nuovo di parlare, toccò alla Berebelli impedirglielo.

«Se fossimo in un paese normale ci sarebbe giustizia!»

«Vi prego, signora», interloquì il Maccadò.

«E no», fece la Berebelli, «sono io che vi prego. Di ascoltare il perché questo giovane è qui, come mai...»

«Lasciamo stare», si inserì il Valanga, «fiato sprecato. Non credo che al signor maresciallo interessi. Mi ha beccato, mi farà trasferire da qualche parte e buonanotte al secchio. Obbedienza pronta, assoluta e soprattutto cieca, questa è la regola.»

Al Maccadò s'erano rizzate le sopracciglia.

«Be', giovanotto, andiamoci piano con certi giudizi temerari», osservò con una certa durezza.

«E perché mai?» chiese il Valanga. «Vorreste forse farmi credere che vi interessa sapere perché me ne sono andato in giro con un documento falso, che tra l'altro mi ha creato ancora più guai di quelli che già avevo?»

«Mi concederete la libertà di giudicare dopo aver ascoltato», disse il Maccadò.

Il Valanga lo guardò.

«Avanti, parlate, su!» scattò il maresciallo.

«E sediamoci allora», intervenne la Trinita.

Perché la faccenda era lunga, a cominciare da quella sera fatale di inizio ottobre.

III

«Quella sera», attaccò il Valanga, «insieme con quattro o cinque amici me n'ero andato in giro per osterie a fare baracca.»

Festeggiavano niente di particolare, erano tutti operai come lui, di tanto in tanto si trovavano e sfogavano così la noia della vita quotidiana illudendosi, dopo aver bevuto un po', che le cose sarebbero potute cambiare.

Bevi di qua, bevi di là era finita che verso le dieci erano tutti abbastanza su di giri. La logica avrebbe voluto che si dessero la buonanotte e alla prossima.

«Ma pure la logica va a farsi benedire quando ne hai addosso un po'!»

E il solito tiratardi che non mancava mai aveva lanciato l'appello per un'ultima bevuta.

«Chi non beve in compagnia o è un ladro o è una spia!»

Nessuno se l'era sentita di tradire ed erano finiti all'osteria El Gandin.

«Fin qui ci siamo», interloquì il Maccadò.

«Proseguo?» chiese il Valanga.

«Avanti», si limitò il maresciallo.

Va be', c'erano entrati, euforici, un po' traballanti, chiassosi, senza tenere conto degli avventori presenti, avevano occupato un tavolo e avevano ordinato da bere.

«Grappa», puntualizzò il Valanga con una smorfia in viso.

La stessa che gli era venuta dopo averne bevute un paio, e a strangoloni, perché proprio non gli andava ma non poteva mica tirarsi indietro e fare la figura del fighetta. Tuttavia a un certo punto tutto quel mischione di vino e grappa aveva cominciato a fermentargli dentro. Aveva tentato di resistere ma, sì, ciao! Quando aveva capito che le sue forze armate stavano preparando la ritirata lasciando campo libero alla resa aveva chiesto licenza di andare al cesso.

«Si sa che non è mai bene mischiare vino con altro vino e men che meno con liquori», commentò la Berebelli con tono d'esperienza maturata per conto terzi.

«Lo so», fece il Valanga, «ma cosa potevo fare?»

«Avanti, avanti, su», interloquì il Maccadò.

Al cesso quindi. Pregustando il senso di liberazione che avrebbe avuto di lì a poco, e che però aveva dovuto ricacciare perché non appena entrato aveva notato che non c'era nemmeno un filo di carta di giornale con cui...

«Saltiamo i particolari», chiese il maresciallo.

«Va bene», concordò il Valanga.

Ma in quella situazione non gli era sembrato mica tanto un particolare. E allora cosa aveva fatto? Era uscito dal cesso. Tenendosi con una mano le braghe già un po' slacciate, aveva preso un giornale che era su un tavolo dell'osteria, poi era tornato e...

«E visto che non volete i particolari», proseguì il giovanotto, «potete immaginare com'è andata.»

«No», uscì dalla bocca del Maccadò.

Nel senso che non aveva difficoltà a immaginare come fosse andata.

«Ma in questo caso i particolari li voglio sentire», aggiunse.

«Va bene», ubbidì il Valanga.

Perché una volta liberatosi, aveva preso il giornale, strappato la prima pagina e solo allora s'era reso conto che era «Il Popolo d'Italia» e che al centro c'era la foto di lui, del crapone, con la quale s'era...

«Capisco», fece il maresciallo.

Ue', gli era venuto da ridere. Ce l'aveva mica fatta a tenersi. Era uscito con ancora quella risata sulle labbra e i soci, Cosa c'hai da ridere, Conta su, Non farti pregare, Fa' ridere anche noi...

Per farla breve aveva detto che s'era pulito il culo con la faccia di quello!

«Male», commentò il Maccadò, ma senza meraviglia.

«Appunto!» commentò il Valanga.

Perché mentre a tutti piangevano gli occhi per il gran ridere nessuno s'era accorto che si stava avvicinando uno degli avventori già presenti, seduto a un altro tavolo. Un ragnetto, tutto zigomi e mani in tasca.

«Ridete, ridete.»

S'era presentato così.

Poi aveva alzato una mano e l'aveva rivolta verso di lui.

«Documenti», aveva detto.

«Perché?, ho chiesto io», raccontò il Valanga.

Perché sì, aveva risposto quello, volgendo lo sguardo verso il tavolo da cui s'era alzato e al quale erano seduti altri tre che l'avevano salutato agitando la mano.

«Lì ho capito che stavo finendo in un guaio», considerò il Valanga.

«No», corresse il Maccadò.

Perché ci era già dentro fino al collo.

«Ovra», specificò, «o Milizia, poco cambia.»

Le risate dei soci erano già finite da un po'. Gli occhi di tutti si erano puntati sul documento d'identità che dalla mano del Valanga era finito in quella dello stecco vestito e poi nella tasca della sua giacca. Alla sua protesta, quello s'era battuto una mano sulla tasca.

«Buona fortuna», aveva salutato.

Sul tavolo era calato il silenzio.

Calò in quell'istante anche nella cucina di casa Berebelli a un gesto della Trinita che s'era portata un dito sul naso così che tutti poterono udire il rumore di passi sulla scala che dalla tipografia portava di sopra e poco dopo vedere affacciarsi il padrone di casa.

«E tu cosa ci fai qui?» chiese la moglie.

«E be', ho sentito rumori di sedie, parlottare, sono venuto a vedere cosa...» rispose il Berebelli. Poi, ricordandosi che doveva fingere di essere sorpreso.

«Maresciallo?»

Poi tacque.

Toccò al Maccadò rimettere in moto la scena.

«Immagino che anche vostro marito sia al corrente della faccenda», disse alla Trinita.

«Abbiamo deciso insieme di nasconderlo», rispose con orgoglio la donna.

«E allora nulla vieta che si sieda con noi ad ascoltare il seguito», fece presente.

La Trinita si rivolse al marito che stava ancora sulla porta.

«Hai capito? Siediti!»

«Prego», fece il maresciallo invitando il Valanga a proseguire.

In sostanza, riprese Mimmo Valanga, due giorni dopo s'era trovato senza lavoro. Il proprietario della meccanica Guaraschi, dove lavorava da un annetto, l'aveva licenziato senza dirgli il motivo, via, via, sciò! Quella stessa sera il segretario della sezione alla quale era iscritto l'aveva convocato in sede e gli aveva ordinato di restituire la tessera consigliandogli nel contempo di trovarsi quanto prima un lavoro se non voleva finire nel novero di certi oziosi tanto invisi al governo.

«Senza documenti, senza tessera del Partito, dove diavolo andavo a trovarlo un altro lavoro?»

L'aveva fatto presente al segretario.

Al che quello: «Chi è causa del suo mal...» aveva risposto canticchiando.

Per tre giorni era rimasto chiuso in casa riflettendo su come uscire da quella situazione di merda.

«Anche da questo paese di merda», commentò il Valanga.

«E?» chiese il Maccadò.

«Una possibilità forse potevo averla», rispose il Valanga.

Se avesse potuto raggiungere un cugino che era emigrato in Svizzera, a Coira per la precisione, quand'era ancora piccolo, prima della guerra, forse...

Il Maccadò diede un'occhiata all'orologio della cucina, era quasi l'una di notte.

«Non vorrete raccontarmi anche la storia di questo cugino, vero?» buttò lì.

«Scusate», rispose il Valanga. «Vengo al dunque.»

Qualche sera dopo quel maledetto incidente, visto che non s'era più fatto vedere, uno dei soci che era stato presente al fattaccio era andato da lui per chiedere come gli andasse. Avevano parlato, lui gli aveva detto del cugino che lavorava in un albergo in Svizzera, che stava pensando di dire ciao ciao all'Italia...

Quello a un certo punto l'aveva interrotto.

Senza documenti dove vuoi andare?, gli aveva fatto notare.

Appunto!, aveva sospirato lui.

Ed era stato così che era venuto fuori il nome di quel prete.

Don Giusto, parrocchia di Sant'Eustorgio.

«Cosa può fare un prete, darmi la benedizione?, gli ho detto scherzando», ricordò il Valanga.

Ma l'amico non aveva la faccia di uno che voleva scherzare.

Prima di tutto io non ti ho detto niente, aveva anticipato.

Ma se c'era uno che poteva dargli una mano era quel sacerdote. Vai, aveva detto, ti fai confessare da lui, solo da lui, mi raccomando!, gli racconti tutto e poi...

«E poi?»

Fu il Maccadò a chiedere.

«E poi con il santino di san Giuda che 'sto don Giusto mi diede mi sono presentato in una tipografia dove questo Berebel...» rispose il Valanga, interrompendosi di botto però e guardando prima la Trinita e poi suo marito.

«Berebelli?» concluse il Maccadò.

Nessuno rispose.

Toccò ancora al maresciallo parlare.

«È una coincidenza o...»

Il Valanga si passò una mano sul viso.

«Mi dispiace, proprio non volevo...»

«Avrete tempo per dispiacervi nel caso», interloquì il maresciallo. «Per il momento aspetto ancora una risposta: si tratta di una coincidenza oppure...»

«È suo fratello, mio cognato, tipografo pure lui», sbottò la Trinita.

«Attività di famiglia dunque», commentò il Maccadò.

«Ma non dovete pensare...» mormorò la Berebelli.

«Dopo», la fermò il maresciallo. «Per intanto vediamo di concludere. Avanti.»

«Non manca molto», assicurò il Valanga.

Perché con quel santino in mano s'era presentato al Berebelli, l'altro, che s'era fatto ripetere pari pari la versione dei fatti che lo stesso don Giusto gli aveva riferito, facendogli poi presente che se a quella che aveva appena sentito fosse mancato anche un solo particolare o avesse percepito qualcosa di diverso, a quell'ora poteva essere certo di non essere più lì, di fronte a lui.

«Mentre invece», concluse il Valanga, «mi disse che se quello di cui avevo bisogno era un nuovo documento di identità gli dovevo lasciare una mia foto e ripresentarmi di lì a una settimana esatta, alla stessa ora, che ci avrebbe pensato lui.»

Poi la fuga verso la Svizzera, la surreale sosta a Bellano con quel forsennato in camicia nera che non aveva sentito ragioni e lo aveva portato in pretura a esercitare la sua presunta professione per difendere quel ladro di carbone.

«Ho dovuto farlo», chiosò il Valanga, «temevo di essere scoperto. Così sono stato al gioco sperando di avere ancora qualche possibilità di cavarmela.»

Fine. Il resto lo si sapeva già.

Era l'una e trenta.

«Ora sono nelle vostre mani», concluse Mimmo Valanga.

Gli occhi di tutti puntarono il Maccadò, che si alzò in piedi.

«Avrei una curiosità», disse, «quel santino.»

«Sì?» chiese il Valanga.

«Potrei vederlo?»

Voleva una prova che non avesse mentito, rifletté il giovanotto. Purtroppo: «No», rispose.

Non l'aveva con sé, aveva dovuto lasciarlo al tipografo perché, secondo ciò che gli aveva rivelato, era un pezzo unico, stampato da lui, con un particolare che lo rendeva tale, sorta di parola d'ordine che non aveva bisogno di essere pronunciata. E che tra l'altro era già tornato nella disponibilità di don Giusto per essere usato a favore di qualche altro disgraziato.

«Peccato», fece il Maccadò.

«Mi dispiace», disse il Valanga alzandosi a sua volta in piedi. «Adesso, se vogliamo andare...»

«E dove?» chiese il maresciallo.

Il Valanga si strinse nelle spalle.

Il Maccadò guardò prima la Trinita poi il marito, quindi tornò a fissare Mimmo Valanga.

«Giovanotto, vi do un solo consiglio, cercate di fare le

cose per bene. Studiate con attenzione i tempi e i modi coi quali lascerete questo posto, che nessuno vi noti perché in caso contrario io potrò fare ben poco. C'è una denuncia che pende sulla vostra testa, non dimenticatelo.»

Il Valanga fece per dire qualcosa, forse ringraziare ma il Maccadò lo fermò.

«Non c'è altro da aggiungere, perché noi non ci conosciamo, non ci siamo mai visti e io non sono mai stato qui stanotte. Spero che sia chiaro per tutti», disse fissando i tre che aveva davanti.

«Chiaro», rispose la Trinita guardando poi il marito che fino ad allora era rimasto zitto.

«Hai capito?» gli chiese.

«Capito», rispose il Berebelli.

«Addio», salutò il maresciallo avviandosi.

Ma non era arrivato alla porta che la Trinita lo fermò.

«Maresciallo, scusate, ma avrei anch'io una curiosità.»

«E sarebbe?»

Chi diavolo gli aveva detto che il giovanotto si nascondeva in casa loro?

Il Maccadò si girò.

«La solita soffiata», rispose evasivo. «Anonima.»

«Ruffiani di merda», commentò Verbo Berebelli.

73.

Il Beola l'aveva messo al corrente e soprattutto avvisato subito, non appena rientrato in caserma. Adesso toccava all'appuntato. Il maresciallo Maccadò lo fece salire nel suo ufficio non appena quello giunse fischiettando.

«Appuntato, si sieda», lo invitò mentre chiudeva la porta.

«Tutto bene?» chiese poi.

«Alla perfezione», rispose il Misfatti.

«Bene, bene», approvò il maresciallo. «E adesso mi ascolti, ma tenga presente che ciò che dirò deve restare tra noi, nel modo più assoluto.»

L'appuntato sorrise dondolando il capo.

«Ma certo maresciallo. D'altronde lo so, siamo d'accordo, no?»

«Lo sa?» scappò al Maccadò.

Se lo sapeva lui, lo sapeva anche la sua signora e, con tutto il rispetto, ciò significava che lo sapeva già mezzo paese.

«Ma certo, maresciallo! La radio, vero? Ma non si deve preoccupare, sono e sarò muto come un pesce.»

Il Maccadò riprese a respirare.

«Macché radio, appuntato. Mi ascolti bene piuttosto, perché questa notte, alle ore ventiquattro circa...»

Una variegata serie di espressioni si rincorse sul viso dell'appuntato mentre il Maccadò raccontava l'avventura della notte appena trascorsa: incertezza, stupore, sorpresa, indignazione e, infine, sollievo. E con quest'ultimo ancora sul volto rispose: «Avrei fatto la stessa cosa, maresciallo».

«Sono felice che siamo d'accordo su come ho agito e sulla necessità di...» disse il Maccadò portandosi un dito davanti al naso.

Per tutta risposta il Misfatti serrò le labbra.

«Posso andare?» chiese poi.

Ma il Maccadò, il dito ancora davanti al naso, lo fermò.

«Ecco, ci sarebbe un'ultima cosa, una sciocchezza in verità.»

Insomma, prima di acquistarla, gli sarebbe piaciuto vederla, capire come funzionava.

«La radio?» si illuminò il Misfatti. «Allora ha deciso?»

«Eh, vedremo», rispose il maresciallo.

Però, come diceva, se non era troppo disturbo per lui e per la sua signora naturalmente, gli sarebbe piaciuto passare un momento o l'altro a casa loro, così da dare un'occhiata a quell'affare, impratichirsi un po' magari, quelle cose lì, se si spiegava.

«Oggi stesso, maresciallo, oggi stesso!» si entusiasmò il Misfatti. «E vedrà che meraviglia. Non potrà non innamorarsi.»

«Vedremo», concluse per l'ennesima volta il maresciallo Ernesto Maccadò.

Quando, sei mesi più tardi, Graziato Ciancicati uscì di galera dovette fare i conti con alcune cose successe nel frattempo e soprattutto rinunciare a prendere di petto il cognato: non sarebbe stato un buon ritorno alla libertà, infatti, mettere le mani addosso a un segretario di Partito. Perché Caio Scafandro, dopo aver passato pure lui quei mesi in una sorta di galera alle dipendenze dell'imbianchino Bigamo Fastelletti e versando buona parte della paga alla sorella, lo sarebbe diventato a breve, mancava solo la nomina ufficiale da parte del Federale. Di ciò doveva rendere merito al suo predecessore e all'amore che aveva trionfato tra lui e l'affascinante Violetta.

Nei tre giorni che costei passò a Bellano, il Trovatore le fece da cavalier servente scarrozzandola, o meglio, facendosi scarrozzare ovunque. Bellagio, Cernobbio, Menaggio, e poi Varenna, Piona, l'Alto lago, gite in una cornice di luci e colori che si approssimava a quella dell'autunno più pieno. E quando l'ultimo giorno, visitata Como, in attesa del battello che li avrebbe riportati a Bellano il Trovatore si spinse a dire che gli sarebbe mancata come se l'alba avesse deciso di non sorgere, Violetta rispose che se per caso desiderava baciarla, quello era il momento per farlo. Una volta discesi a Bellano i due erano praticamente fidanzati: l'ufficialità si realizzò durante le feste natalizie quando la famiglia Schiaretti tornò di nuovo a Bellano per celebrare l'evento, ospite del collega Cogoleti.

A distanza di qualche giorno dalla conclusione del processo Aurelio Trovatore aveva dovuto sostenere una chiacchierata telefonica col Federale. Chiacchierata per modo di dire, poiché aveva quasi sempre parlato l'Eccellenza, a parte qualche istante durante il quale inspiegabili rumori s'erano sostituiti alle parole.

S'era sorbito l'ennesima tirata sulla necessità di sorvegliare, «E vegliare se necessario», tenere in riga gli iscritti. L'avvocato Salomone Decotto gli aveva fatto una puntuale relazione dell'accaduto ed era stato con grande meraviglia che aveva appreso come in quel di Bellano si fossero lasciati mettere nel sacco da un truffatore, per quanto abile potesse essere stato.

«Trovatore, Trovatore...»

«Non mancherò di essere più attento», aveva risposto lui, ma già compitando tra sé la lettera che avrebbe scritto per dimettersi dalla carica. Avrebbe inventato una scusa, e già che c'era si sarebbe permesso di segnalare quale meritevole successore proprio Caio Scafandro.

«Camerata di fede trasparente e assoluta affidabilità», avrebbe sottolineato con l'intimo piacere di raccomandare un soggetto che, prima o poi, avrebbe combinato una bella cazzata, ne era certo, pronto a scommetterci il prossimo stipendio.

Lui, invece, si sentiva con lo sguardo e la mente proiettati verso il futuro. Futuro che aveva cominciato a prendere una forma più definita sotto Natale, quando non solo il fidanzamento era stato ufficializzato. Un'altra sorpresa aspettava sotto l'albero: la proposta da parte dello Schiaretti di trasferirsi nel corso della primavera successiva in quel di Castellanza dove avrebbe trovato un posto analogo a quello che ricopriva a Bellano, la possibilità di salire di grado in breve tempo stante la sua benevolenza e naturalmente quella di frequentare Violetta e preparare le nozze.

«Sempre che tu non abbia obiezioni», disse lo Schiaretti che ormai trattava l'Aurelio come se già fosse suo genero.

Obiezioni?

E quali?

Niente lo tratteneva a Bellano, neppure l'anziana madre.

La Priscilla da un mese ormai se ne stava bella al calduccio in una stanzetta della casa di riposo San Gerardo, rispondendo «Sì, sì» a chiunque le chiedesse qualcosa.

Quel ron, ron!

Il ron ron come di gatto in panciolle che l'Aurelio e lo Scafandro avevano percepito la sera del loro incontro non si era rivelato altro che il lieve russare della Priscilla caduta nel sonno. L'Aurelio, congedato il Caio con il consiglio di trovarsi un lavoro, l'aveva risvegliata. Se sua madre fosse tornata a chiedere il motivo del sorriso, avrebbe risposto di avergliela appena raccontato. Ma la Priscilla l'aveva sorpreso chiedendo: «È già tornato il papà?».

L'Aurelio aveva dato alla domanda il peso di un momento di comprensibile confusione per chi, soprattutto a una certa età, veniva di colpo tratto dal sonno. Ma la vecchina aveva insistito al punto che l'Aurelio s'era visto costretto a chiedere l'intervento del dottor Lesti. Una ventina di gocce di canfora l'aveva calmata e rispedita nel mondo dei sogni. Tuttavia dal giorno seguente la Priscilla aveva ripreso la solfa: non solo il papà e marito, anche la sorella, quella della fotografia, e certe amiche di gioventù sconosciute all'Aurelio, Candida, Peretta, Velina, Miserina. Quando la situazione era diventata insostenibile l'Aurelio s'era deciso a seguire il consiglio del dottore, portarla nella casa di riposo. Nella quale la Priscilla s'era trovata subito bene, prendendo le suore che l'assistevano per quelle che aveva conosciuto quando aveva frequentato l'asilo. E quando l'Aurelio le comunicò le novità, fidanzamento, prossime nozze, trasferimento a

Castellanza, rispose: «Sì, sì», come ormai faceva qualunque cosa le venisse detto.

Così il Graziato, scarcerato, s'era trovato a fare i conti con il cognato segretario in pectore. E già s'è detto che ragionò non fosse cosa mettergli le mani addosso come aveva desiderato fare lungo i sei mesi di cattività. Piuttosto gli chiese di reintegrarlo nel Partito, e il Caio promise che ci avrebbe provato. E di trovargli un posto di lavoro poiché aveva perduto quello di autista, cosa che lo Scafandro fece all'istante passandogli il ruolo di imbianchino: sei mesi di lavoro continuato, alle dipendenze di una pittima come il Fastelletti, ne avevano esaurite le energie. E poi riteneva che per gestire ammodo la sezione non bastassero solo i ritagli di tempo come aveva fatto il Trovatore, tornando così a fare il lazzarone a tempo quasi pieno. Sempre che non si rifacesse vivo il Calcarena, perché con uno così tutto era possibile. Un'ultima curiosità era salita infine alle labbra del Graziato.

Quella specie di avvocato, che fine aveva fatto? Che sarà pur stato una «specie di avvocato» ma abile al punto tale che in prima battuta l'aveva fatto assolvere.

Il Caio aveva mentito senza pudore.

«L'abbiamo cercato per mare e per terra, una vera caccia all'uomo. E l'avevamo quasi preso, neh!»

Ma era sparito, svanito nel nulla.

«Forse», aveva ipotizzato inventando lì per lì, «aveva dei complici.»

Chissà dov'era finito!

In realtà Mimmo Valanga era rimasto in paese, sotto il naso suo e dei camerati che l'avevano cercato per una mezz'ora abbandonandolo poi al suo destino nonostante la promessa di tenere alta la guardia. In casa Berebelli, che lasciò solo il 1° novembre per salire sul treno delle cinque e sedici e riprendere il viaggio alla volta di Tirano e della Svizzera, approfittando dell'ora ancora buia e confortato dall'atteggiamento indifferente del maresciallo Maccadò. In verità il Valanga avrebbe voluto andarsene molto prima, fu la moglie del tipografo a impedirglielo. A parte i rischi del momento, chi gli garantiva che il suo nome, ancorché falso, non fosse stato segnalato alle questure del circondario, alle milizie territoriali, alle guardie di confine... insomma, che ne sapeva lei, aveva sparato a caso. Ma non le sembrava così inverosimile che potesse essere ricercato. Quindi se a un eventuale controllo avesse dovuto esibire il documento d'identità, come se la sarebbe cavata? Il Valanga aveva allargato le braccia: che lui sapesse non aveva alternative.

La Berebelli gli aveva risposto che lo sapeva lei.

«Vi serve un nuovo documento d'identità», aveva chiarito.

«Facile a dirsi», aveva esclamato il Valanga.

«E facile anche a farsi», aveva ribattuto la Trinita.

Bastava tornare a Milano dal falsario, aveva aggiunto la donna, anticipando poi l'obiezione del Valanga.

«Non certo voi.»

Lei, piuttosto.

Il marito, silenzioso fino a quel momento, aveva tentato di interloquire.

«Tu taci», gli aveva imposto la moglie.

Lei, aveva ribadito, che non era certo ricercata da alcuna polizia o milizia che fosse e non aveva bisogno di santini per vincere le resistenze del cognato.

Ci sarebbe andata lei quindi a patto che il Valanga le facesse una promessa: per il tempo in cui sarebbe stata assente, due, tre, quattro giorni, chi lo sapeva!, insomma, durante quel tempo affidava a lui il controllo sul marito affinché non ne approfittasse per darsi a crociere tra le varie osterie del paese. E, allo scopo, gli aveva consegnato le chiavi di casa e quelle della tipografia. Poi era partita per Milano.

C'erano voluti quattro giorni. Oddio, già al secondo il nuovo documento d'identità era bell'e pronto, ma le due donne s'erano prese il tempo per raccontarsi come andavano le cose lì a Milano e su al lago e il terzo giorno era volato via senza che se ne accorgessero. Solo dopo la Berebelli era tornata all'ovile, fresco in tasca il nuovo documento secondo il quale Mimmo Valanga, da avvocato quale era stato, era diventato Albino Sedenò, professione piazzista. Il Valanga s'era predisposto a saluti, baci e abbracci, ma la donna, dopo averglielo mostrato, s'era fatta ridare il documento.

«Ancora no», aveva detto.

Giudicava non ancora maturo il tempo per uscire da casa loro, mai sottovalutare i ruffiani o anche i semplici curiosi, pure loro fonte di chiacchiere pericolose. Avrebbe segnalato lei il momento giusto...

«Purché non si faccia Natale», aveva obiettato il Valanga.

«Macché Natale», aveva ribattuto lei.

Il giorno di Ognissanti piuttosto, giorno di festa, in cui il paese per la maggior parte si svegliava un po' più tardi del solito, garantendo al transfuga una discreta libertà di movimento.

Così era stato.

I saluti, i baci e gli abbracci tra i Berebelli e il Valanga si erano consumati la mattina del 1° novembre, quando mancavano pochi minuti alle cinque. Pure il capostazione Invasati gli aveva stretto la mano. E sì, perché vedendolo sul marciapiede della stazione aveva attaccato bottone. E, una volta appreso che il solitario viaggiatore altri non era che un piazzista, aveva commentato con un sospiro i sacrifici di coloro che erano soggetti agli obblighi del dovere nonostante il dì di festa. E, curioso di quale genere di merce trattasse, avrebbe indagato non fosse stato per l'imminente arrivo del treno, puntuale come non mai.

«Arrivederci», aveva allora salutato.

«Ma certo, come no!» aveva risposto il Valanga.

E con un ultimo sguardo, benché rivolto alla sua schiena, l'Invasati aveva salutato quel simpatico piazzista mentre saliva sul treno, augurandogli buona fortuna.

All'incirca un paio di settimane più tardi tre identiche cartoline giunsero una a Milano, indirizzata alla famiglia Valanga, due a Bellano, una alla famiglia Berebelli Verbo e signora e una al maresciallo dei carabinieri Ernesto Maccadò, che se la rigirò tra le mani con un sorriso appena accennato sotto i baffi e poi la infilò in un cassetto della scrivania, accanto a un'altra recante la firma di certa Desolina Berilli. Sapeva lui perché. Niente di che, la cartolina. Riportava l'immagine del santuario della Madonna di Tirano. Nemmeno il testo era granché: «Saluti da Tirano».

«E certo», pensò il procaccia Fracacci consegnandone due stranamente identiche, se erano state spedite da lì!

Gli erano sfuggiti però due particolari più intriganti che invece notò il collega milanese, certo Betonera. Innanzitutto il francobollo, elvetico, e poi nessuna firma, tanti saluti, e fine.

La signora Valanga la ritirò senza fare commenti.

Ma tanto bastava, pensò tra sé.

Tanto bastava per sapere che era andato tutto bene, che il figlio era di là, in salvo, oltre confine, in Svizzera.

In poche parole, insomma, già sulla via di una nuova vita.

I personaggi di *Il sistema Vivacchia*

Anastasia, suora presso l'ospedale di Bellano

Beola Aurelio, carabiniere scelto in servizio presso la caserma di Bellano

Berebelli Misto, tipografo dalla voce come camomilla, marito di Stipula Vivacchia e fratello di Verbo

Berebelli Trinita, moglie del tipografo Verbo Berebelli

Berebelli Verbo, tipografo di Bellano, come il fratello Misto ha fatto l'apprendistato presso la Tipografia Vivacchia di Milano

Berilli Desolina, vecchia conoscenza del maresciallo Maccadò

Betonera, procaccia milanese

Bigè, sagrestano bellanese

Bindarelli Ovenia, corrispondente d'affari dei coniugi Ciancicati

Bisigatti Zelbio, elettrotecnico bellanese

Briga Funicolati Gariboldo, Federale della Milizia di Como

Calcarena, impresario edile

Candida, amica d'infanzia di Priscilla Trovatore

Carimonti Biagio, noto maniaco sessuale menaggino

Carughi Cisto, camerata preposto all'accoglienza dell'avvocato mandato dalla Federazione

Caverna Zitto, impiegato comunale di Bellano

Cervico Abatoio, agricoltore di Ombriaco

Ciancicati Graziato, autista di corriere, marito di Giachina Scafandro e padre di Umilio

Ciancicati Umilio, figlio decenne di Giachina e Graziato

Cogoleti Romolo, direttore del cotonificio di Bellano

Consiglio Omario, impiegato presso l'ufficio postale bellanese

Crispini Fiorentino, ex maestro elementare, cronista per «La Provincia-Il Gagliardetto»

Da Caraveggio Sirico, avvocato, presumibilmente ricoverato in una clinica luganese per una patologia venerea

Decotto Beduina, madre dell'avvocato Salomone

Decotto Salomone, avvocato, amico d'infanzia del segretario del Federale Palomino Incensati

Defabris Verbanio, ex segretario comunale di Bellano

Erbissi Gavio, camerata preposto all'accoglienza dell'avvocato mandato dalla Federazione

Fastelletti Bigamo, imbianchino di Bellano

Fecola, tabaccaio di Bellano

Filaroli Memeo, anziano pretore e inveterato tabagista

Filossera, fiorista di Bellano

Fracacci Erminio, postino di Bellano e informatore del maestro Crispini

Gariglio Procopio, avvocato più di nome che di fatto, esercita in casa propria a Bellano

Giovenale Mirio, pensionato, assiste a qualsivoglia processo si tenga a Bellano

Giovenale Vittorino, avvocato, patrocinatore di cause per conto di sedici compagnie di assicurazione

Giromelli Alsazio, agricoltore di Ombriaco e sfortunato cliente di Procopio Gariglio

Giugiula Prisco, camerata preposto all'accoglienza dell'avvocato mandato dalla Federazione

Giusto, don della basilica di Sant'Eustorgio a Milano

Gnagnolina, edicolante di Bellano

Guizzi, messo comunale di Bellano

Incensati Palomino, segretario del Federale Gariboldo Briga Funicolati

Invasati, capostazione di Bellano

Lesti, medico condotto di Bellano

Libero Alloggio, avvocato ottantenne di Brunate

Maccadò Ernesto, maresciallo dei carabinieri in servizio presso la caserma di Bellano

Maccadò Maristella, moglie del maresciallo Maccadò

Malamessa Visitata, moglie del manovale Ardengo Pavanotti

Miserina, amica d'infanzia di Priscilla Trovatore

Misfatti, appuntato dei carabinieri in servizio presso la caserma di Bellano

Misfatti, signora, moglie dell'appuntato, esperta indagatrice e fonte affidabile di ogni chiacchiera di paese

Misurina, moglie del gestore e cuoco del Circolo dei lavoratori di Bellano

Molina, proprietario dell'osteria del Ponte di Bellano

Mongatti, podestà di Bellano

Notambulo Severo, avvocato, vedi Valanga Mimmo
Onico Teodosio, vittima del delitto di «Foppa dei Pereghi», un efferato omicidio del 1921
Pavanotti Ardengo, manovale delle ferrovie quarantenne originario di Noceno, sposato con Visitata Malamessa
Pelandrieri Plinio Trajo, avvocato, presidente della Società di ginnastica e scherma
Perdibono, battellotto bellanese
Peretta, amica d'infanzia di Priscilla Trovatore
Piazzacampo Bortolo, detto Tartina, ex segretario della sezione bellanese del PNF
Piromalli Ancesta, segretaria del cotonificio di Bellano, la sua natura di chioccia la rende sporadicamente incontinente
Pisillo Geco, offelliere di Bellano
Platonico Vesalio, ferroviere di Bellano
Quirica, aiuto domestico del maestro Fiorentino Crispini
Salace Monico, avvocato noto per la sua lentezza nel valutare e poi accettare incarichi
Salace Velocina, moglie di Monico
Scafandro Caio, fratello di Giachina e cognato di Graziato Ciancicati, mira ad assumere la carica di segretario della sezione bellanese del PNF
Scafandro Giachina, sorella di Caio e moglie di Graziato Ciancicati, madre di Umilio
Scazzoletti Erminia, corrispondente d'affari dei coniugi Ciancicati
Schiaretti Eracle, direttore del cotonificio di Castellanza
Schiaretti Violetta, ventidue anni, figlia terzogenita di Eracle Schiaretti, fascinosa moretta dall'occhio vivace
Schignola Emulo, custode delle carceri mandamentali di Bellano
Sedenò Albino, piazzista, vedi Valanga Mimmo
Sfingico Gerino, custode del cotonificio di Bellano
Simenotti Prudente, macellaio di Bellano
Simile Fiamma, impiegata presso l'ufficio postale bellanese, di carattere mutevole
Sinfònia Gesuetta, madre di Turi
Sinfònia Turi, camerata preposto all'accoglienza dell'avvocato mandato dalla Federazione
Teona, sorella di Priscilla Trovatore
Trinca Angioletta, impiegata presso l'ufficio postale bellanese

Trovatore Augusto, defunto marito di Priscilla e padre di Aurelio

Trovatore Aurelio, assistente di linea presso il cotonificio di Bellano e attuale segretario della sezione bellanese del PNF

Trovatore Priscilla, anziana madre di Aurelio, estremamente attenta a evitare qualsiasi corrente d'aria

Turiboli, capostazione di Varenna

Ustilo, casellante di Bellano

Valanga Giustina, sessantotto anni, madre di Mimmo

Valanga Gualtiero, settant'anni, padre di Mimmo

Valanga Mimmo (diminutivo di Domenico), ventottenne milanese altrimenti noto come avvocato Severo Notambulo o Albino Sedenò, piazzista

Velina, amica d'infanzia di Priscilla Trovatore

Ventresca, caporedattore del quotidiano «La Provincia-Il Gagliardetto»

Vincitore Sulpicio, avvocato, garante dell'Associazione di mutuo soccorso e istruzione fra gli operai

Vivacchia Emulo, fondatore dell'omonima tipografia milanese di via Cicco Simonetta, padre di Stipula

Vivacchia Stipula, titolare della omonima tipografia milanese di via Cicco Simonetta, figlia di Emulo e moglie di Misto Berebelli

Vivadio Purissima, corrispondente d'affari dei coniugi Ciancicati

Zandonai Gattarola, addetta alle pulizie del municipio

Zandonai Virile, figlio di Gattarola Zandonai

Zucchina Perla in Caverna, moglie dell'impiegato comunale Zitto Caverna

Dal catalogo
Garzanti

Andrea Vitali

OLIVE COMPRESE

Quattro ragazzi di paese, una banda di «imbecilli», stanno mettendo a soqquadro l'intera Bellano. Naturalmente finiscono subito nel mirino del maresciallo Ernesto Maccadò, che avverte le famiglie gettandole nel panico. A far da controcanto, la sorella di uno di loro: la piccola, pallida, tenera Filzina, segretaria perfetta che nel tempo libero si dedica alle opere di carità: ma anche lei, come altre eroine di Vitali, finirà per stupirci. Tutto intorno si muove come un coro l'intera cittadina: il prevosto e i carabinieri, il podestà e la sua stranita consorte, la filanda con i suoi dirigenti e gli operai. E la Luigina Piovati, meglio nota come l'Uselànda (ovvero l'ornitologa...); Eufrasia Sofistrà, in grado di leggere il destino suo e quello degli altri; e una vecchina svanita come una nuvoletta, che suona al pianoforte l'*Internazionale* mentre il Duce conquista il suo Impero africano...

Dal catalogo

Garzanti

Andrea Vitali

ALMENO IL CAPPELLO

Ad accogliere i viaggiatori che d'estate sbarcano sul molo di Bellano dal traghetto *Savoia*, c'è solo la scalcagnata fanfara guidata dal maestro Zaccaria Vergottini, prima cornetta e direttore. Un organico di otto elementi che fa sfigurare l'intero paese, anche se nel gruppetto svetta il virtuoso del bombardino, Lindo Nasazzi, fresco vedovo alle prese con la giovane e robusta seconda moglie Noemi. Per dare alla città una banda come si deve ci vuole un uomo di polso, un visionario che sappia però districarsi nelle trame e nelle inerzie della politica e della burocrazia. Un insieme di imprevedibili circostanze può forse portare verso Bellano il ragionier Onorato Geminazzi, che vive sull'altra sponda del lago, a Menaggio, e con lui la speranza di fondare finalmente il Corpo Musicale Bellanese.

Dal catalogo
Garzanti

Andrea Vitali

A CANTARE FU IL CANE

La quiete della notte tra il 16 e il 17 luglio 1937 viene turbata a Bellano da un grido di donna. Trattasi di Emerita Diachini in Panicarli, che urla «Al ladro! Al ladro!» perché ha visto un'ombra sospetta muoversi tra i muri di via Manzoni. E in effetti un balordo viene poi rocambolescamente acciuffato dalla guardia notturna Romeo Giudici. È Serafino Caiazzi, noto alle cronache del paese per altri piccoli reati finiti in niente soprattutto per le sue incapacità criminali. Chiaro che il ladro è lui, chi altri? Ma al maresciallo Maccadò servono prove, mica bastano le voci di contrada e la fama scalcinata del presunto reo. Ergo, scattano le indagini. Prima cosa, interrogare l'Emerita. Già, una parola, perché la donna spesso non risponde al suono del campanello di casa, mentre invece è molto attivo il suo cane, un bastardino ringhioso e aggressivo che si attacca ai polpacci di qualunque estraneo. E il Maccadò, dei cani, ha una fifa barbina.

Dal catalogo
Garzanti

Andrea Vitali

GLI ULTIMI PASSI DEL SINDACONE

Attilio Fumagalli è un uomo pingue. Cinquant'anni, sposato con Ubalda Lamerti, senza figli, esercita in proprio la professione di ragioniere. Per vincere quel senso di vuoto che a volte lo aggredisce, si è dato alla politica nelle file della DC e sfruttando il giro della propria clientela è riuscito a farsi eleggere sindaco di Bellano. Per tutti, lui è il Sindacone. Oltre al disbrigo delle formalità correnti, riunisce la giunta ogni due mesi, due mesi e mezzo. Ultimamente, però, sotto questo aspetto, il Sindacone sembra aver impresso una svolta. Convoca la giunta ogni dieci giorni, a volte anche ogni settimana. Una voce o due all'ordine del giorno, una mezz'oretta di riunione e ciao. Ma oggi, 22 dicembre 1949, ha superato ogni limite: ha indetto una riunione per la sera della Vigilia di Natale. Per discutere di cosa? Di niente. Per scambiare gli auguri. E a più di uno degli assessori che si sono visti recapitare a mano la convocazione è saltata la mosca al naso. Per dirla tutta, al geometra Enea Levore è venuto il preciso sospetto che sotto a quella frenesia si nasconda qualcosa. Ma cosa? Basterebbe chiederlo al vicesindaco Veniero Gattei, se quello non tenesse la bocca rigorosamente cucita.

Dal catalogo
Garzanti

Andrea Vitali

LA GITA IN BARCHETTA

Nella Bellano di inizio 1963, Annibale Carretta sarebbe il ciabattino. Nella vita, però, ha rimediato più sganassoni che compensi per le scarpe che ha aggiustato per via della sua fama di «strusciatore di donne», uno che approfitta della calca per fare la mano morta. Ed è finito in miseria, malato e volutamente dimenticato dai più. Ma non dalla presidentessa della San Vincenzo, che sui due locali di proprietà del Carretta, ora che lui sembra più di là che di qua, ha messo gli occhi. Vorrebbe trasformarli nella sede della sua associazione. Per questo ha brigato per farlo assistere dalla giovane Rita Cereda, detta la Scionca, con il chiaro intento di ottenere l'immobile in donazione. Ma quelle due stanze del Carretta farebbero parecchio comodo anche a Rita. Vorrebbe darle alla madre per il suo laboratorio di sartoria, alleviandole il peso della vita grama che fa: vedova e col pensiero di una figlia zoppa, Rita, appunto; una malmaritata, Lirina, che non sa come liberarsi del muratore avvinazzato che ha sposato; e poi Vincenza, bella ma senza prospettive, che seduta sul legno di una barchetta vede riflesso nello specchio del lago il destino che l'attende e al quale non sa sottrarsi.

Dal catalogo
Garzanti

Andrea Vitali

COSA È MAI UNA FIRMETTA

Di stare a Bellano Augusto Prinivelli non ne può più. Sogna un'altra vita, sogna la città. Così ha cercato e trovato lavoro a Lecco presso la Bazzi Vinicio-minuterie metalliche. E non è finita. Quando l'anziana zia Tripolina, con cui vive da che è rimasto orfano, dovesse morire, venderà il caseggiato di quattro piani di cui lei è proprietaria, manderà al diavolo quei morti di fame che sono in affitto e tanti saluti. Ma l'Augusto non ha fatto i conti col destino. La mattina di mercoledì 8 febbraio 1956, infatti, irrompe sulla scena Bazzi Birce. È la figlia del titolare. Ed è colpo di fulmine. Corteggiamento, brevissimo; fidanzamento, un amen; nozze. E per il futuro? No, niente figli, piuttosto, il caseggiato... Venderlo? Un momento. Lo sa l'Augusto cosa ne verrebbe fuori sistemandolo? Lo sa lei, la Birce, imbeccata dal padre, che per certe cose ha il fiuto giusto. Però non si può aspettare che la zietta muoia. Non si potrebbe invece farle mettere una firmetta su un atto di cessione? Cosa sarà mai! Oltretutto bisognerebbe arginarla, perché morta la vicina ha già trovato una nuova affittuaria. È una giovane vedova che la notte sembra lamentarsi spesso, forse avrebbe bisogno di un dottore. Sì, ma di che tipo?

Dal catalogo
Garzanti

Andrea Vitali

IL MAESTRO BOMBOLETTI E ALTRE STORIE

Non c'è un tema altrettanto irresistibile per Andrea Vitali quanto il Natale. È sufficiente buttargli lì una parola qualsiasi addobbata di rosso e di vischio e la sua fantasia parte per la tangente: Babbo, Renne, Presepe, Befana... non lo fermi più. Ne scaturiscono storie a non finire. Se pronunci Vigilia, per esempio, sulla pagina compare un personaggio come il maestro Gaspare Bomboletti, Gasparetto, ma solo per gli amici d'infanzia, quelli più intimi. Ormai in pensione e rimasto solo, ha deciso che del Natale non gli interessa un bel niente. Non ha nemmeno fatto il presepe in corridoio. E alla messa di mezzanotte preferisce il letto. In attesa che passi. Solo che stanotte sembra che il tempo si sia fermato. In cucina appaiono personaggi venuti da dove non si sa, e l'orologio non si muove più. O addirittura torna indietro, a ripescare storie dimenticate. Chissà perché. È lui, dunque, ad aprire le danze di questa ghiottissima giostra, che pare riportarci addirittura all'origine del mondo, all'innocenza di un tempo lontano, alle attese dell'infanzia, all'eccitazione per il futuro che ci aspetta infiocchettato ai piedi di un albero addobbato.

Dal catalogo
Garzanti

Andrea Vitali

NOME D'ARTE DORIS BRILLI

I casi del maresciallo Ernesto Maccadò

La notte del 6 maggio 1928, i carabinieri di Porta Ticinese a Milano fermano due persone per schiamazzi notturni e rissa. Uno è un trentacinquenne, studente universitario provvisto di tesserino da giornalista. Interrogato, snocciola una lista di conoscenze che arriva fino al direttore del «Popolo d'Italia», quel Mussolini fratello di... per accreditare la sua versione, ovvero che è stato fatto oggetto di adescamento indesiderato. L'altra è una bella ragazza che, naturalmente, sostiene il contrario. Ma amicizie per farsi rispettare non ne ha, e soprattutto non ha con sé i documenti, per cui devono crederle sulla parola circa l'identità e la provenienza: Desolina Berilli, in arte, essendo cantante e ballerina, Doris Brilli, di Bellano.
E dunque, la mattina dopo, la ragazza viene scortata al paese natio. Che se ne occupi il nuovo comandante, tale Ernesto Maccadò, giovane maresciallo di origini calabresi giunto sulle sponde del lago di Como da pochi mesi.
E lui, il Maccadò, turbato per il clima infausto che ha spento l'allegria sul volto della fresca sposa Maristella, coglie al volo l'occasione per fare il suo mestiere, ignaro delle complicazioni e delle implicazioni che il caso Doris Brilli è potenzialmente in grado di scatenare.

Dal catalogo
Garzanti

Andrea Vitali

CERTE FORTUNE

I casi del maresciallo Ernesto Maccadò

Alle prime ore del 5 luglio 1928, come concordato, Gustavo Morcamazza, sensale di bestiame, si presenta a casa Piattola. Il Mario e la Marinata, marito e moglie, non avrebbero scommesso un centesimo sulla sua puntualità. Invece il Morcamazza è arrivato in quel di Ombriaco, frazione di Bellano, preciso come una disgrazia, portando sull'autocarro il toro promesso. Il toro serve alla Marinata, che da qualche anno ha messo in piedi un bel giro intorno alla monta taurina: lei noleggia il toro e poi lucra sulla monta delle vacche dei vicini e sulle precedenze, perché, si sa, le prime della lista sfruttano il meglio del seme. Ma con un toro così non ci sarebbero problemi di sorta. Se non lo si ferma a bastonate è capace di ingravidare anche i muri della stalla. Almeno così lo spaccia il Morcamazza, che ha gioco facile, perché la bestia è imponente. Ma attenzione: se un animale del genere dovesse scappare, ce ne sarebbe per terrorizzare l'intero paese, chiamare i carabinieri, o solleticare il protagonismo del capo locale del Partito, tale Tartina, che certe occasioni per dimostrare di saper governare l'ordine pubblico meglio della benemerita le fiuta come un cane da tartufo.
E infatti…

Dal catalogo
Garzanti

Andrea Vitali

UN UOMO IN MUTANDE

I casi del maresciallo Ernesto Maccadò

12 aprile 1929. È la volta buona. Capita di rado, ma quando è il momento l'appuntato Misfatti si fa trovare sempre pronto. Dipende dall'uzzolo della moglie, che stasera va per il verso giusto. E così, nel piatto del carabiniere cala una porzione abbondante di frittata di cipolle. Poi un'altra, e una fetta ancora, e della frittata resta solo l'odore. Che non è buona cosa, soprattutto perché ha impregnato la divisa, e chi ci va adesso a fare rapporto al maresciallo Ernesto Maccadò? Per dirgli cosa poi?, che durante la notte appena trascorsa è stato trovato il povero Salvatore Chitantolo mentre vagava per le contrade mezzo sanguinante e intontito, dicendo di aver visto un uomo in mutande correre via per di là? Sì, va be', un'altra delle sue fantasie. In ogni caso la divisa ha bisogno di una ripulita. Come quella di cui avrebbero bisogno certe malelingue, che non perderebbero l'occasione di infierire sullo sfortunato Salvatore ventilando l'idea di rinchiuderlo in un manicomio. Ma, un momento, che ci faceva esattamente un uomo in mutande, in piena notte, per le vie del paese? E perché correva?

Dal catalogo
Garzanti

Andrea Vitali

NESSUNO SCRIVE AL FEDERALE

I casi del maresciallo Ernesto Maccadò

Le rive del lago di Como sono punteggiate di paesi dove non succede granché. Tranne a Bellano. Nell'ultimo anno e mezzo circa, il Federale del fascio ha dovuto sostituire già due segretari della sezione locale del partito. Il primo a saltare è stato Bortolo Piazzacampo, detto Tartina, per una vicenda legata alle bizzarrie di un toro chiamato Benito in cui il Tartina si è distinto per insipienza. Il secondo è stato Aurelio Trovatore, che ha deciso di accasarsi in quel di Castellanza preferendo l'amore al destino fatale della patria fascista. Ora ha nominato tale Caio Scafandro, un pezzo d'uomo che usa le mani larghe come badili per far intendere le proprie ragioni. Ma nel suo passato c'è qualche fantasma. Basterebbe una parolina sussurrata all'orecchio del Federale e anche lui farebbe la fine dei precedenti. Per questo, lo Scafandro ha preso le sue contromisure senza preoccuparsi di sconfinare in quel territorio dell'illegalità presidiato dalle forze dell'ordine. E lì appunto si trova il maresciallo Ernesto Maccadò. La mattina del 20 novembre 1929 il maresciallo scampa per un pelo a una disgrazia per via di un oggetto metallico scaraventato giù in contrada da un potenziale assassino. E chi sarà mai quell'imbecille?

Dal catalogo
Garzanti

Andrea Vitali

UN BELLO SCHERZO

I casi del maresciallo Ernesto Maccadò

Sembrerebbe impossibile, ma anche al caffè dell'imbarcadero di Bellano capita che per una giornata intera entri solo qualche sparuto cliente. Come martedì 5 marzo 1935. Per tirare sera l'oste Gnazio Termoli deve inventarsele tutte, fino a lavare e rilavare bicchieri già puliti. Ma al calare delle prime ombre, al molo attracca una motonave della Milizia confinaria da cui scendono tre uomini vestiti di nero. Modi spicci e poche parole che incutono terrore. Dopo alcuni minuti i tre militi, infilatisi nell'intrico delle contrade, riappaiono al molo. Tra loro, sorretto per le ascelle e trascinato come un peso morto, c'è il povero maestro Fiorentino Crispini. Caricatolo brutalmente a bordo, l'imbarcazione riprende il largo in direzione di Como. E il Gnazio? Come tutti sanno, meglio farsi i fatti propri, ma in questo caso... Il maestro Crispini... Come è possibile? Come immaginare che possa aver meritato un arresto del genere? Unica soluzione: affidare la patata bollente ai carabinieri. Se la veda il maresciallo Ernesto Maccadò con quelli della Milizia. Capisca insomma cosa è successo e, se ci riesce, riporti a casa il Crispini.

Dal catalogo
Garzanti

Andrea Vitali

SUA ECCELLENZA PERDE UN PEZZO

I casi del maresciallo Ernesto Maccadò

I fratelli Venerando e Gualtiero Scaccola sono panettieri a Bellano. Si alternano in negozio con un sincronismo perfetto, che però inizia a cedere la mattina del 7 aprile 1930, quando per lettera il segretario del sindacato panettieri di Como chiede una mano per organizzare una gita in battello degli iscritti comaschi a Bellano in occasione dell'anniversario della fondazione di Roma. E il mondo degli Scaccola sembra andare a gambe all'aria. Passare la missiva al segretario comunale non basta, perché quello che si insinua nella loro quiete attraversa con la forza di un'onda il cuore di Gualtiero, che smania per avere dalla vita tutto ciò che il lavoro gli ha impedito di godere. Ma in quella tiepida primavera sembra abbia iniziato a palpitare anche il cuore del carabiniere Beola, osservato speciale del maresciallo Maccadò, preoccupato che il giovane non commetta sciocchezze. E finalmente arriva il gran giorno, impreziosito dal Federale di Como in persona, che vorrebbe saperne di più di quel paese turbolento. Ma niente, dev'esserci qualcosa nell'aria che fa andare tutto storto, perché sul più bello un furto, che parrebbe inspiegabile, finisce per agitare acque già fin troppo mosse.

Questo libro è stampato col sole

GRAFICA VENETA

Azienda carbon-free

PEFC
PEFC/18-31-226

Certificato PEFC
Questo prodotto è realizzato con materia prima da foreste gestite in maniera sostenibile e da fonti controllate
www.pefc.it

Finito di stampare
nel mese di ottobre 2024 presso
Grafica Veneta – via Malcanton 2, Trebaseleghe (PD)